B.A. PARIS

DÉFAILLANCES

COLLECTION HUGO THRILLER

Le tombeau d'acier (Bear Grylls)
The End of the World Running Club (Adrian J Walker)
Corps-à-corps (Martin Holmén)
Les anges de feu (Bear Grylls)
Wonderland (Jennifer Hillier)
Derrière les portes (B.A. Paris)
Disparue (Darcey Bell)
Le tricycle rouge (Vincent Hauuy)
Notre petit secret (Roz Nay)
Compte à rebours (Martin Holmén)
Cyanure (Laurent Loison)
Mentor (Lee Matthew Goldberg)
Itinéraire d'une mort annoncée (Fabrice Barbeau)
La journaliste (Christina Kovac)

TITRE ORIGINAL : THE BREAKDOWN

Édition originale : HarperCollins

Pour la traduction française :

34-36, rue La Pérouse
75116 Paris

Collection Hugo Thriller dirigée par Bertrand Pirel
Conception graphique Hugo Thriller et mise en page : Emmanuel Pinchon
Graphisme de couverture : © R. Pépin
Visuel de couverture : © Tony Watson/Arcangel Images

ISBN : 9782755636512
Dépôt légal : janvier 2018
Imprimé en France

Pour Céline,

B.A. PARIS
DÉFAILLANCES

Ravie de vous avoir rencontré ce soir !

Traduit de l'anglais (Royaume-Uni)
par Vincent Guilluy

Hugo Thriller

À mes parents

Vendredi 17 juillet

L'orage éclate au moment où nous allons nous dire au revoir, nous séparer pour les vacances d'été qui s'avancent. Un violent coup de tonnerre rebondit en échos sur le sol, faisant sursauter Connie. Dans la chaleur dense qui nous entoure, John se met à rire.

« Allez, il faut vous dépêcher. »

Je les salue vivement de la main et me précipite vers ma voiture. Au moment où je la rejoins, mon téléphone portable se met à sonner, étouffé, dans mon sac. La sonnerie m'annonce que c'est Matthew.

« Je suis en route, lui dis-je en tâtonnant pour ouvrir la portière dans le noir. J'arrive tout juste à la voiture.

— Déjà ? » Sa voix me paraît lointaine. « Je croyais que vous retourniez chez Connie.

— C'est ce qui était prévu. Mais je me suis dit que tu m'attendais et c'était trop tentant. » Je le taquine, avant de percevoir le ton morose de sa voix. « Tout va bien ?

— Oui, mais j'ai une migraine épouvantable. Ça m'a pris il y a une heure et ça ne fait qu'empirer. C'est pour ça que je t'appelle. Ça ne t'embête pas si je monte me coucher ? »

Sur ma peau, l'air est lourd et je pense à l'orage qui menace. Il ne pleut pas encore mais mon instinct me dit que ça ne va pas tarder. « Bien sûr que non. Tu as pris quelque chose pour ta migraine ?

— Oui, mais ça n'a pas l'air de l'atténuer. Je me suis dit que j'allais m'allonger dans la chambre d'amis. Comme ça, si j'arrive à m'endormir, tu ne me réveilleras pas en rentrant.

— Bonne idée.

— Mais ça ne me plaît pas tellement d'aller me coucher sans savoir que tu es bien rentrée. »

L'idée me fait sourire. « Ça va aller, je n'en ai que pour quarante minutes. Moins si je rentre par la forêt, par Blackwater Lane.

—Non, ne fais pas ça ! » Je peux presque sentir le coup de poignard qui lui traverse la tête quand il hausse la voix. « Aïe, ça fait mal », dit-il, et je plisse les yeux d'empathie. Il revient à un volume plus supportable. « Cass, promets-moi de ne pas passer par là. Un, je ne veux pas que tu rentres toute seule la nuit par la forêt et deux, il y a un orage qui se prépare.

— OK, d'accord, réponds-je vivement en me coulant derrière le volant et en posant mon sac sur le siège passager.

— Promis ?

— Promis. » Je mets le contact et je démarre. Coincé entre l'épaule et l'oreille, mon téléphone est chaud à présent. « Sois prudente, tu veux ?

— Mais oui. Je t'aime.

— Pas autant que moi. »

L'insistance de Matthew me fait sourire tandis que je remets le téléphone dans mon sac. Je suis en train de manœuvrer pour quitter ma place de parking quand les premières grosses gouttes de pluie s'écrasent sur le pare-brise. *Voilà l'orage*, me dis-je.

Le temps d'arriver sur la route à quatre voies, la pluie s'est mise à tomber dru. Coincée derrière un gros camion, mes essuie-glaces ne peuvent pas lutter contre l'eau que ses roues soulèvent. Au moment où je déboîte, un éclair zèbre le ciel et, retrouvant une habitude enfantine, je commence à compter lentement, en silence. Le grondement de tonnerre me répond quand j'arrive à quatre. En fin de compte, j'aurais peut-être dû retourner chez Connie avec les autres. J'aurais pu laisser passer l'orage chez elle et John nous aurait fait rire avec ses blagues et ses histoires. Une pointe de culpabilité me traverse en repensant à l'air qu'il a pris quand j'ai annoncé que je ne me joindrais pas à eux. J'ai été maladroite en parlant de Matthew. J'aurais dû dire, comme notre directrice Mary, que j'étais fatiguée.

La pluie se fait torrentielle et oblige les voitures qui doublent sur la voie rapide à ralentir. Elles se resserrent autour de ma petite Mini et, soudain oppressée, je me rabats sur la voie des véhicules lents. Penchée sur le volant, je fouille du regard l'autre côté du pare-brise, en regrettant que mes essuie-glaces n'aillent pas plus vite. Un camion me double, puis un autre et quand il se rabat brutalement devant moi, m'obligeant à freiner, je me dis que cette route devient trop dangereuse. Un autre éclair illumine le ciel et juste après, le panneau pour Nook's Corner, le petit hameau que j'habite, apparaît. Les lettres noires sur fond blanc qu'éclairent mes phares sont comme un fanal dans l'obscurité, engageantes à tel point que tout à coup, au dernier moment, quand il est presque déjà trop tard, je donne un brusque coup de volant à gauche et m'engage sur le raccourci que Matthew ne veut pas que je prenne. Quelqu'un klaxonne avec colère derrière moi ; sa sirène me poursuit sur la bretelle d'accès où l'obscurité est totale et jusque dans la forêt, comme si c'était un présage.

Même en pleins phares, je vois à peine où je vais et je regrette instantanément la quatre-voies bien éclairée que je viens de quitter. Si cette route-ci est très jolie le jour – elle traverse une forêt pleine de jacinthes des bois –, ses creux invisibles et ses virages soudains la rendent traîtresse par une nuit pareille. Un nœud d'angoisse se forme dans mon estomac à l'idée du trajet qui m'attend. Mais je ne suis qu'à quinze minutes de chez moi. Si je reste calme, que je ne fais rien d'imprudent, je serai bientôt rentrée. Pourtant, j'appuie un peu sur le champignon.

Une soudaine rafale de vent traverse les arbres et déporte ma petite voiture. Tandis que je lutte pour garder ma trajectoire, la route se creuse brutalement. Pendant quelques terrifiantes secondes, mes roues quittent la chaussée et j'ai l'estomac au bord des lèvres, comme dans ces horribles montagnes russes. Quand ma voiture retombe lourdement sur la route, l'eau rejaillit de tous les côtés, retombe en giclées sur mon pare-brise et m'aveugle momentanément. La voiture vibre et s'immobilise dans une énorme flaque. Je crie « Non ! » La peur de me retrouver bloquée dans la forêt emplit mes veines d'adrénaline et me pousse à réagir.

En faisant craquer la boîte de vitesse, j'enfonce l'accélérateur. Le moteur regimbe mais la voiture se remet à avancer et fend l'eau jusqu'à l'autre côté du creux de la route. Mon cœur, qui bat en rythme avec les essuie-glaces balayant follement le pare-brise, cogne si fort qu'il me faut plusieurs secondes pour reprendre ma respiration. Mais je n'ose m'arrêter de peur que la voiture refuse de redémarrer. Je repars donc, mais plus prudemment à présent.

Quelques minutes plus tard, un coup de tonnerre soudain me fait sursauter si violemment que j'en lâche le volant. La voiture dérape dangereusement vers la gauche et en la redressant brusquement sur la chaussée, les mains tremblantes, l'angoisse de ne pas arriver à rentrer chez moi indemne m'envahit. J'essaie de me calmer mais je me sens assaillie, assiégée par les éléments mais aussi par les arbres qui oscillent en une danse macabre, prêts à arracher ma petite voiture à la route et à la jeter dans l'orage à tout moment. Avec la pluie qui tambourine sur le toit, le vent qui gémit aux vitres et les essuie-glaces qui battent sourdement, j'ai du mal à me concentrer.

Une série de virages s'annonce. Je me penche en avant, resserre ma prise sur le volant. La route est déserte et en négociant un virage, puis le suivant, je prie pour apercevoir devant moi des feux arrière que je pourrais suivre jusqu'à la sortie de la forêt. J'ai envie d'appeler Matthew, simplement pour entendre sa voix, simplement pour savoir que je ne suis pas seule au monde, parce que j'ai l'impression de l'être. Mais je ne veux pas le réveiller, pas quand il a une migraine. De plus, il serait furieux s'il savait où je suis.

Au moment où je commence à croire que le trajet n'en finira jamais, je vois les feux arrière d'une voiture au débouché d'un virage, à une centaine de mètres environ devant moi. Avec un faible soupir de soulagement, j'accélère un peu. J'ai tellement envie de rattraper cette voiture que je ne me rends compte qu'au dernier moment qu'elle n'avance pas du tout, mais qu'elle est garée bizarrement sur une petite aire de stationnement. Prise au dépourvu, je fais un écart, et n'évite son pare-chocs que de quelques centimètres. Arrivée à sa hauteur, je me tourne pour jeter un regard furieux au conducteur, prête à l'agonir d'injures pour n'avoir pas mis ses feux de détresse. Une femme me rend mon regard, les traits brouillés par la pluie battante.

Pensant qu'elle est en panne, je freine et m'arrête un peu plus loin devant sa voiture, en laissant le moteur tourner. J'ai pitié d'elle à l'idée qu'elle va devoir sortir de sa voiture par un temps pareil mais tout en surveillant mon rétroviseur, je me réjouis aussi, perversement, de ne pas être la seule idiote à avoir coupé par la forêt pendant un orage. Je l'imagine fourrageant à la recherche d'un parapluie. Il me faut bien dix secondes pour me rendre compte qu'elle ne descendra pas de voiture et je ne peux pas m'empêcher d'être agacée. Elle ne s'attend quand même pas à ce que ce soit moi qui coure jusqu'à elle sous la pluie ? À moins que quelque chose l'empêche de descendre de voiture, auquel cas elle ferait des appels de phares ou klaxonnerait pour m'indiquer qu'elle a besoin d'aide, non ? Mais il ne se passe rien, et je commence à déboucler ma ceinture, les yeux toujours fixés sur le rétroviseur. Même si je ne l'ai pas bien vue, il y a quelque chose d'étrange dans sa manière de rester assise là, phares allumés, et les histoires que Rachel me racontait quand nous étions jeunes me reviennent à l'esprit. Des histoires de gens qui s'arrêtent pour aider quelqu'un en panne, tandis qu'un complice attend de voler leur voiture ; de conducteurs qui quittent leur voiture pour aider un chevreuil blessé sur le bord de la route et se font violemment agresser parce que tout n'est qu'une mise en scène. Je remets vivement ma ceinture de sécurité. Je n'ai vu personne d'autre dans la voiture quand je suis passée à sa hauteur, mais ça ne veut pas dire que quelqu'un n'est pas caché sur le siège arrière, prêt à bondir.

Un autre éclair traverse le ciel et disparaît dans la forêt. Le vent fouette les branches qui viennent gratter au carreau, côté passager, comme si quelqu'un cherchait à entrer. Un frisson me parcourt la colonne vertébrale. Je me sens si vulnérable que je desserre le frein à main et que j'avance un peu, pour donner l'impression que je vais repartir, en espérant obliger la femme à faire quelque chose – n'importe quoi – pour me faire comprendre qu'elle ne veut pas que je reparte. Mais il ne se passe toujours rien. À contrecœur, je m'arrête à nouveau, parce que ça ne me paraît pas bien de repartir et de l'abandonner. Mais je n'ai pas non plus envie de me mettre en danger. En y repensant, elle n'avait pas l'air inquiète quand je l'ai dépassée, elle n'a pas fait de grands gestes, ni le moindre signe indiquant qu'elle avait besoin d'aide ; quelqu'un – son mari ou une assistance dépannage – est peut-être déjà en route. Si je tombais en panne, j'appellerais en tout premier Matthew, pas un inconnu qui passe en voiture.

Pendant que je reste assise là à hésiter, la pluie forcit, tambourine de plus belle sur le toit : *Pars, pars, pars !* C'est la pluie qui me décide. Je desserre le frein à main, m'éloigne aussi lentement que possible, pour lui donner une dernière chance de me faire signe. Mais elle ne fait rien.

Quelques minutes plus tard, je suis sortie de la forêt et j'approche de notre maison, un superbe vieux cottage avec des rosiers grimpants qui couvrent l'entrée et un grand jardin derrière. Mon téléphone bipe, indiquant qu'il a retrouvé du réseau. Moins de deux kilomètres plus loin, je tourne dans notre allée et me gare aussi près de la maison que possible, heureuse d'être arrivée saine et sauve chez moi. Je pense toujours à cette femme dans la voiture et j'hésite à appeler le commissariat ou le garagiste du coin pour leur en parler. Me rappelant qu'un message est arrivé quand je suis sortie de la forêt, j'attrape mon téléphone dans mon sac et je jette un œil à l'écran. C'est un SMS de Rachel.

Slt, j'espère que tu t'es amusée ce soir ! Je vais au lit parce que j'ai dû aller direct au boulot de l'aéroport, me sens hyper jetlaggée. Voulais savoir si tu as bien le kdo pour Susie ? Je t'appelle demain matin xx

En lisant la fin du message, je fronce les sourcils : pourquoi Rachel veut-elle savoir si j'ai acheté un cadeau à Susie ? Je ne l'ai pas fait, pas encore, parce qu'avec les préparatifs de fin de l'année scolaire, j'ai été trop occupée. De toute façon, la fête n'a lieu que demain soir et j'avais prévu d'aller faire du shopping demain matin pour lui acheter quelque chose. Je relis le message et cette fois, les mots « le cadeau », et non pas « un cadeau », me sautent aux yeux, parce qu'on dirait que Rachel compte sur moi pour avoir acheté quelque chose de notre part à toutes les deux.

Je réfléchis à la dernière fois qu'on s'est vues. C'était il y a deux semaines, la veille de son départ pour New York. Rachel travaille pour la branche anglaise d'une grosse société américaine de consultants, Finchlakers, et va souvent aux États-Unis pour son travail. Ce soir-là, nous sommes allées au cinéma, puis avons bu un verre. C'est peut-être à ce moment-là qu'elle m'a demandé d'acheter quelque chose pour Susie. Je me creuse la cervelle, j'essaie de me souvenir, de deviner ce que nous aurions pu décider d'acheter.

Ça pourrait être n'importe quoi : parfum, bijou, livre, mais rien ne me revient en mémoire.

Aurais-je oublié ? Des souvenirs de maman m'envahissent, désagréables, que je tente immédiatement de repousser. *Ce n'est pas la même chose,* me dis-je farouchement. *Je ne suis pas comme maman. Demain, ça va me revenir.*

Je fourre mon téléphone dans mon sac. Matthew a raison, j'ai besoin de vacances. Si je pouvais simplement me détendre deux semaines sur une plage, tout irait bien. Et Matthew en a besoin lui aussi. Nous ne sommes pas partis en lune de miel parce que nous étions occupés à retaper notre cottage, donc la dernière fois que j'ai pris de vraies vacances, des vacances où on ne fait rien de la journée à part s'allonger sur le sable et prendre le soleil, c'était avant la mort de papa, il y a dix-huit ans. Après, nous n'avons plus eu assez d'argent pour faire grand-chose, surtout quand j'ai dû abandonner mon poste d'enseignante pour m'occuper de maman. C'est pour ça que quand j'ai découvert peu après son décès que loin d'être une veuve sans le sou elle était en fait riche, j'en ai été abasourdie. Je n'arrivais pas à comprendre pourquoi elle s'était contentée de vivre avec si peu alors qu'elle aurait pu vivre dans le luxe. J'étais si médusée que j'entendais à peine ce que disait le notaire et que le temps que je réalise combien d'argent il me revenait, je n'ai pu que le fixer, incrédule. J'avais cru que mon père nous avait laissées sans rien.

Un coup de tonnerre, plus lointain, me ramène abruptement au présent. Je lève les yeux au-dehors, me demandant si je vais pouvoir sortir de voiture et arriver jusqu'au porche sans être trempée. Mon sac serré sur la poitrine, j'ouvre la portière et je fonce, la clé de la maison déjà à la main.

Dans l'entrée, je me débarrasse de mes chaussures et je monte à l'étage sur la pointe des pieds. La porte de la chambre d'amis est fermée, je suis tentée de l'entrouvrir pour voir si Matthew dort. Mais je ne veux pas prendre le risque de le réveiller et je préfère me préparer rapidement à me coucher. Je m'endors avant même que ma tête ne s'enfonce dans l'oreiller.

Samedi 18 juillet

Je me réveille le lendemain matin pour trouver Matthew assis sur le bord du lit, une tasse de thé à la main.

« Quelle heure est-il ? murmuré-je, peinant à ouvrir les yeux face au soleil qui se déverse par la fenêtre.

— Neuf heures. Je suis debout depuis sept.

— Comment va ta migraine ?

— Partie. » Dans le soleil, ses cheveux blonds ont des reflets d'or. Je tends la main, la passe dans sa chevelure. J'aime son épaisseur.

Lorgnant la tasse, pleine d'espoir, je demande : « C'est pour moi ?

— Bien sûr. »

Je me tortille pour m'asseoir et je renfonce la tête dans les oreillers. En bas, ma chanson préférée pour être de bonne humeur, *Lovely Day*, passe à la radio et avec la perspective des six semaines de vacances à venir, la vie est belle.

« Merci, dis-je en lui prenant la tasse. Tu as réussi à dormir ?

— Oui, comme une marmotte. Désolé de ne pas avoir pu t'attendre. Le retour s'est bien passé ?

— Très bien. Mais il y a eu des éclairs et du tonnerre. Et beaucoup de pluie.

— Bon, au moins, le soleil est de retour ce matin. » Il me donne un gentil coup de coude. « Allez, pousse-toi. »

En faisant attention de ne pas renverser mon thé, je lui laisse une place et il se glisse dans le lit à côté de moi. Il lève le bras et je me blottis contre lui, la tête sur son épaule. « On a retrouvé une femme morte pas loin d'ici, dit-il si doucement que je le comprends à peine. Je viens de l'entendre aux infos.

— C'est atroce. » Je pose mon thé sur la table de chevet et je me tourne vers Matthew. « Quand tu dis "pas loin d'ici", qu'est-ce que tu veux dire ? À Browbury ? »

Il caresse une mèche sur mon front, les doigts doux sur ma peau. « Non, plus près, quelque part sur la route qui traverse la forêt entre ici et Castle Wells.

— Quelle route ?

— Tu sais, Blackwater Lane. » Il se penche pour m'embrasser mais je m'écarte.

« Arrête, Matthew. » Le cœur voletant derrière mes côtes comme un oiseau enfermé dans sa cage, je le regarde en attendant qu'il se mette à sourire, qu'il m'annonce qu'il sait que je suis rentrée par là hier soir et qu'il me taquine seulement. Mais il se contente de plisser le front.

« Je sais. C'est horrible, hein ? »

Je le fixe. « Tu es sérieux ?

— Oui. » Il a l'air sincèrement interloqué. « Je n'inventerais pas une chose pareille.

— Mais… » J'ai la nausée tout à coup. « Comment est-elle morte ? Ils ont donné des détails ? »

Il fait non de la tête. « Non. Seulement qu'elle était dans sa voiture. »

Je me détourne pour qu'il ne puisse pas voir mon visage. *Ça ne peut pas être la même femme, ça n'est pas possible.*

« Je dois me lever, dis-je alors qu'il tente de me reprendre dans ses bras. Je dois aller faire des courses.

— Pourquoi ?

— Le cadeau de Susie. Je n'ai encore rien pour elle et on fête son anniversaire ce soir.

— Il n'y a pas d'urgence, si ? » Il proteste mais j'ai déjà quitté le lit, en emportant mon téléphone.

Dans la salle de bains, je mets un tour de clé et je fais couler la douche pour noyer la voix dans ma tête qui me dit que la femme retrouvée morte est celle que j'ai croisée en voiture la nuit dernière. Tout près de chanceler, je m'assois sur le rebord de la baignoire et je me connecte à Internet, à la recherche d'informations. La rubrique « Dernières Nouvelles » du site de la BBC en parle, mais sans aucun détail. On y dit seulement qu'une femme a été retrouvée morte dans sa voiture près de Browbury, dans le Sussex. Retrouvée morte. Cela veut-il dire qu'elle s'est suicidée ? L'idée m'effraie.

Mon cerveau s'emballe, j'essaie de comprendre. Si c'est la même femme, elle n'était peut-être pas en panne, elle s'était peut-être arrêtée exprès sur cette aire de stationnement, parce qu'elle était isolée, et qu'elle ne voulait pas être dérangée. Ce qui expliquerait pourquoi elle n'a pas fait d'appels de phare, pourquoi elle ne m'a pas demandé d'aide. Pourquoi, quand elle m'a rendu mon regard de l'autre côté de la vitre, elle ne m'a pas fait signe de m'arrêter, ce qu'elle aurait sûrement fait si elle était tombée en panne. Mon estomac se révulse tant je suis mal à l'aise. Maintenant, avec tout ce soleil qui entre par la fenêtre de la salle de bains, ça paraît incroyable que je ne sois pas allée la voir à sa voiture. Si j'y étais allée, les choses auraient pu tourner autrement. Elle aurait pu me dire que tout allait bien, elle aurait pu prétendre être tombée en panne et dire que quelqu'un était en route pour l'aider. Mais si elle avait dit ça, j'aurais proposé de lui tenir compagnie jusqu'à l'arrivée du dépanneur. Et si elle avait insisté pour que je reparte, j'aurais commencé à soupçonner quelque chose, je l'aurais obligée à me parler – et elle serait peut-être encore en vie. Et n'aurais-je pas dû parler d'elle à quelqu'un en rentrant? Mais distraite par le SMS de Rachel et le cadeau que je devais acheter pour Susie, j'ai oublié la femme dans la voiture.

« Tu en as encore pour longtemps, chérie ? » demande Matthew à travers la porte de la salle de bains.

Je crie par-dessus le bruit de l'eau qui coule inutilement dans la douche. « J'en ai pour une minute !

— Bon, je commence le petit-déjeuner alors. »

Je retire mon pyjama pour passer sous la douche. L'eau est chaude, mais pas assez pour me débarrasser de la brûlure de culpabilité que je ressens. Je me savonne avec acharnement, j'essaie de ne pas penser à la femme qui débouche un flacon de pilules, les fait glisser en tremblant dans sa main, les porte à sa bouche et les fait descendre avec une gorgée d'eau. Quelles horreurs a-t-elle endurées pour vouloir se suicider ? En mourant, a-t-elle traversé un moment où elle a commencé à regretter ce qu'elle venait de faire ? Je n'aime pas où mes pensées m'emmènent, je coupe l'eau et sors de la douche. Le silence soudain me met mal à l'aise, je cherche une radio sur mon téléphone, en espérant tomber sur une chanson pleine d'espoir et de joie, n'importe quoi qui m'empêche de penser à la femme dans la voiture.

« ... *Une femme a été retrouvée morte ce matin à l'aube dans sa voiture. Les circonstances du décès sont considérées comme suspectes. Aucun détail supplémentaire n'a filtré pour le moment mais la police conseille aux habitants de l'endroit de rester vigilants. »*

Le choc me coupe le souffle. *« Les circonstances du décès sont considérées comme suspectes. »* Les mots résonnent dans la salle de bains. N'est-ce pas la formule utilisée par la police quand quelqu'un s'est fait assassiner ? J'ai peur, tout à coup. J'étais là, au même endroit. Le meurtrier y était-il aussi, caché dans les buissons, guettant l'opportunité de tuer quelqu'un ? La pensée que ç'aurait pu être moi, que j'aurais pu être celle qu'on assassine, me donne le vertige. Je m'agrippe au porte-serviettes, m'oblige à respirer profondément. J'ai été folle de passer par là la nuit dernière.

Dans la chambre, je passe rapidement une robe de coton noir que j'attrape sur une pile laissée sur une chaise. En bas, l'odeur de saucisses grillées me retourne l'estomac avant même d'ouvrir la porte de la cuisine.

« Je me suis dit qu'on fêterait le début de tes vacances avec un petit-déjeuner grandiose », dit Matthew. Il a l'air tellement heureux que je me force à sourire, pour ne pas le lui gâcher.

« Super. » J'ai envie de lui parler de la nuit dernière, de lui dire que j'aurais pu me faire assassiner, de partager avec lui mon horreur parce qu'elle me paraît trop énorme pour la garder pour moi seule. Mais si je lui dis que je suis rentrée par la forêt, surtout après son insistance à ce que je ne passe pas par là, il va être furieux. Et peu importe si je suis là, saine et sauve dans la cuisine et pas assassinée dans ma voiture. Il pensera comme moi, terrorisé par ce qui aurait pu se passer, épouvanté que je me sois mise en danger.

« À quelle heure pars-tu faire les courses ? » demande Matthew. Il porte un T-shirt gris et un short fin en coton ;

à tout autre moment, je me dirais que j'ai vraiment de la chance de l'avoir, mais j'arrive à peine à le regarder. J'ai l'impression que mon secret est marqué au fer rouge sur ma peau.

« Dès que j'aurai fini le petit-déjeuner. » Je regarde le jardin par la fenêtre, j'essaie de me concentrer sur sa beauté mais mon esprit trébuche sans cesse sur la nuit dernière, sur le souvenir de cet instant où je me suis éloignée. À ce moment-là, la femme dans la voiture était encore vivante.

Matthew interrompt mes pensées. « Tu y vas avec Rachel ?

— Non. » Mais ça me paraît tout à coup la meilleure idée du monde, parce que je pourrai peut-être parler à Rachel de la nuit dernière, partager avec elle le désarroi que je ressens. « Mais en fait, c'est une bonne idée. Je vais l'appeler pour lui demander.

— Ne sois pas trop longue, le petit-déjeuner est presque prêt.

— J'en ai pour une minute. »

Je vais dans l'entrée pour prendre le téléphone de la maison – les portables ne passent qu'à l'étage chez nous – et je compose le numéro de Rachel. Il lui faut un moment pour répondre et sa voix est lourde de sommeil.

« Oh, je te réveille ? dis-je mal à l'aise en me rappelant qu'elle n'est rentrée de New York qu'hier.

— J'ai l'impression d'être en pleine nuit, répond Rachel d'une voix maussade. Quelle heure est-il ?

— Neuf heures et demie.

— Donc on est bien en pleine nuit. Tu as eu mon SMS ? »

La question me prend de court. J'hésite, un mal de crâne s'annonce derrière mes yeux. « Oui, mais je n'ai encore rien acheté pour Susie.

— Ah.

— J'ai été très occupée », réponds-je vivement en me rappelant que, pour une raison qui m'échappe, Rachel pense que nous lui faisons un cadeau commun. En espérant qu'elle va me donner un indice sur ce que nous avions choisi, j'ajoute : « Je me suis dit que j'attendrais jusqu'à aujourd'hui, au cas où on changerait d'avis sur quoi lui acheter.

— Pourquoi changer d'avis ? Tout le monde a trouvé que ton idée était la meilleure. Et puis la fête, c'est ce soir, Cass ! »

Tout le monde ? Interloquée, je réponds évasivement. « Hé bien… on ne sait jamais. J'imagine que tu n'as pas envie de venir avec moi ?

— Volontiers, mais avec ce décalage horaire…

— Même si je t'invite à déjeuner ? »

Un silence. « Chez Costello ?

— Vendu. On se retrouve au café de chez Fenton à onze heures, comme ça je t'offre aussi le café. »

J'entends un bâillement, puis un bruissement. « Je peux te répondre plus tard ?

— Non, impossible. Allez, sors du lit, on se retrouve chez Fenton. »

Je raccroche en me sentant un peu mieux, et j'écarte de mon esprit le cadeau de Susie. Après les nouvelles de ce matin, ça semble un souci mineur en comparaison.

Je retourne m'asseoir à la table de la cuisine.

« Qu'est-ce que tu en dis ? » demande Matthew en faisant glisser une assiette de saucisses et d'œufs au bacon devant moi.

J'ai l'impression que je ne pourrai rien avaler mais je souris avec enthousiasme. « Super ! Merci. »

Il s'assied à côté de moi et s'empare de son couteau et de sa fourchette. « Comment va Rachel ?

— Bien. Elle va venir avec moi. » Je fixe mon assiette en me demandant comment je vais pouvoir y faire honneur. J'avale deux bouchées mais mon estomac se révolte, je repousse le reste pour plus tard, avant de renoncer. « Je suis vraiment désolée, dis-je en reposant mes couverts. Après le repas d'hier soir, je n'ai pas faim. »

Il se penche sur mon assiette, embroche une saucisse. « Ce serait dommage de gâcher ça, dit-il en souriant.

— Sers-toi. »

Ses yeux bleus accrochent les miens, m'empêchant de détourner le regard.

« Tu es sûre que ça va ? Tu ne dis rien. »

Je cligne des yeux plusieurs fois, pour refouler les larmes qui menacent.

« Je n'arrête pas de penser à cette femme. » C'est un tel soulagement de pouvoir en parler que les mots sortent précipitamment. « Ils ont dit à la radio que la police considère sa mort comme suspecte. »

Il mord dans sa saucisse. « Alors ça veut dire qu'elle a été assassinée.

— Ah bon ? réponds-je, même si je sais qu'il a raison.

— C'est ce qu'ils disent d'habitude jusqu'à ce que les légistes en aient terminé. Seigneur, quelle horreur. Je n'arrive pas à comprendre pourquoi elle a pris un tel risque, prendre cette route la nuit. Je sais qu'elle ne pouvait pas deviner qu'elle allait se faire assassiner, mais quand même.

— Elle est peut-être tombée en panne, dis-je, poings serrés sous la table.

— Oui, forcément. Sinon pourquoi s'arrêter sur une route aussi déserte ? La pauvre, elle devait être terrifiée. Il n'y a pas de réseau dans la forêt, et elle a dû prier pour que quelqu'un s'arrête l'aider – et regarde ce qui s'est passé quand ce quelqu'un s'est arrêté. »

Je retiens ma respiration, suffoque en silence sous le choc. C'est comme si on venait de me jeter un seau d'eau glacée à la figure pour me réveiller, pour me faire comprendre l'énormité de ce que j'ai fait. Je m'étais dit qu'elle avait déjà téléphoné pour se faire aider, et pourtant je sais qu'il n'y a pas de réseau dans la forêt. Pourquoi ? Pourquoi ai-je fait ça ? Parce que j'ai oublié ? Ou parce que ça m'a permis de repartir, la conscience tranquille ? Hé bien ma conscience n'est plus tranquille, maintenant. Je l'ai abandonnée à son destin, je l'ai laissée se faire assassiner.

Je repousse ma chaise. « Je ferais mieux d'y aller, dis-je en ramassant les tasses vides et en priant pour qu'il ne me demande pas encore une fois si ça va. Je ne veux pas faire attendre Rachel.

— Pourquoi, vous avez rendez-vous à quelle heure ?

— Onze heures. Mais tu connais les encombrements en ville, le samedi.

— Si j'ai bien entendu, vous déjeunez ensemble ?

— Oui. » Je lui donne un bref baiser sur la joue, j'ai hâte de partir. « À tout à l'heure. »

J'attrape mon sac et je prends les clefs de la voiture sur la table de l'entrée. Matthew m'accompagne à la porte, un bout de toast à la main.

« Je suppose que tu n'auras pas le temps de prendre ma veste au pressing, ou si ? Comme ça je pourrai la porter ce soir.

— Bien sûr. Tu as le ticket ?

— Oui. Attends. » Il va chercher son portefeuille et me tend un ticket rose. « C'est payé. »

Je glisse le ticket dans mon sac et j'ouvre la porte. Le soleil se déverse dans l'entrée.

« Fais attention à toi, dit-il au moment où je monte en voiture.

— Promis. Je t'aime.

— Pas autant que moi ! »

***

La route qui conduit à Browbury est déjà très encombrée. Je pianote nerveusement sur le volant. Dans ma hâte de quitter la maison, je n'ai pas pensé à la sensation que j'éprouverais en reprenant la voiture, assise à la même place que quand j'ai vu cette femme dans la sienne. Pour me changer les idées, j'essaie de me rappeler le cadeau que j'ai bien pu suggérer pour Susie. Elle travaille dans la même société que Rachel, au département administratif. Quand Rachel a dit que tout le monde avait accepté ma suggestion, je suppose qu'elle veut parler de leur groupe d'amis du travail. La dernière fois que nous nous sommes tous vus, c'était il y a environ un mois et je me souviens que Rachel avait profité de l'absence de Susie qui n'avait pas pu se joindre à nous ce soir-là pour discuter de son quarantième anniversaire. Est-ce à ce moment-là que j'ai eu une idée pour le cadeau ?

Par miracle, je trouve à me garer dans une rue assez proche du grand magasin Fenton et je me fraye un chemin jusqu'au salon de thé, au cinquième étage. Il est bondé mais Rachel est déjà installée, facilement repérable dans une robe d'été jaune vif, ses cheveux bruns retombant en boucles sur son téléphone portable. Il y a deux tasses de café sur la table devant elle, et il me monte une bouffée de gratitude pour sa façon de faire toujours attention à moi. De cinq ans mon aînée, c'est la grande sœur que je n'ai jamais eue. Nos mères étaient amies et parce que la sienne faisait des longues journées de travail pour gagner leur vie, son mari l'ayant quittée peu après la naissance de Rachel, elle avait passé une bonne partie de son enfance chez nous, au point que mes parents en parlaient souvent avec affection comme de leur seconde fille. Quand elle avait quitté l'école à seize ans pour commencer à travailler, pour que sa mère ait moins à le faire, elle s'était fait un point d'honneur à venir dîner chez nous une fois par semaine. Elle avait été particulièrement proche de mon père, et l'avait pleuré presque autant que moi à sa mort, renversé par une voiture devant chez nous. Et quand ma mère était tombée malade et qu'il était devenu impossible de la laisser seule, elle venait la garder une fois par semaine pour que je puisse sortir faire des courses.

« Tu as très soif ? » Je plaisante en indiquant du menton les deux tasses sur la table, mais les mots sonnent creux. J'ai l'impression d'attirer les regards, comme si tout le monde savait d'une manière ou d'une autre que j'ai vu la femme assassinée la nuit dernière et que je n'ai rien fait pour l'aider.

Elle se redresse et m'embrasse. « Il y avait une telle queue que j'ai décidé de commander sans attendre. Je savais que tu n'allais pas tarder.

— Désolée, mais il y avait des bouchons. Merci d'être venue. J'apprécie vraiment. »

Les yeux de Rachel dansent. « Tu sais que je ferais tout pour un déjeuner chez Costello. »

Je m'assieds en face d'elle et je sirote une gorgée de café bienvenue.

« Tu as fait une grosse fête hier ? »

Je souris et le poids sur mes épaules s'allège un peu. « Pas énorme, mais on s'est bien amusés.

— Le beau John était là ?

— Bien sûr. Tous les profs étaient là. »

Elle sourit. « J'aurais dû venir faire un tour.

— Il est beaucoup trop jeune pour toi, dis-je en riant. Et puis il a une petite amie.

— Et dire que tu aurais pu l'avoir », soupire-t-elle. Je hoche la tête en feignant le désespoir, parce qu'elle ne s'est jamais remise du fait que j'aie préféré Matthew à John.

Après le décès de maman, Rachel avait été fantastique. Résolue à m'obliger à sortir de chez moi, elle a entrepris de m'emmener dès qu'une occasion se présentait. La plupart de ses amis étaient des collègues de travail ou allaient au même cours de yoga et quand je les rencontrais, ils me demandaient où je travaillais. Au bout de deux mois à leur répéter que j'avais quitté mon emploi pour m'occuper de maman, quelqu'un m'avait demandé pourquoi je ne m'y remettais pas, maintenant que c'était possible. Et tout à coup, j'avais eu envie, plus que tout, de retravailler. Je ne voulais plus me contenter de rester chez moi jour après jour, à profiter d'une liberté qui m'avait fuie depuis des années. Je voulais vivre, vivre la vie d'une femme de trente-trois ans.

J'avais eu de la chance. Avec le manque d'enseignants dans la région, on m'avait envoyé faire une remise à niveau avant de me proposer un travail dans une école de Castle Wells, à enseigner l'histoire à des élèves de quatrième.

Recommencer à travailler me plaisait et quand John, le professeur qui faisait battre tous les cœurs de l'école, enseignantes et élèves confondues, avait commencé à m'inviter, je m'étais sentie ridiculement flattée. Si nous n'avions pas été collègues, j'aurais probablement accepté. Mais j'avais refusé, ce qui l'avait fait m'inviter avec plus d'insistance. Avec tant d'insistance même que j'avais été heureuse de rencontrer Matthew.

Je reprends une gorgée de café. « Alors c'était comment, l'Amérique ?

— Épuisant. Trop de réunions, trop de restaurants. » Rachel extrait de son sac un paquet plat qu'elle fait glisser sur la table.

« Mon torchon ! » dis-je en ouvrant le paquet et en le dépliant. Cette fois, c'est un plan de New York qui y est imprimé. La dernière fois, c'était la statue de la Liberté. C'est une plaisanterie entre nous : partout où Rachel va à l'étranger, pour son travail ou en vacances, elle en rapporte toujours deux torchons identiques, un pour moi et un pour elle. « Merci ! Tu as le même, j'espère ?

— Bien sûr. » Elle se fait tout à coup sérieuse. « Tu as entendu parler de la femme qu'on a retrouvée morte dans sa voiture cette nuit, sur la route entre ici et Castle Wells ? »

Je déglutis vivement, replie le torchon en deux, puis en quatre, et le roule pour le fourrer dans mon sac. « Oui, Matthew m'a dit, c'était aux infos », dis-je, la tête sous la table.

Rachel attend que je me redresse, puis frissonne. « C'est atroce, n'est-ce pas ? La police pense qu'elle est tombée en panne.

— Ah bon ?

— Oui. » Elle grimace. « Quelle horreur. Imagine, tomber en panne en plein orage, au milieu de nulle part. Je ne veux même pas y penser. »

Il me faut toute mon énergie pour ne pas cracher que j'y étais, que j'ai vu la femme dans la voiture. Mais quelque chose m'en empêche. Le café est bondé et Rachel est déjà émue par cette histoire. J'ai peur qu'elle me juge, qu'elle soit révulsée par le fait que je n'aie rien fait pour aider cette femme. « Moi non plus, dis-je.

— Tu passes parfois par cette route, non ? Tu ne l'as pas prise hier soir, au moins ?

— Non, je ne passerais jamais par là, pas si je suis seule. » Je me sens rougir et je suis convaincue qu'elle sait que je viens de mentir. Mais elle poursuit, sans relever. « Tant mieux. Ç'aurait pu être toi.

— Sauf que mon moteur ne lâche jamais. »

Elle rit, et la tension se relâche. « Tu n'en sais rien ! Elle n'est peut-être même pas tombée en panne. Ce n'est qu'une supposition. Peut-être qu'on lui a fait signe de s'arrêter, en faisant semblant d'avoir des ennuis. N'importe qui s'arrêterait en voyant quelqu'un qui a des ennuis, non ?

— Tu crois vraiment ? Sur une route déserte et sous un orage ? » J'ai désespérément envie que la réponse soit « non ».

« Hé bien, sauf ceux qui n'ont aucun cœur. Personne ne passerait sans s'arrêter, sans essayer au moins de faire quelque chose. »

Ses mots me transpercent et des larmes me piquent les yeux. La culpabilité me paraît insupportable. Je ne veux pas que Rachel voie à quel point ses paroles me font mal et je baisse la tête, les yeux fixés sur le vase de fleurs orange posé entre nous sur la table. À ma grande honte, les pétales deviennent flous et je me baisse prestement à la recherche d'un mouchoir dans mon sac.

« Cass, tu es sûre que ça va ?

— Oui, oui, ça va.

— On ne dirait pas. »

Je sens l'inquiétude dans sa voix et je me mouche, pour gagner du temps. Le besoin d'en parler à quelqu'un est oppressant. « Je ne sais pas pourquoi mais je n'ai pas… » Je m'interromps.

« Tu n'as pas quoi ? » Rachel paraît interloquée.

J'ouvre la bouche pour lui dire mais je réalise que si j'avoue, non seulement l'idée que je sois repartie sans vérifier que la femme allait bien va la révulser, mais elle me surprendra en plein mensonge, puisque j'ai déjà affirmé que je n'étais pas passée par cette route la nuit dernière.

Je secoue la tête. « Ça n'a aucune importance.

— Visiblement si, ça en a. Dis-moi ce qu'il y a, Cass.

— Je ne peux pas.

— Pourquoi ? »

Je triture le mouchoir. « Parce que j'ai honte.

— Honte ?

— Oui.

— Honte de quoi ? » Comme je ne réponds pas, Rachel soupire d'agacement. « Allez Cass, raconte-moi. Ça ne peut pas être si grave ! » Son impatience ne fait qu'accroître ma nervosité et je cherche quoi lui dire, quelque chose de plausible.

« J'ai oublié, pour Susie », lâché-je tout en me maudissant de me servir d'un problème aussi trivial, comparé à la mort de cette femme. « J'ai oublié que c'était à moi de lui acheter quelque chose. »

Un pli se dessine sur son front. « Qu'est-ce que tu veux dire, *oublié* ?

— Je n'arrive pas à me rappeler, c'est tout. Je ne me rappelle pas ce que nous avons décidé de lui acheter. »

Rachel me regarde, abasourdie. « Mais c'était ton idée ! Tu as dit que puisque Stephen l'emmène à Venise pour son anniversaire, il fallait lui acheter des bagages légers. Nous étions au bar près de mon bureau, cette fois-là », ajoute-t-elle pour m'aider.

Je laisse un soulagement apparaître sur ma figure, même si ces mots ne me disent rien. « Bien sûr ! Je me rappelle, maintenant – Seigneur, quelle idiote ! Je pensais que c'était du parfum, ou quelque chose comme ça.

— Pas avec tant d'argent. On a tous mis vingt livres chacun, rappelle-toi, donc tu devrais avoir cent soixante livres en tout. Tu les as sur toi ? »

Cent soixante livres ? Comment ai-je pu oublier qu'on m'a confié tant d'argent ? Je suis prête à tout avouer mais au lieu de ça, je continue de faire semblant, je ne suis plus du tout sûre de moi. « Je pensais payer par carte. »

Elle me sourit d'un air rassurant. « Bon, maintenant que ce mini-drame est terminé, bois ton café avant qu'il soit froid.

— Il est sûrement déjà froid. Je vais en chercher deux autres ?

— J'y vais. Reste assise et détends-toi. »

Je l'observe se mettre dans la queue au comptoir, en essayant d'ignorer cette angoisse dans mon ventre. Si j'ai réussi à ne pas lui parler de la femme dans la voiture, j'aurais préféré ne pas avoir à reconnaître que j'avais oublié cette histoire de bagages. Rachel n'est pas idiote. Elle a vu l'état de ma mère se détériorer semaine après semaine et je ne veux pas qu'elle s'inquiète ou qu'elle commence à croire que je suis le même chemin. Le pire, c'est que je n'ai aucun souvenir d'avoir suggéré d'acheter des valises, ni d'où j'ai bien pu mettre ces cent soixante livres, à part dans le petit tiroir de mon vieux secrétaire. Ce n'est pas l'argent en soi qui m'inquiète ; ça n'a pas vraiment d'importance si je ne le retrouve pas. Mais penser que j'ai tout oublié du cadeau de Susie me fait peur.

Rachel revient avec les cafés.

« Je peux te demander quelque chose ? dit-elle en s'asseyant.

— Vas-y.

— Hé bien… ça ne te ressemble pas d'être si bouleversée par quelque chose d'aussi trivial qu'oublier quel cadeau tu étais censée acheter. Est-ce qu'il y a autre chose qui te perturbe ? Tout va bien avec Matthew ? »

Pour la centième fois, je me retrouve à espérer que Rachel et Matthew puissent mieux s'entendre. Ils essaient de ne pas le montrer mais il y a toujours une méfiance sous-jacente entre eux. Pour être juste avec Matthew, c'est uniquement parce qu'il sait qu'elle désapprouve notre couple qu'il n'aime pas Rachel. Pour Rachel, c'est plus compliqué. Elle n'a aucune raison de ne pas aimer Matthew et une petite voix dans ma tête me souffle qu'elle est peut-être jalouse que j'aie maintenant quelqu'un dans ma vie. Mais je m'en veux de penser cela, parce que je sais qu'elle est heureuse pour moi.

Je la rassure, en essayant de chasser la nuit dernière de mon esprit. « Oui, tout va bien. C'était vraiment ce cadeau. » Même ces mots résonnent comme si je trahissais la femme dans la voiture.

« Bon, tu n'étais pas en très bon état ce soir-là, dit-elle en souriant à ce souvenir. Comme Matthew venait te chercher, tu n'avais pas à conduire et tu avais bu plus que quelques verres de vin. C'est peut-être pour ça que tu as oublié.

— Tu dois avoir raison.

— Allez, finis ton café et on va choisir quelque chose. »

Nous terminons nos cafés et nous descendons au quatrième étage. Il ne nous faut pas longtemps avant de choisir deux valises bleu pastel et en quittant le magasin, je sens que Rachel me fixe.

« Tu es sûre que tu veux aller déjeuner ? Sinon, ça n'a pas d'importance. »

L'idée d'un déjeuner, de devoir discuter de tout et de rien pour éviter de parler de la femme de la voiture me paraît soudain au-dessus de mes forces. « En fait j'ai un gros mal de tête. J'ai un peu trop forcé à la fête hier soir, je suppose. Et si je t'emmenais déjeuner la semaine prochaine, plutôt ? Maintenant que je suis en vacances, je peux venir en ville n'importe quel jour.

— Bien sûr. Tu seras remise pour l'anniversaire de Susie ce soir, quand même ?

— Évidemment. Mais tu peux prendre les valises, au cas où ?

— Pas de problème. Tu es garée où ?

— En bas de High Street. »

Elle acquiesce. « Je suis au grand parking à plusieurs étages. Donc je te dis au revoir ici. »

Je désigne les deux valises. « Tu vas t'en débrouiller ?

— Elles sont légères, rappelle-toi ! Et si je n'y arrive pas, je suis sûre que je vais trouver un beau jeune homme pour m'aider ! »

Je l'embrasse vivement avant de me diriger vers ma voiture. Quand je mets le contact, l'horloge s'affiche et je vois qu'il est treize heures une. Une part de moi-même, une grande part en réalité, ne veut pas écouter les informations locales mais je me retrouve quand même à allumer la radio.

« La nuit dernière, on a retrouvé dans une voiture le corps d'une femme sur Blackwater Lane, entre Browbury et Castle Wells. Elle a été sauvagement assassinée. Si vous avez emprunté cette route entre vingt-trois heures vingt hier soir et une heure quinze ce matin, ou si vous connaissez quelqu'un dans cette situation, nous vous prions de nous contacter dès que possible. »

Je tends le bras pour éteindre la radio, ma main tremble d'inquiétude. *Sauvagement assassinée.* Les mots flottent dans l'air et je me sens si mal, j'ai si chaud que je dois ouvrir la fenêtre, simplement pour respirer. Pourquoi ne pas se contenter de dire « assassinée » ? Ça n'était pas assez horrible comme ça ? Une voiture s'arrête à ma hauteur, le conducteur me demande par signes si je vais partir. Je fais non de la tête et il repart ; une minute plus tard, une autre voiture ralentit qui me demande la même chose, puis une autre encore. Mais je ne veux pas démarrer, tout ce que je veux, c'est rester là jusqu'à ce que le meurtre ne soit plus une nouvelle, jusqu'à ce que tout le monde passe à autre chose et oublie cette femme qui s'est fait sauvagement assassiner.

Je sais que c'est idiot mais j'ai le sentiment qu'elle est morte par ma faute. Les larmes me piquent les yeux. Je ne vois pas comment cette culpabilité pourrait disparaître et la pensée d'avoir à la porter le restant de mes jours me semble trop cher payé pour un instant d'égoïsme. Mais la vérité est là : si j'avais pris la peine de sortir de ma voiture, elle serait peut-être encore en vie.

Je rentre lentement chez moi, retardant le moment où je vais devoir quitter la bulle protectrice de ma voiture. Dès que je serai rentrée, le meurtre va être partout, à la télévision, dans les journaux, sur toutes les lèvres, me rappelant constamment que je n'ai rien fait pour aider la femme de la forêt.

En descendant de voiture, l'odeur d'un feu de bois qui brûle dans le jardin me ramène instantanément à mon enfance. Je ferme les yeux, et durant quelques merveilleuses secondes, nous ne sommes plus par une chaude journée ensoleillée de juillet. C'est un soir froid et vif de novembre, maman et moi mangeons des saucisses piquées sur des fourchettes, pendant que papa tire des feux d'artifice au bout du jardin. Je rouvre les yeux pour m'apercevoir que le soleil s'est caché derrière un nuage, comme pour accompagner mon humeur. Normalement, je devrais aller retrouver Matthew mais au lieu de ça, je file dans la maison, heureuse d'avoir un peu de temps pour moi seule.

« J'ai bien cru entendre ta voiture, dit Matthew en entrant dans la cuisine quelques minutes plus tard. Je ne t'attendais pas si tôt. Tu n'étais pas censée déjeuner dehors ?

— C'était prévu, mais on a décidé de remettre à plus tard. »

Il s'approche et dépose un baiser sur mon front. « Bien. On va pouvoir déjeuner ensemble.

— Tu sens le feu de bois, dis-je en respirant l'odeur qui imprègne son T-shirt.

— Je me suis dit que j'allais me débarrasser de toutes ces branches que j'ai taillées l'autre semaine. Heureusement, elles étaient sous une bâche et n'ont pas pris la pluie mais elles auraient enfumé toute la maison si on s'en était servi dans la cheminée. » Il m'entoure de ses bras. « Tu sais que tu es la femme de ma vie, hein ? » dit-il doucement, comme en écho à ce qu'il me disait quand nous nous sommes rencontrés.

Je travaillais au collège depuis six mois quand je suis allée avec quelques collègues dans un bar à vin fêter mon anniversaire. Connie avait remarqué Matthew dès notre entrée. Il était assis seul à une table, attendant visiblement quelqu'un, et elle avait plaisanté en disant que si sa petite amie ne venait pas, elle se proposait volontiers de prendre sa place. Quand il est devenu évident que sa petite amie ne ferait pas son apparition, Connie, déjà un peu ivre, est allée lui demander s'il voulait se joindre à nous.

« J'espérais que personne ne remarquerait qu'on m'a posé un lapin », avait-il dit, penaud, tandis que Connie le faisait asseoir entre elle et John. Je m'étais donc retrouvée face à lui, et je n'avais pas pu m'empêcher de remarquer la manière dont ses cheveux retombaient sur son front et le bleu de ses yeux à chaque fois qu'il les levait vers moi – ce qui s'était produit très souvent. J'avais essayé de ne pas trop y accorder d'importance, ce qui n'était pas plus mal puisque au moment de nous lever pour partir, quelques bouteilles de vin plus tard, il avait le numéro de Connie enregistré dans son téléphone.

Quelques jours plus tard, elle m'avait rejointe dans la salle des profs, un grand sourire aux lèvres, pour m'annoncer que Matthew l'avait appelée – pour lui demander mon numéro. Je l'avais autorisée à le lui donner et lorsqu'il m'avait appelée, il avait avoué nerveusement, avec une formulation très mignonne : « Dès que je t'ai vue, j'ai su que tu étais la femme de ma vie. »

Après que nous avions commencé à nous voir régulièrement, il m'avait annoncé qu'il ne pouvait pas avoir d'enfants. Il m'avait dit qu'il comprendrait que je ne veuille plus le revoir mais j'étais déjà amoureuse et si le choc était rude, ce n'était pas non plus la fin du monde. Quand il m'a demandée en mariage, nous avions déjà discuté des autres manières d'avoir des enfants et décidé que nous nous pencherions sérieusement sur la question après un an de mariage. Soit à peu près à cette période. J'ai toujours cette idée en tête d'habitude, mais tout ça me semble si loin aujourd'hui que je n'arrive même pas à y penser.

Matthew m'entoure toujours de ses bras. « Tu as trouvé ce que tu voulais ?

— Oui. On a acheté des bagages pour Susie.

— Tu es sûre que ça va ? Tu n'as pas l'air très en forme. »

Tout à coup, le besoin d'être seule m'envahit. « J'ai un peu mal au crâne, dis-je en m'écartant. Je crois que je vais prendre une aspirine. »

Je monte dans la salle de bains à l'étage prendre deux aspirines que j'avale avec de l'eau du robinet. En relevant la tête, je vois mon reflet dans la glace et je m'examine anxieusement, à la recherche d'un signe qui me trahisse ; quelque chose qui signale aux gens que tout n'est pas comme il devrait l'être. Mais rien n'indique une quelconque différence avec la personne que j'étais quand j'ai épousé Matthew il y a un an. J'ai les mêmes cheveux châtains, les mêmes yeux bleus qui me renvoient mon regard.

Je tourne le dos à mon reflet pour me rendre dans la chambre. La pile de mes vêtements a été déplacée de la chaise au lit, qui est fait – petit signe amical de Matthew pour me dire de les mettre au sale. En temps ordinaire, ça m'amuserait, mais aujourd'hui, ça m'agace. Mes yeux tombent sur le secrétaire légué par mon arrière-grand-mère, et je me rappelle l'argent dont a parlé Rachel, les cent soixante livres données par tout le monde pour le cadeau de Susie. Si j'avais cet argent, c'est là qu'il serait, c'est là que je mets toujours ce que je veux garder en sûreté. J'inspire profondément, je déverrouille le petit tiroir du côté gauche et l'ouvre. À l'intérieur, il y a un petit tas de billets chiffonnés. Je compte. Il y a exactement cent soixante livres.

Dans la quiétude de ma chambre, la dure réalité de mon oubli se fait tout à coup menaçante. Il est normal d'oublier un nom ou un visage, mais pas d'oublier un cadeau qu'on a suggéré ni d'avoir récolté l'argent pour ça.

« Tu as pris de l'aspirine ? » demande Matthew depuis le seuil, me faisant sursauter.

Je referme prestement le tiroir. « Oui. Et je me sens beaucoup mieux.

— Tant mieux. » Il sourit. « Je vais me faire un sandwich. Tu en veux un ? Je vais même prendre une bière avec. »

L'idée de manger me soulève toujours l'estomac. « Non, vas-y. Je mangerai quelque chose plus tard. Je vais me faire une tasse de thé. »

Je descends avec lui et je m'assois à la table de la cuisine. Il pose une tasse de thé devant moi et je le regarde sortir du pain du placard, un morceau de cheddar du frigo et se faire un sandwich express, assemblant pain et fromage qu'il mange sans assiette.

« On a parlé de ce meurtre toute la matinée à la radio, dit-il en faisant tomber des miettes par terre. La route a été barrée et la police est partout, à la recherche d'indices. C'est dingue de penser que c'est arrivé à cinq minutes d'ici ! »

J'essaie de ne pas vaciller et je contemple d'un air absent les petites miettes blanches sur les dalles de terre cuite. On croirait des naufragées, sans secours en vue.

« Ils savent déjà quelque chose sur cette femme ? demandé-je.

— La police doit savoir parce qu'elle a averti sa famille, mais on n'a donné aucun détail. C'est horrible de penser à l'épreuve que ça doit être pour eux. Tu sais ce que je ne peux pas m'empêcher de penser ? C'est que ça aurait pu être toi, si tu avais été assez idiote pour passer par cette route hier soir. »

Je me lève, tasse à la main. « Je crois que je vais aller m'allonger un peu. »

Il me regarde, l'air inquiet. « Tu es sûre que ça va ? Tu n'as pas l'air dans ton assiette. On devrait peut-être ne pas aller à la fête ce soir ? »

Je souris avec bienveillance ; Matthew n'aime pas beaucoup les fêtes, il préfère inviter des amis à dîner sans chichi.

« On ne peut pas ne pas y aller, Susie fête ses quarante ans.

— Même si tu as encore mal au crâne ? » Je soupire en l'entendant insister.

« Oui, dis-je fermement. Ne t'inquiète pas, tu n'auras pas besoin de discuter avec Rachel.

— Ça ne me dérange pas de lui parler, mais ces regards désapprobateurs qu'elle me jette en permanence... J'ai l'impression d'avoir fait quelque chose de mal. Tu as pensé à prendre ma veste au pressing, d'ailleurs ? »

Mon cœur se serre. « Non, désolée. J'ai oublié.

— Ah. Bon, ne t'en fais pas, je peux porter autre chose, je pense. »

« Désolée », redis-je en pensant au cadeau et à tout ce que j'ai oublié ces derniers temps. Il y a quelques semaines, il a dû venir nous secourir, moi et mon chariot plein de provisions, au supermarché alors que j'avais oublié mon porte-monnaie sur la table de la cuisine. Depuis, il a trouvé le lait dans les produits d'entretien, le détergent au frigo, et il a dû affronter un coup de téléphone furieux de mon dentiste pour un rendez-vous pris que j'avais oublié. Jusque-là, il en a plaisanté, m'a dit que j'étais débordée à cause de la fin de l'année scolaire. Mais, tout comme pour le cadeau de Susie, il y a d'autres fois où la mémoire m'a fait défaut et qu'il ignore. Je suis partie à l'école sans mes livres, j'ai oublié un rendez-vous chez le coiffeur suivi d'un déjeuner avec Rachel, et le mois dernier j'ai fait quarante kilomètres jusqu'à Castle Wells sans me rendre compte que j'avais laissé mon sac à la maison. En vérité, même s'il sait que maman est morte à cinquante-cinq ans et que vers la fin, elle oubliait les choses, je ne lui ai jamais vraiment dit clairement que les trois années qui ont précédé sa mort, j'ai dû la laver, l'habiller et lui donner à manger. Il ne sait pas non plus qu'on lui avait diagnostiqué une démence précoce à l'âge de quarante-quatre ans, à peine dix ans de plus que mon âge actuel. Je ne pouvais pas croire alors qu'il aurait toujours envie de m'épouser si, une dizaine d'années plus tard, on me diagnostiquait la même maladie.

Maintenant, je sais qu'il ferait tout pour moi, mais il s'est passé trop de temps. Comment puis-je admettre que je lui ai caché des choses ? Il a été tout à fait franc sur le fait qu'il ne pouvait pas avoir d'enfant, et son honnêteté a été payée de malhonnêteté en retour. J'ai laissé mes propres peurs égoïstes se mettre en travers de la vérité. *Et maintenant, je paye tout ça très cher*, me dis-je, étendue sur le lit.

J'essaie de me détendre mais des visions de la nuit dernière me traversent l'esprit, l'une après l'autre, comme les images arrêtées d'un film. Je vois la voiture qui me précède sur la route, je me vois donner un coup de volant pour l'éviter, je me vois tourner la tête pour dévisager le chauffeur. Et puis je vois la figure floue d'une femme, qui me rend mon regard à travers la vitre.

***

Au milieu de l'après-midi, Matthew vient me rejoindre. « Je crois que je vais aller à la salle de sport une heure ou deux. Sauf si tu veux aller te promener, ou faire quelque chose ?

— Non, c'est bien, dis-je, reconnaissante d'avoir du temps pour moi seule. Il faut que je trie les affaires que j'ai rapportées du collège. Si je ne le fais pas maintenant, je ne le ferai jamais. »

Il acquiesce. « Alors on prendra un verre de vin bien mérité quand je rentrerai.

— Marché conclu, dis-je en acceptant son baiser. Amuse-toi bien. »

J'entends la porte d'entrée claquer mais au lieu d'aller dans le bureau trier mes affaires de travail, je reste assise à la table de la cuisine et laisse les pensées qui me traversent m'obstruer l'esprit. Le téléphone de la maison sonne. C'est Rachel.

« Tu ne devineras jamais, dit-elle, le souffle court. Tu sais, cette jeune femme assassinée ? Hé bien il se trouve qu'elle travaillait dans ma boîte.

— Oh mon Dieu !

— Oui. C'est terrible, non ? Susie est dans tous ses états et elle annule la fête. Elle n'a pas le cœur à s'amuser alors qu'on connaissait celle qui s'est fait tuer. »

Je ressens un vague soulagement en apprenant que je n'aurai pas à sortir, mais la réalité de plus en plus vive de la femme assassinée me met mal à l'aise.

« Bon, je ne la connaissais pas vraiment parce qu'elle travaillait dans un autre secteur que le mien… » Rachel hésite, puis reprend : « En fait, je me sens vraiment mal parce qu'en arrivant au bureau de l'aéroport hier, j'ai eu une altercation avec quelqu'un à propos d'une place de parking, et je crois que c'était elle. Je l'ai pas mal engueulée – à cause du décalage horaire, je pense – et maintenant, je me dis que j'aurais mieux fait de laisser tomber.

— Tu ne pouvais pas savoir, dis-je par automatisme.

— Susie dit que ses collègues sont effondrés. Certains connaissent son mari et apparemment, il est totalement perdu. Bon, c'est normal, bien sûr. Et maintenant il se retrouve seul à élever des jumeaux de deux ans.

— Des jumeaux ? » Le mot résonne dans ma tête.

« Des jumelles, en fait. Quelle tragédie. »

Je me fige sur place. « Comment s'appelait-elle ?

— Jane Walters, d'après Susie. »

Le nom m'atteint comme un coup de massue.

« Quoi ? Jane Walters, tu dis ?

— Oui. »

J'ai la tête qui tourne. « Non. Ce n'est pas possible. »

Rachel insiste : « C'est pourtant bien ce qu'a dit Susie.

— Mais… mais j'ai déjeuné avec elle. » Je suis tellement abasourdie que j'ai du mal à parler. « J'ai déjeuné avec elle et elle allait bien. Ça doit être une erreur.

— Tu as déjeuné avec elle ? » Rachel semble stupéfaite. « Quand ? Je veux dire, tu la connaissais comment ?

— Je l'ai rencontrée à ce pot de départ auquel tu m'as emmenée, pour ce type qui travaillait chez vous… Colin. Tu sais, le pot où tu as dit que je pouvais très bien venir parce qu'il y aurait tellement de monde que personne ne remarquerait que je ne travaille pas chez Finchlakers. Je m'étais retrouvée à lui parler au bar, on avait échangé nos numéros et elle m'avait appelée quelques jours plus tard. Je te l'ai dit quand tu as téléphoné de New York : j'ai dit que je devais déjeuner avec elle le lendemain – enfin, je pensais te l'avoir dit.

— Non, je ne crois pas, dit doucement Rachel, comprenant ma détresse. Et même si tu l'avais fait, même si tu m'avais dit son nom, je n'aurais pas su qui c'était. Je suis vraiment désolée, Cass, tu dois te sentir très mal.

— Je devais aller la voir chez elle la semaine prochaine, dis-je en le réalisant tout à coup. Pour faire la connaissance de ses petites filles. » Des larmes me montent aux yeux.

« C'est vraiment atroce. Et quelle horreur de penser que son assassin est là quelque part. Je ne veux pas t'inquiéter, Cass, mais ta maison n'est qu'à trois ou quatre kilomètres de l'endroit où elle s'est fait tuer et… bon, elle est un peu isolée, toute seule en bout de rue.

— Oh. » C'est tout ce que je parviens à dire, mal à l'aise. Dans l'agitation et la panique, je n'avais pas pensé que le meurtrier puisse encore être dans les parages. Et que nous n'avons du réseau qu'à l'étage, près d'une des fenêtres.

« Vous n'avez pas d'alarme, si ?

— Non.

— Alors promets-moi de fermer à clé quand tu es toute seule à la maison.

— Oui. Oui, bien sûr », réponds-je, pressée de raccrocher, de ne plus parler de la femme assassinée. Et j'ajoute précipitamment : « Désolée Rachel, il faut que j'y aille, Matthew m'appelle. »

Je raccroche brusquement pour fondre en larmes. Je ne veux pas croire ce que Rachel vient de me dire, je ne veux pas croire que la jeune femme qui s'est fait tuer dans sa voiture soit Jane, ma nouvelle amie qui, je le sentais, aurait pu devenir une très bonne amie. Nous nous étions rencontrées par hasard, à un pot où j'étais allée par hasard, comme si nous étions destinées à nous rencontrer. Sanglotant toujours, aussi clairement que si cela se passait sous mes yeux, je la revois se diriger vers le bar de Bedales.

***

« Excusez-moi, vous attendez d'être servie ? m'avait-elle demandé en souriant.

— Non, ne vous en faites pas, j'attends que mon mari vienne me chercher. » Je m'étais poussée de côté pour lui faire un peu de place. « Glissez-vous ici, si vous voulez.

— Merci. Heureusement que je ne meurs pas de soif, avait-elle plaisanté en indiquant tous ceux qui attendaient qu'on les serve. Je n'avais pas compris que Colin avait invité tant de monde. » Elle m'avait dévisagée d'un air interrogateur, et le bleu de ses yeux m'avait frappée. « Je ne vous ai encore jamais vue. Vous êtes nouvelle chez Finchlakers ?

— En réalité, je ne travaille pas pour Finchlakers, avais-je reconnu d'un air coupable. Je suis venue avec une amie. Je sais

que c'est une réception privée mais elle m'a dit qu'il y aurait tant de monde que personne ne remarquerait une étrangère. Mon mari regarde le match avec des amis ce soir, et elle a eu pitié de ma solitude.

— Ça doit être une vraie amie.

— Oui, Rachel est super.

— Rachel Baretto ?

— Vous la connaissez ?

— Non, pas vraiment. » Elle m'avait lancé un sourire radieux. « Mon mari regarde aussi le match, ce soir. C'est lui qui garde nos jumelles de deux ans.

— Oh, des jumelles, c'est adorable ! Comment s'appellent-elles ?

— Charlotte et Louise, alias Lottie et Loulou. »

Elle avait sorti son téléphone portable et s'était mise à chercher dans ses photos. « Alex, mon mari, me répète toujours de ne pas faire ça, en tout cas pas avec des gens que je ne connais pas du tout, mais je ne peux pas m'en empêcher. » Elle m'avait tendu son téléphone. « Les voilà.

— Elles sont superbes, avais-je dit sincèrement. On dirait deux petits anges avec ces robes blanches. Laquelle est laquelle ?

— Ça c'est Lottie, et ça Loulou.

— Ce sont des vraies jumelles ? On dirait que oui.

— Non, mais la plupart des gens n'arrivent pas à les distinguer.

— Je veux bien le croire. » J'avais vu le barman qui attendait de prendre sa commande. « Ah, je crois que c'est votre tour.

– Oh, parfait. Un verre de vin rouge d'Afrique du Sud, s'il vous plaît. » Elle s'était tournée vers moi. « Je vous offre un verre ?

— Matthew va bientôt arriver mais... » J'avais hésité. « Je n'ai pas à conduire, alors pourquoi pas ? Merci. Un verre de blanc, sec.

— Je m'appelle Jane, au fait.

— Cass. Mais ne vous sentez pas obligée de rester maintenant que vous avez votre verre. Vos amis vous attendent sûrement.

— Je crois que je ne vais pas leur manquer tout de suite. » Elle avait levé son verre. « Aux rencontres de hasard. Ça fait tellement de bien de pouvoir boire ce soir. Je ne sors pas beaucoup depuis la naissance des jumelles et quand je sors, je ne bois pas parce que je dois rentrer en voiture. Mais ce soir, c'est une amie qui me dépose.

— Vous habitez où ?

— À Heston, de l'autre côté de Browbury. Vous connaissez ?

— J'y ai été une fois ou deux, au pub. Il y a un beau petit parc en face, de l'autre côté de la route.

— Avec une aire de jeux géniale pour les enfants, avait-elle acquiescé en souriant. J'y passe une bonne partie de mon temps, ces jours-ci. Vous habitez Castle Wells ?

— Non, dans un petit hameau de ce côté-ci de Browbury. Nook's Corner.

— Ah, oui, je le traverse de temps en temps pour rentrer de Castle Wells, quand je prends le raccourci qui passe par la forêt. Vous avez de la chance d'habiter là-bas, c'est joli.

— Oui, mais notre maison est un peu trop à l'écart à mon goût. Mais c'est super d'être à quelques minutes à peine de l'autoroute. Je suis enseignante au collège de Castle Wells. »

Elle avait souri. « Alors vous devez connaître John Logan.

— John ? » J'avais ri, étonnée. « Mais oui. C'est un de vos amis ?

— Je jouais encore au tennis avec lui il y a quelques mois. Il est toujours aussi blagueur ?

— Il ne s'arrête jamais. » Mon téléphone, que j'avais à la main, s'était mis à vibrer, m'annonçant un SMS. « Matthew, avais-je dit à Jane en le lisant. Le parking est plein, il est en double file dans la rue.

— Vous devriez y aller alors. »

J'avais terminé mon verre à la hâte puis dit, sincèrement : « C'était une conversation très agréable, et merci pour le vin.

— Pas de quoi. » Elle s'était arrêtée puis avait repris, précipitamment : « Ça ne vous dirait pas de prendre un café ou même de déjeuner ensemble, un de ces jours ?

— J'en serais ravie. » J'avais été vraiment touchée. « On échange nos numéros ? »

Nous avions donc échangé nos numéros de téléphone et j'y avais ajouté celui de la maison, en lui expliquant que les réseaux mobiles passaient très mal, et elle avait promis de m'appeler.

Ce qu'elle avait fait moins d'une semaine plus tard, en proposant un déjeuner le samedi suivant, parce que son mari serait à la maison pour garder les jumelles. Je me rappelle avoir été surprise mais contente qu'elle m'ait rappelée si vite, et je m'étais demandée si elle avait besoin d'avoir quelqu'un à qui parler.

Nous nous étions vues dans un restaurant de Browbury et la conversation avait été si facile qu'on aurait dit que nous étions déjà de vieilles amies. Elle m'avait détaillé sa rencontre avec Alex, je lui avais parlé de Matthew, et la famille que nous espérions fonder bientôt. Quand j'avais vu Matthew devant le restaurant, parce qu'il m'y avait donné rendez-vous, j'avais eu du mal à croire qu'il était déjà quinze heures.

« Voilà Matthew, avais-je dit en indiquant la fenêtre du menton. Il a dû arriver en avance. » J'avais consulté ma montre et ri d'étonnement. « Ah non, il est pile à l'heure. On est déjà là depuis deux heures ?

— Probablement. » Elle paraissait distraite et en levant la tête, j'avais vu qu'elle fixait Matthew par la fenêtre et je n'avais pu réprimer une bouffée d'orgueil. On lui avait dit plus d'une fois qu'il ressemblait à Robert Redford jeune, et les gens, surtout les femmes, lui jetaient souvent des regards appuyés en le croisant dans la rue.

« Tu veux que j'aille le chercher ? avais-je demandé en me levant. J'aimerais te le présenter.

— Non, ne t'embête pas, il a l'air occupé. » Matthew avait son téléphone à la main et était absorbé à taper un SMS. « Une autre fois. Il faut que j'appelle Alex, de toute façon. »

J'étais donc sortie, et j'avais fait un signe à Jane par la fenêtre du restaurant en m'éloignant main dans la main avec Matthew.

***

Le souvenir s'efface mais mes larmes reprennent de plus belle ; quelque part au fond de moi, je sais que je n'ai pas autant pleuré à la mort de maman, parce que je m'y attendais. Mais celle de Jane m'a profondément secouée, choquée au point qu'il faut un moment pour que tout s'assemble dans mon esprit, que je réalise brutalement que c'est Jane que j'ai vue dans la voiture la nuit dernière, Jane qui m'a rendu mon regard par la vitre pendant que je passais à sa hauteur, Jane que j'ai laissée se faire assassiner. L'horreur que je ressens n'a d'égale que la culpabilité qui m'oppresse, m'étouffe. Je tente de me calmer, de me dire que s'il n'avait pas plu si fort j'aurais pu deviner ses traits, que si j'avais su que c'était elle je serais descendue de voiture et que j'aurais été la voir sans hésiter une seconde sous la pluie. Mais… et si elle m'avait reconnue ? Et si elle avait attendu que je vienne à son aide ? Puis une autre pensée me frappe, plus horrible encore que la précédente : et si le tueur était déjà là, qu'elle m'avait laissée partir parce qu'elle voulait me protéger ?

***

« Qu'y a-t-il, Cass ? » demande Matthew en rentrant de la salle de sport et en me voyant blême.

Les larmes que je n'arrive pas à calmer coulent sur mes joues. « Tu sais, la jeune femme qui s'est fait assassiner ? C'est Jane.

— Jane ?

— Oui, celle avec qui j'ai déjeuné il y a quelques semaines à Browbury, que j'avais rencontrée à la fête où Rachel m'avait emmenée.

— *Quoi ?* » Matthew est choqué. « Tu es sûre ?

— Oui. Rachel a appelé pour me dire que c'était quelqu'un qui travaillait dans sa boîte. Je lui ai demandé son nom et elle m'a dit "Jane Walters". Susie annule sa fête d'anniversaire parce qu'elle la connaissait aussi.

— Je suis vraiment désolé, Cass, dit-il en me serrant dans ses bras. Je n'imagine même pas comment tu dois te sentir.

— Je n'arrive pas à croire que ce soit elle. Ça me paraît impossible. C'est peut-être une erreur, il y a peut-être une autre Jane Walters. »

Je le sens hésiter. « Ils ont publié une photo d'elle. Je l'ai vue sur mon téléphone. Je ne sais pas si… » Il s'arrête.

Je fais non de la tête parce que je ne veux pas voir, je ne veux pas affronter la vérité, si c'est bien Jane sur la photo. Oui, mais au moins, je saurai.

« Vas-y, montre-moi », dis-je, la voix tremblante.

Matthew desserre son étreinte et nous montons à l'étage, pour qu'il puisse accéder à Internet depuis son téléphone. Pendant qu'il cherche les informations les plus récentes, je ferme les yeux et je prie : *Seigneur, par pitié, Seigneur, pourvu que ce ne soit pas Jane.*

« Là. » Matthew a parlé à voix basse. Mon cœur cogne de terreur mais j'ouvre les yeux et je me retrouve face à une photo de la femme assassinée. Ses cheveux blonds sont plus courts que lors de notre déjeuner et ses yeux paraissent moins bleus, mais c'est bien Jane.

Je chuchote. « C'est elle. C'est elle. Qui peut faire ça ? Qui peut faire une chose aussi terrible ?

— Un fou », répond sombrement Matthew.

Je me retourne et je me blottis contre sa poitrine, en essayant de ne pas me remettre à pleurer parce qu'il va se demander pourquoi je suis bouleversée alors que pour lui, je connaissais à peine Jane.

« Il est là, quelque part, dis-je tout à coup apeurée. Il nous faut une alarme.

— Pourquoi tu n'appellerais pas quelques installateurs demain pour leur demander de venir nous faire un devis ? Mais ne signe aucun contrat avant d'avoir tout passé au peigne fin. Tu sais comment ils sont, ceux-là : ils te font acheter des choses dont tu n'auras jamais besoin.

— D'accord. »

Mais je reste désemparée tout le reste de l'après-midi et toute la soirée. Je n'arrive à penser qu'à Jane, assise dans sa voiture, à attendre que je vienne à son aide. Je chuchote : « Je suis désolée, Jane. Je suis vraiment désolée. »

Vendredi 24 juillet

Jane me hante. Cela fait une semaine qu'elle a été assassinée et je n'imagine même pas qu'un jour viendra sans qu'elle occupe mon esprit. La culpabilité que je ressens ne s'est pas amoindrie avec le temps. Elle a plus empiré qu'autre chose. Et pour ne rien arranger, son meurtre occupe encore les actualités, avec d'incessantes spéculations des médias sur la raison pour laquelle elle s'est arrêtée sur une route aussi déserte au beau milieu d'un orage. Les analyses ont montré que sa voiture n'était pas en panne mais comme c'était un modèle assez ancien avec des essuie-glaces en très mauvais état, on avance la théorie qu'elle avait du mal à voir à travers son pare-brise et qu'elle attendait que l'orage cesse avant de reprendre sa route.

Petit à petit, un tableau commence à se dessiner. Juste avant vingt-trois heures, elle a laissé un message sur le portable de son mari, disant qu'elle sortait d'un des bars de Castle Wells où elle avait fêté l'enterrement de vie de jeune fille d'une de ses amies et qu'elle serait bientôt rentrée. Selon le personnel du bar, Jane était partie avec ses amies mais était revenue cinq minutes plus tard pour téléphoner à son mari parce qu'elle s'était rendu compte qu'elle avait laissé son portable chez elle. Son mari s'était endormi sur le canapé et n'avait pas entendu le téléphone sonner. Il n'avait donc aucune idée qu'elle n'était pas rentrée avant que la police frappe à sa porte pour lui annoncer la terrible nouvelle. Trois personnes se sont signalées pour dire qu'elles ont bien emprunté Blackwater Lane vendredi soir mais aucune d'elles n'a vu sa voiture, garée ou non. Ceci permet à la police de réduire l'heure possible du meurtre entre vingt-trois heures vingt, puisqu'il lui avait fallu environ quinze minutes pour atteindre l'aire de stationnement depuis Castle Wells, et une heure et quart, l'heure à laquelle un automobiliste qui passait l'avait découverte.

Une voix dans ma tête me presse de contacter la police, de leur dire qu'elle était encore vivante quand je suis passée près de sa voiture vers vingt-trois heures trente, mais une autre voix, qui me dit que les policiers seront écœurés que je n'aie rien fait pour l'aider, parle plus fort. Et bien évidemment, rétrécir l'intervalle potentiel d'une si petite marge ne fera pas une grande différence pour l'enquête. En tout cas c'est ce que je me dis.

Dans l'après-midi, un représentant de Superior Security Systems doit passer établir un devis pour un système d'alarme. Il m'agace tout de suite en arrivant vingt minutes à l'avance et en me demandant si mon mari est là.

« Non, il n'est pas là, lui dis-je en essayant de ne pas me laisser distraire par les pellicules qui maculent les épaules de son costume sombre. Mais si vous me détaillez le système que vous pensez nécessaire pour sécuriser cette maison, je suis sûre que je peux arriver à comprendre. Si vous ne parlez pas trop vite. »

Le sarcasme ne l'atteint même pas. Sans attendre d'y être invité, il entre dans le couloir. « Vous êtes souvent seule à la maison ?

— Non, pas vraiment. » Sa question me met mal à l'aise. « Mon mari va rentrer bientôt, en fait.

— Bon, vu de l'extérieur, je dirais que votre maison est une cible de choix pour les cambrioleurs, plantée comme ça tout au bout de la rue. Il vous faut des détecteurs aux fenêtres, aux portes, dans le garage et dans le jardin. » Il inspecte le couloir d'entrée. « Dans l'escalier aussi – vous n'avez pas envie que quelqu'un vous tombe dessus en pleine nuit, si ? Je vais jeter un œil à la maison, d'accord ? »

Il tourne les talons, se dirige vers l'escalier, monte deux marches à la fois. Je l'accompagne et le vois inspecter rapidement la fenêtre au bout du palier. Quand il disparaît dans notre chambre, je le suis jusqu'au seuil, mal à l'aise de l'y laisser seul. Il me vient tout à coup à l'idée que je ne lui ai pas une seule fois demandé de pièce d'identité et, après le meurtre de Jane, l'avoir laissé entrer aussi imprudemment me consterne. Il pourrait être n'importe qui.

La pensée s'enfonce si profondément dans mon esprit que le malaise que je ressens déjà à sa simple présence chez moi enfle jusqu'à devenir presque de la panique. Mon cœur s'arrête, s'emballe, essaie de reprendre le rythme, me laisse flageolante. En gardant un œil bien fixé sur la porte de la chambre, je me glisse dans la chambre d'amis et j'appelle Matthew de mon portable, toute contente d'avoir du signal ici. Il ne décroche pas mais m'envoie un SMS un instant plus tard :

Désolé. En réunion. TVB ?

Maladroitement, je réponds :

J'aime pas l'air du type de l'alarme.

Alors renvoie-le.

Je quitte la chambre pour me cogner au représentant en alarmes. Je sursaute avec un cri, j'ouvre la bouche pour lui dire que j'ai changé d'avis sur l'installation d'une alarme mais il me devance.

« J'ai juste besoin de vérifier cette chambre-ci et la salle de bains, et j'irai jeter un œil en bas », dit-il en se glissant devant moi.

Plutôt que de l'attendre, je descends à la hâte dans le couloir et me tiens près de la porte d'entrée, en me répétant que je suis idiote, que je panique pour rien. Mais quand il descend, je reste à ma place et je le laisse visiter le reste de la maison tout seul. Il lui faut dix longues minutes avant de réapparaître dans le couloir.

« Bon, on va s'asseoir ? demande-t-il.

— Je crois que ça n'est pas nécessaire. Je ne suis pas sûre d'avoir besoin d'une alarme, finalement.

— Ça m'embête de parler de ça mais après le meurtre de cette jeune femme pas très loin d'ici, je dirais que vous faites une erreur. N'oubliez pas que le meurtrier est toujours quelque part en liberté. »

Qu'un quasi-étranger mentionne la mort de Jane me déstabilise et j'ai une terrible envie qu'il s'en aille. « Vous avez une carte de visite ? De votre société ?

— Bien sûr. » Il plonge la main dans la poche de sa veste et je fais un pas en arrière, m'attendant presque à ce qu'il en sorte un couteau. Mais il ne brandit qu'une carte. Je la lui prends et l'étudie un instant. La carte dit qu'il s'appelle

Edward Garvey. Est-ce qu'il ressemble à un Edward ? Ma suspicion devient une drogue, je ne peux plus m'en passer.

« Merci. Mais vous pourriez peut-être revenir quand mon mari sera là.

— Ça devrait être possible. Mais je ne sais pas quand je pourrai. Je sais que je ne devrais pas dire ça mais un meurtre, c'est bon pour les affaires, si vous voyez ce que je veux dire. Donc si vous m'accordez encore dix minutes de votre temps, je vais tout vous expliquer rapidement et vous pourrez tout raconter à votre mari quand il rentrera. »

Il s'avance vers la cuisine et s'arrête sur le seuil, main tendue, pour m'inviter à le suivre. Je veux lui rappeler que je suis chez moi mais je me retrouve quand même à le suivre dans la cuisine. C'est comme ça que ça marche… ? C'est comme ça que les gens se laissent entraîner dans des situations potentiellement dangereuses, comme des agneaux à l'abattoir ? Mon anxiété monte d'un cran quand, au lieu de s'asseoir à table face à moi, il se met à côté de moi, et me coince. Il ouvre sa brochure mais je suis tellement tendue que je n'arrive à me concentrer sur rien de ce qu'il me dit. Je hoche la tête aux moments opportuns, j'essaie d'avoir l'air intéressée par les chiffres qu'il additionne, mais la sueur me dégouline dans le dos et seule mon éducation bourgeoise m'empêche de bondir sur mes pieds pour le chasser de la maison. Est-ce que ce sont les bonnes manières de Jane qui l'ont empêchée de remonter précipitamment sa vitre et de repartir quand elle a compris qu'en fin de compte, elle ne voulait pas déposer son tueur quelque part ?

« Bon, hé bien voilà, c'est tout », conclut-il. Perplexe, je l'observe fourrer ses papiers dans sa serviette et faire glisser devant moi une brochure. « Montrez ça à votre mari ce soir. Il va être épaté, vous pouvez me croire. »

Je ne me détends qu'après avoir refermé la porte derrière lui, mais réaliser qu'une fois de plus j'ai été assez idiote pour ne pas lui demander de pièce d'identité avant de le laisser entrer, alors même qu'une femme a été assassinée non loin, me fait m'interroger sur mon manque de discernement. J'ai froid tout à coup et je cours à l'étage me chercher un pull quand, en entrant dans la chambre, je vois que la fenêtre est ouverte. Je la contemple un moment, me demandant ce que ça signifie – si jamais ça signifie quelque chose. En prenant un cardigan et en le posant sur mes épaules, je me sermonne. *Tu deviens parano. Même si le type de Superior Security Systems a ouvert cette fenêtre – et il l'a probablement fait, pour voir où poser les détecteurs –, ça ne veut pas dire qu'il l'a laissée ouverte pour revenir t'assassiner.*

Je referme la fenêtre et je suis dans l'escalier quand le téléphone se met à sonner. Je m'attends à ce que ce soit Matthew, mais c'est Rachel.

« J'imagine que ça ne te dit rien d'aller boire un verre ?

— Si », réponds-je, toute heureuse d'avoir une excuse pour quitter la maison. Puis j'ajoute, sentant qu'elle n'est pas aussi enjouée que d'habitude : « Tout va bien ?

— Oui, j'ai juste envie d'un verre de vin. Dix-huit heures, ça te va ? Je peux venir à Browbury.

— Génial. Au Sour Grapes ?

— Parfait. À tout à l'heure. »

Je reviens à la cuisine où la brochure de Superior Security Systems est toujours sur la table. Je la mets de côté pour que Matthew y jette un œil après le dîner. Il est déjà dix-sept heures trente – toute cette histoire avec le type de l'alarme a dû durer plus longtemps que je ne le pensais –, je me saisis donc de mes clés et je pars sur-le-champ.

Il y a du monde en ville et en me pressant vers le bar à vin, j'entends quelqu'un m'appeler. En levant les yeux, j'aperçois mon amie Hannah qui se fraye un chemin parmi les passants. C'est la femme d'Andy, le partenaire de tennis de Matthew. Je ne la connais pas depuis très longtemps mais elle est tellement drôle que j'aurais aimé la rencontrer plus tôt. « Je ne t'ai pas vue depuis des lustres, dit-elle.

— Oui, ça fait trop longtemps. En fait, j'ai rendez-vous avec Rachel, sinon je te proposerais bien d'aller boire un verre, mais venez donc faire un barbecue à la maison un de ces jours. »

Hannah sourit. « Ça serait chouette. Andy disait l'autre jour qu'il ne voit plus Matthew au club, ces derniers temps. » Une pause. « N'est-ce pas horrible, cette jeune femme qui s'est fait assassiner la semaine dernière ? »

Jane me retombe dessus comme un nuage noir. « Oui, c'est terrible. »

Hannah a un petit frisson. « La police n'a toujours pas retrouvé le coupable. Tu crois que c'est quelqu'un qu'elle connaissait ? On dit que dans la plupart des meurtres, la victime connaît son agresseur.

— Ah bon ? » Je sais que je devrais dire à Hannah que je connaissais Jane, que j'avais déjeuné avec elle quelques semaines plus tôt, mais je n'y parviens pas, parce que je ne veux pas qu'elle se mette à me poser des questions sur Jane, sur ce qu'elle était. Et je ressens cette impuissance comme une nouvelle trahison.

« C'est peut-être seulement un crime d'opportunité, reprend Hannah. Mais Andy pense que c'est quelqu'un du coin, quelqu'un qui connaissait la géographie de l'endroit. Il pense qu'il se cache quelque part, et qu'il y aura d'autres meurtres dans les environs. C'est inquiétant, non ? »

L'idée que le meurtrier se cache à proximité me fige sur place. Les mots d'Hannah résonnent dans ma tête et je me sens si mal que je n'arrive plus à me concentrer sur ce qu'elle dit ensuite. Je la laisse parler quelques minutes sans écouter vraiment, en marmonnant des réponses à des moments que j'espère convenables.

Je consulte ma montre. « Je suis désolée, Hannah, mais je viens de voir l'heure… il faut vraiment que j'y aille !

— Oh, oui, bien sûr. Dis à Matthew qu'Andy sera vraiment content de le voir.

— Ce sera fait, promis. »

***

Le Sour Grapes est bondé et Rachel est déjà là, une bouteille de vin devant elle.

« Tu es en avance, dis-je en l'embrassant.

— Non, c'est toi qui es en retard, mais ça n'est pas grave. » Elle remplit un verre qu'elle me tend.

« Désolée. Je suis tombée sur mon amie Hannah, et on s'est mises à papoter. Il vaudrait mieux que je ne boive pas tout le verre, je dois conduire. » Je désigne la bouteille du menton. « Mais pas toi, visiblement.

— Des collègues viennent me rejoindre un peu plus tard pour manger un morceau. Je la finirai avec eux. »

Je bois une gorgée de vin, savoure sa fraîcheur. « Alors, comment vas-tu ?

— Pas très bien, en fait. On a eu la police au bureau ces derniers jours, ils ont posé à tout le monde des questions sur Jane. Aujourd'hui, ça a été mon tour.

— Pas étonnant que tu aies besoin d'un verre, dis-je avec sympathie. Qu'est-ce qu'ils voulaient savoir ?

— Seulement si je la connaissais. Je leur ai dit que non, puisque c'est la vérité. » Elle fait jouer son verre dans sa main. « Mais en fait, je ne leur ai pas parlé de l'incident entre nous à propos de la place de parking, et maintenant je me demande si je n'aurais pas dû.

— Pourquoi tu ne leur as pas dit ?

— Je ne sais pas. En fait, si, je sais. J'imagine que ça me donnerait l'air d'avoir un mobile.

— Un mobile ? » Rachel hausse les épaules. « Quoi, un mobile pour l'assassiner ? Mais Rachel, les gens ne tuent pas pour une place de parking !

— Je suis sûre qu'il y en a qui se sont fait assassiner pour moins que ça, dit Rachel d'un ton sarcastique. Mais ce qui m'inquiète maintenant, c'est que quelqu'un d'autre – une de ses amies au bureau, parce qu'elle en a forcément parlé – raconte notre altercation aux policiers.

— Ça m'étonnerait. Mais si c'est ce qui t'inquiète, pourquoi n'appelles-tu pas la police pour leur dire toi-même ?

— Parce qu'ils pourraient commencer à se demander pourquoi je ne leur en ai pas parlé tout de suite. Ça me donne l'air coupable. »

Je secoue la tête. « Tu surinterprètes. » J'essaie de lui sourire. « Je crois que ce meurtre a le même effet sur tout le monde. J'ai fait venir un type cet après-midi pour qu'il me fasse un devis pour une alarme, et je me suis sentie très vulnérable, seule avec lui dans la maison.

— Je veux bien te croire. J'aimerais qu'ils se dépêchent de retrouver le meurtrier. Ça doit être horrible pour le mari de Jane de savoir que l'assassin de sa femme est là quelque part. Apparemment il a pris un congé pour s'occuper des enfants. » Elle s'empare de la bouteille, se ressert. « Et toi ? Comment vas-tu ?

— Oh, tu sais... » Je hausse les épaules, en essayant de ne pas penser aux enfants de Jane, sans leur maman. « C'est un peu dur, je pense tout le temps à Jane. » Je laisse échapper un rire nerveux. « J'aimerais presque ne jamais avoir déjeuné avec elle.

— C'est compréhensible, dit-elle avec sympathie. Tu as pris rendez-vous pour faire installer ton alarme ? »

Je me raidis. « J'aimerais bien, mais je ne suis pas sûre que Matthew ait très envie d'en avoir une. Il dit toujours que c'est comme d'être prisonnier dans sa propre maison.

— C'est toujours mieux que d'être assassiné dans sa propre maison, réplique Rachel sombrement.

— Arrête !

— Pourtant c'est vrai. »

Je suggère : « Changeons de sujet. Tu as des voyages professionnels qui s'annoncent ?

— Pas jusqu'à mon retour de vacances. Plus que deux semaines et je serai à Sienne. J'ai hâte d'y être !

— J'ai du mal à croire que tu aies préféré Sienne à l'île de Ré. » Je la taquine parce qu'elle a toujours dit qu'elle n'irait jamais en vacances ailleurs qu'à l'île de Ré.

« Je ne vais à Sienne que parce que mon amie Angela m'a invitée dans sa villa, rappelle-toi. Même si c'est parce qu'elle veut me présenter à son beau-frère, Alfie », ajoute-t-elle en roulant des yeux. Elle boit une autre gorgée de vin. « Puisqu'on parle de l'île de Ré : je pense y aller pour mon quarantième anniversaire, strictement entre filles. Tu viendras, hein ?

— J'espère bien que oui ! » À l'idée de m'évader, je me sens beaucoup mieux, et ce sera l'endroit idéal pour lui offrir le cadeau que j'ai pour elle. J'oublie Jane un moment et Rachel se met à me parler des endroits qu'elle compte visiter à Sienne. Pendant une heure, nous parvenons à tenir la conversation loin de tout ce qui se rapporte au meurtre et aux systèmes d'alarme mais quand je rentre chez moi, je suis mentalement épuisée.

« Tu as passé un bon moment avec Rachel ? » Matthew me souffle un baiser depuis son siège, à la table de la cuisine.

Je me débarrasse de mes chaussures, le carrelage est divinement frais sous mes pieds. « Oui. Et en chemin pour la rejoindre, je suis tombée sur Hannah. C'était vraiment sympa.

— On n'a pas vu Hannah et Andy depuis très longtemps, dit Matthew, songeur. Comment vont-ils ?

— Bien. Je les ai invités pour un barbecue.

— Bonne idée. Comment ça s'est passé, avec le type de l'alarme ? Tu as réussi à t'en défaire ? »

J'attrape deux tasses dans le placard et j'allume la bouilloire. « J'ai fini par y arriver, oui. Il a laissé une brochure pour que tu y jettes un œil. Et toi ? Tu as passé une bonne journée ? »

Il repousse sa chaise, se lève, s'étire, fait jouer les muscles de ses épaules. « Chargée. J'aurais pu me passer du déplacement de la semaine prochaine. » Il s'approche de moi, enfouit le nez dans mon cou. « Tu vas me manquer. »

Interloquée, je me détourne de lui. « Attends un peu ! Qu'est-ce que tu dis, tu pars en déplacement ?

— Hé bien, tu sais… la plateforme pétrolière.

— Mais non, je ne sais pas. Tu ne m'as jamais dit que tu devais aller à la plateforme. »

Il me regarde d'un air ébahi. « Mais bien sûr que si.

— Quand ?

— Je ne sais pas, ça doit être il y a quelques semaines, dès que je l'ai appris. »

Je nie farouchement de la tête. « Tu n'as rien dit. Si tu me l'avais dit, je m'en serais souvenue.

— Écoute, tu as même dit que tu profiterais du temps où je serais parti pour travailler sur ton programme de cours de septembre, pour pouvoir nous détendre tous les deux après mon retour. »

Le doute s'immisce dans mon esprit. « Je n'ai pas dit ça.

— Mais si, tu en as parlé.

— Je n'ai pas dit ça, d'accord ? dis-je d'une voix blanche. Arrête d'affirmer que tu m'as dit que tu partais alors que ce n'est pas vrai ! »

Je sens son regard posé sur moi et je m'affaire à préparer le thé, pour qu'il ne voie pas combien je suis contrariée. Et pas seulement parce qu'il s'en va.

Samedi 25 juillet

Mon horloge interne ne s'est pas encore habituée à ce que je sois en vacances, et bien qu'on soit le week-end, je suis dans le jardin alors qu'il est tôt, à arracher les mauvaises herbes et à nettoyer les plates-bandes. Je ne m'arrête que quand Matthew revient des courses avec du pain frais et du fromage pour le déjeuner. Nous pique-niquons sur l'herbe et quand nous en avons terminé, je tonds la pelouse, passe un coup de chiffon sur la table et les chaises et je coupe les fleurs fanées des jardinières. Je ne suis pas si maniaque au jardin d'habitude, mais j'ai absolument besoin que tout ait l'air parfait.

Vers la fin de l'après-midi, Matthew vient me retrouver.

« Ça te dérangerait si j'allais passer une heure à la salle de sport ? Si j'y vais maintenant plutôt que demain matin, je pourrai faire une grasse matinée. »

Je souris. « Et prendre le petit-déjeuner au lit…

— Exactement, dit-il en m'embrassant. Je serai rentré à dix-neuf heures. »

Après son départ, je commence à préparer un curry, en laissant la porte du jardin ouverte pour avoir un peu d'air. J'émince les oignons, je coupe le poulet en dés, je chante en accompagnant la radio tout en cuisinant. Dans le frigo, je trouve la bouteille de vin que nous avons entamée deux soirs plus tôt et je saute sur l'occasion. Je me sers la fin de la bouteille et je continue à faire mon curry en sirotant. Quand j'en ai fini dans la cuisine, il est près de dix-huit heures, et je décide de prendre un long bain moussant. Je me sens si détendue que j'ai du mal à me rappeler l'angoisse permanente qui m'a plombée toute la semaine dernière. C'est la première journée où j'ai réussi à éviter que Jane m'occupe l'esprit. Non que je ne veuille pas penser à elle, mais cette culpabilité constante est insupportable. Quelle que soit mon envie de revenir en arrière, je ne vais pas m'empêcher de vivre au motif que je n'ai pas réalisé que c'était Jane dans la voiture, ce soir-là.

Un nouveau bulletin d'informations démarre mais j'éteins promptement la radio. Sans ce bruit de fond, la maison est étrangement silencieuse – et peut-être parce que je viens juste de penser à Jane, je prends soudain conscience que je suis seule. Je vais dans le salon fermer les fenêtres restées ouvertes toute la journée, puis celle du bureau, et je verrouille la porte d'entrée et celle du jardin. Je reste là un moment, à épier le silence. Je n'entends qu'un pigeon qui roucoule doucement, dehors.

À l'étage, je me fais couler un bain mais avant d'y plonger, je me retrouve à hésiter : dois-je fermer à clé ou non la salle de bains ? Je m'en veux d'avoir été si perturbée par la visite du type de l'alarme et par défi, je laisse la porte entrouverte comme je le fais d'habitude, mais je me déshabille face à la porte. Je monte dans la baignoire et me glisse dans l'eau. Les bulles montent sur mon cou, je m'étends sous leur coussin mousseux, yeux fermés, profitant du calme de l'après-midi. Les bruits de nos voisins nous dérangent rarement : l'été dernier, les adolescents de la maison la plus proche de la nôtre sont venus s'excuser à l'avance d'une fête qu'ils donnaient le soir même, et nous n'avons rien entendu. C'est pour cela que Matthew et moi avons choisi cette maison plutôt que celle plus vaste, plus grandiose – et donc plus chère – que nous avions aussi repérée, même si je crois que le prix a également été un critère pour Matthew. Nous avions décidé de l'acheter conjointement et il avait insisté pour que je ne mette pas plus d'argent que lui, alors même que je le pouvais, bien que j'aie acheté une maison sur l'île de Ré six mois auparavant. Une maison que personne ne connaît, pas même Matthew. Et encore moins Rachel. Pas encore.

Sous les bulles, je laisse mes bras flotter à la surface en songeant à l'anniversaire de Rachel, au jour où je pourrai enfin lui donner les clés de la maison de ses rêves. C'est un secret difficile à garder. Qu'elle ait envie d'aller à l'île de Ré pour son anniversaire tombe à pic. Elle m'y avait emmenée quelques mois après le décès de maman et, l'avant-dernier jour de notre séjour, nous étions tombées sur une petite maison de pêcheur, avec une pancarte À VENDRE accrochée à une fenêtre de l'étage.

« Elle est magnifique, avait soufflé Rachel. Il faut que je voie l'intérieur ! » Sans prendre la peine d'appeler l'agence immobilière, elle avait remonté le petit sentier et frappé à la porte.

Pendant que le propriétaire nous la faisait visiter, j'ai compris que Rachel en était tombée amoureuse, bien qu'elle ne puisse se l'offrir. Pour elle, ça n'était qu'une chimère, mais j'avais les moyens de la lui acheter et j'avais tout arrangé discrètement. Je ferme les yeux et m'imagine sa tête quand elle comprendra que la maison lui appartient. Je sais que mes parents auraient vraiment voulu que je le fasse. Si papa avait eu le temps de faire un testament, je suis certaine qu'il aurait légué quelque chose à Rachel. Et si maman avait été assez saine d'esprit, elle aurait fait de même.

Un bruit, comme un craquement, interrompt mes pensées. J'ouvre brusquement les yeux, tout mon corps se tend. D'instinct, je sens que quelque chose ne va pas. Aussi immobile que possible, l'oreille aux aguets, j'essaie de retrouver par la porte entrouverte ce bruit qui m'a annoncé que je n'étais pas seule dans la maison. Les paroles d'Hannah à propos du meurtrier de Jane qui se cacherait à proximité me reviennent. Je retiens ma respiration et mes poumons, privés d'air, se raidissent douloureusement. J'attends ; mais il ne se passe rien.

En contrôlant le plus possible mes mouvements pour ne pas déplacer plus d'eau que nécessaire, je lève lentement le bras, qui émerge de la mousse, et tends la main vers mon téléphone, en équilibre précaire sur le rebord de la baignoire, du côté des robinets. Mais il est hors de portée et alors que je glisse dans l'eau pour m'en approcher, l'eau qui clapote contre la paroi de la baignoire fait autant de bruit que des vagues qui s'écrasent sur le rivage. Terrifiée à l'idée de m'être fait repérer, atrocement consciente de ma nudité, je jaillis soudain de la baignoire, bondis sur la porte et la referme d'un claquement qui se répercute en échos dans toute la maison. En mettant le verrou, les doigts tremblants, j'entends un autre grincement dont je ne peux définir la provenance, et ma terreur augmente encore.

Les yeux rivés à la porte, je recule de deux pas et tâtonne sur le rebord de la baignoire à la recherche de mon téléphone. Il m'échappe et tombe en cliquetant sur le carrelage. Je me figé, le bras tendu derrière moi. Mais il ne se passe toujours rien. Je plie lentement les genoux, et récupère mon téléphone. L'heure est affichée sur l'écran – 18 h 50. Je retrouve ma respiration, que je retenais sans m'en rendre compte, et pousse un soupir de soulagement parce que Matthew va bientôt rentrer.

Je forme son numéro, en priant pour avoir du réseau : dans la salle de bains, à l'arrière de la maison, il est toujours aléatoire. Quand son téléphone se met à sonner, la tête me tourne de gratitude.

« Je suis en route, dit-il joyeusement, pensant que je vais lui demander pour combien de temps il en a. Tu veux que je m'arrête acheter quelque chose ?

— Je crois qu'il y a quelqu'un dans la maison, murmuré-je en tremblant.

— Quoi ? » Sa voix se fait coupante d'inquiétude. « Où es-tu ?

— Dans la salle de bains. J'ai fermé à clé.

— Bien. Ne bouge pas. J'appelle la police.

— Attends ! » Je me prends à hésiter. « Je ne suis pas sûre… Enfin, il n'y a peut-être personne… J'ai seulement entendu du bruit deux fois.

— Qu'as-tu entendu ? Quelqu'un qui entrait ? Des voix ?

— Non, rien de tout ça… un craquement, et puis une sorte de grincement.

— Bon. Reste où tu es ! Je suis à la maison dans deux minutes.

— D'accord. Mais dépêche-toi ! »

Un peu moins anxieuse maintenant que Matthew va arriver, je m'assieds sur le rebord de la baignoire. Son contact sur ma peau me rappelle que je suis toujours nue.

Je décroche mon peignoir de la patère, l'enfile. Je ne peux pas m'empêcher de me demander si je n'aurais pas mieux fait de laisser Matthew appeler la police, en fin de compte. S'il y a *vraiment* quelqu'un dans la maison, c'est lui qui sera en danger à son arrivée.

Mon téléphone sonne. « Je suis arrivé, dit Matthew. Tout va bien ?

— Oui, ça va.

— Je me suis garé dans la rue. Je vais faire le tour, pour voir.

— Sois prudent. Ne raccroche pas.

— D'accord. »

Nerveuse, je l'entends faire crisser le gravier sous ses pas et contourner la maison.

« Tu vois quelque chose ?

— Tout a l'air normal. Je vais vérifier dans le jardin. » Près d'une minute passe. « Tout va bien. J'entre. »

Je le mets en garde, avant que le signal ne disparaisse. « Fais attention !

— Ne t'inquiète pas. J'ai pris une pelle dans le cabanon du jardin. »

La communication se coupe. Depuis la salle de bains, je l'entends examiner chaque pièce du rez-de-chaussée. Quand je l'entends monter l'escalier, je commence à ouvrir le loquet de la salle de bains.

« Laisse-moi d'abord vérifier les chambres ! » dit Matthew. Il ne met pas longtemps à revenir. « Tu peux sortir. »

J'ouvre la porte et en le voyant là, debout, la pelle à la main, je me sens tout à coup idiote.

« Désolée, dis-je avec gêne. Je croyais vraiment que quelqu'un était entré. »

Il pose la pelle et m'entoure de ses bras. « Hé ! Deux précautions valent mieux qu'une, hein.

— Tu ne voudrais pas me faire un de tes gin-tonic, par hasard ? Je boirais bien quelque chose de raide. Je vais m'habiller vite fait.

— Le gin-tonic t'attendra dans le jardin », promet-il en relâchant son étreinte et en se dirigeant vers l'escalier.

J'enfile un jean et un T-shirt, et descends retrouver Matthew. Il est dans la cuisine, à couper des rondelles de citron.

« Tu as fait vite », dit-il, mais je ne peux que fixer la fenêtre des yeux.

« C'est toi qui as ouvert la fenêtre ?

— Quoi ? » Il se tourne pour regarder la fenêtre à son tour. « Non, elle était comme ça quand je suis arrivé.

— Mais je l'avais fermée, dis-je en plissant le front. Avant de monter prendre un bain, j'avais fermé toutes les fenêtres.

— Tu es sûre ?

— Oui. » Je fouille ma mémoire. Je me souviens bien d'avoir fermé les fenêtres du salon et celle du bureau, mais je ne suis pas sûre d'avoir fermé celle-ci. « Enfin, je croyais l'avoir fermée.

— Tu l'as peut-être mal fermée, et elle s'est rouverte toute seule. C'est peut-être ça, le bruit que tu as entendu.

— Tu dois avoir raison, dis-je, soulagée. Allez viens, on va boire ce verre. »

***

Plus tard, après le dîner, nous emportons le reste de la bouteille de vin au salon pour la terminer devant un film. Difficile d'en trouver un que nous n'ayons déjà vu.

« Et *Juno* ? demande Matthew en feuilletant le programme. Tu sais de quoi ça parle ?

— Une adolescente qui se retrouve enceinte et cherche le couple idéal pour adopter son bébé. Je ne crois pas que ce soit un film pour toi.

— Ah, pas si sûr. » Il me prend la télécommande des mains et la met de côté. « Ça fait un moment que nous n'avons pas parlé d'avoir un enfant, dit-il en me prenant dans ses bras. Tu en as toujours envie, non ? »

Je pose la tête sur son épaule, j'aime la sécurité qu'il me procure. « Oui, bien sûr.

— Alors peut-être qu'on devrait amorcer le mouvement. La procédure peut être très longue, il paraît.

— On a dit qu'on attendrait d'être mariés depuis un an. » Malgré ma joie, je me rends compte que je cherche à me dérober. Comment pourrais-je penser à avoir un enfant alors qu'on pourrait me diagnostiquer une démence précoce, comme ma mère, avant même qu'il parvienne à l'adolescence ? Je m'inquiète sûrement pour rien, mais il serait idiot de ne pas tenir compte de mes problèmes de mémoire.

« Alors on a de la chance, notre anniversaire de mariage est pour bientôt, dit Matthew doucement. Et si on regardait plutôt un film d'action ?

— D'accord. Voyons ce qu'il y a. »

Nous regardons un film puis arrive l'heure du journal. Comme toujours, le meurtre de Jane y figure en bonne place et je ne continue à regarder que parce que j'ai besoin de savoir s'ils ont avancé sur la piste de son meurtrier. Mais ils ont peu progressé. Puis un officier de police apparaît :

« *Si vous, ou quelqu'un que vous connaissez, étiez à proximité de Blackwater Lane vendredi soir dernier ou aux premières heures du samedi, et que vous avez vu la voiture de Jane Walters, une Renault Clio rouge foncé, arrêtée ou non, merci d'appeler le numéro suivant...* »

Il semble me regarder droit dans les yeux en parlant, et quand il ajoute que les appels peuvent être anonymes, je comprends que c'est la solution à mon dilemme.

Le journal télévisé se termine et Matthew, prêt à aller se coucher, essaie de me faire lever.

« Vas-y avant, je veux regarder quelque chose sur une autre chaîne, dis-je en tendant le bras vers la télécommande.

— OK, répond-il joyeusement. À tout de suite. »

J'attends qu'il soit monté, et je reviens en arrière sur les informations jusqu'à retrouver le numéro que je note sur un bout de papier. Je ne veux pas que la police puisse remonter à la source de mon appel, donc je devrai utiliser une cabine publique, ce qui veut dire que je ne pourrai pas appeler avant lundi, quand Matthew sera retourné travailler. Et une fois que j'aurai téléphoné, je l'espère, une partie de ma culpabilité va s'envoler.

Dimanche 26 juillet

Le téléphone de la maison sonne alors que Matthew, dans la cuisine, prépare un petit-déjeuner à prendre au lit.

Je l'appelle depuis la chambre, en me renfonçant sous les draps : « Tu peux répondre ? Si c'est pour moi, dis que je rappellerai plus tard ! »

Un moment après, je l'entends demander à Andy comment il va. Je suppose que c'est ma rencontre fortuite avec Hannah qui a suscité ce coup de fil. En me rappelant ma précipitation à y échapper pour retrouver Rachel, je ne peux m'empêcher de me sentir un peu coupable.

Quand Matthew remonte l'escalier, je lui demande : « Laisse-moi deviner... Andy veut que tu viennes jouer au tennis ce matin ?

— Non, il voulait savoir à quelle heure on les attendait. » Il me fixe d'un air interrogateur. « Je n'avais pas compris que tu les avais invités aujourd'hui.

— Qu'est-ce que tu veux dire ?

— Simplement que tu n'as jamais dit qu'ils venaient aujourd'hui pour un barbecue.

— Mais il n'y a pas de barbecue aujourd'hui. » Je me redresse dans le lit et glisse un des oreillers de Matthew derrière mon dos. « J'ai dit qu'il fallait qu'ils viennent nous voir, mais je n'ai pas donné de date.

— Hé bien Andy semble croire que c'est aujourd'hui. »

Je souris. « Il te fait une farce.

— Non, il était tout à fait sérieux. » Une pause. « Tu es sûre que tu ne les as pas invités pour aujourd'hui ?

— Mais oui, je suis sûre.

— Pourtant tu as fait le jardin, hier.

— Quel est le rapport ?

— C'est seulement qu'Andy m'a demandé si tu avais réussi à le nettoyer. Apparemment, tu as dit à Hannah que s'ils venaient pour un barbecue, ça te ferait une bonne raison de remettre le jardin en état.

— Mais alors pourquoi ils ne savent pas à quelle heure venir ? Si j'avais organisé quelque chose avec Hannah, j'aurais donné une heure. C'est elle qui a mal compris, pas moi. »

Matthew hoche doucement la tête. Le mouvement est si peu perceptible que j'aurais pu ne pas le voir. « J'ai réussi à ne pas montrer que je ne savais pas du tout de quoi il voulait parler et j'ai dit midi et demie. »

Je le dévisage, consternée. « Quoi, ils viennent tous ? Les enfants aussi ?

— J'en ai peur.

— Mais je ne les ai pas invités ! Tu peux rappeler Andy et lui dire qu'il y a eu une confusion ?

— Je pourrais, oui. » Une autre pause. « Du moment que tu es sûre de ne pas leur avoir dit de venir aujourd'hui. »

Je le fixe toujours, essayant de ne pas lui montrer l'incertitude qui s'empare soudain de moi. Même si je ne me souviens pas du tout avoir invité Hannah et Andy aujourd'hui, je me souviens bien que Hannah avait dit, quand nous nous sommes quittées, qu'Andy serait vraiment content de voir Matthew. Mon cœur se serre.

« Écoute, ne t'inquiète pas, dit Matthew qui m'observe. Ce n'est pas grave. Je peux encore filer acheter des steaks à balancer sur le barbecue. Et des saucisses pour les enfants.

— On va aussi devoir faire des salades », dis-je, au bord des larmes parce que je n'ai vraiment aucune envie de les avoir à la maison, pas alors que je ne pense qu'à Jane. « Et pour le dessert ?

— J'achèterai des glaces à la crémerie en allant prendre la viande. Et Andy a dit que Hannah apportait un gâteau d'anniversaire – c'est l'anniversaire d'Andy demain, apparemment – donc il y aura bien assez.

— Quelle heure est-il ?

— À peine plus de dix heures. Va donc prendre ta douche pendant que je fais le petit-déjeuner, tu veux ? Mais on ne pourra pas le prendre au lit.

— Pas grave, réponds-je en essayant de cacher mon accablement.

— Et j'irai faire les courses pendant que tu prépareras les salades.

— Merci, murmuré-je, reconnaissante. Je suis désolée. »

Matthew me prend dans ses bras. « Hé, mais tu n'as à t'excuser de rien. Je sais que tu es très fatiguée, ces temps-ci. »

Je suis toute heureuse de me cacher derrière cette excuse, mais combien de temps va-t-il attendre avant de me dire quelque chose ? Parce qu'après avoir oublié qu'il partait lundi, ce fiasco de barbecue est la chose de trop. Je me rends à la salle de bains en essayant d'ignorer la voix dans ma tête. *Tu deviens folle, tu deviens folle, tu deviens folle.* Il serait bien plus facile de prétendre que Hannah, qui voulait venir faire un barbecue, a décidé d'inventer une invitation.

Mais Hannah ne ferait jamais ça, et ce serait du délire de seulement penser qu'elle en est capable. Et puis, pourquoi ai-je insisté pour que le jardin ait l'air aussi impeccable ? J'étais si sûre que ce n'était qu'un moyen de me distraire, de m'occuper, mais peut-être que dans un coin de mon cerveau, je savais que je les avais invités.

En y repensant, je peux me douter de ce qui s'est passé. J'avais été si distraite par la discussion à propos de Jane que je n'écoutais plus qu'à moitié ce que disait Hannah à la fin de notre conversation. C'est peut-être là, dans ces quelques instants d'absence, que j'avais invité Hannah et Andy à venir aujourd'hui.

Ça arrivait tout le temps à maman. Elle était là à opiner à ce que je disais, à donner son avis, à faire des suggestions même, mais quelques minutes après elle ne se souvenait plus du tout de ce dont nous avions parlé. « Je devais être dans la lune », disait-elle.

L'infirmière qui venait l'examiner appelait ça « amnésie périodique ». Est-ce là que j'étais allée, dans la lune ? Pour la première fois de ma vie, la lune me paraît une créature malfaisante.

***

Hannah et Andy arrivent un peu après midi et demie et il faut peu de temps avant que la conversation, inévitablement, ne s'oriente vers Jane.

« Vous avez vu que la police a lancé un appel à témoins dans l'affaire de la mort de cette jeune femme ? dit Hannah en tendant une assiette à Matthew. Vous ne trouvez pas bizarre que personne n'y ait répondu ?

— Peut-être. Mais je ne pense pas que beaucoup de gens prennent cette route la nuit, répond Matthew. Surtout quand il y a de l'orage.

— Quand je reviens de Castle Wells, je la prends à chaque fois, dit Andy joyeusement. Jour ou nuit, orage ou pas orage.

— Alors, où étais-tu vendredi soir ? » demande Matthew. Ils se mettent tous à rire et je voudrais leur hurler d'arrêter.

Matthew perçoit mon expression. « Pardon », dit-il doucement. Il se tourne vers Hannah et Andy. « Cass vous a dit qu'elle la connaissait ? »

Ils me dévisagent.

« Oh, pas très bien, ajouté-je hâtivement en maudissant Matthew d'en parler. Nous avons déjeuné ensemble une fois, c'est tout. » Je repousse l'image de Jane hochant la tête en m'entendant dénigrer notre amitié.

« Je suis vraiment désolée Cass, ça doit être très dur, dit Hannah.

— Oui, c'est dur. » Durant le bref silence qui suit, personne ne sait vraiment quoi dire.

« Bon, mais je suis sûr qu'ils vont trouver le coupable bientôt, reprend Andy. Il y a forcément quelqu'un quelque part qui sait quelque chose. »

Le reste de l'après-midi se passe tant bien que mal mais dès qu'ils sont partis, j'ai envie qu'ils reviennent. Le flot incessant de leur bavardage est peut-être épuisant, mais il est préférable au silence qui me laisse trop de temps pour les pensées qui s'agitent sous mon crâne.

Je débarrasse la table, j'emporte les assiettes dans la cuisine et, en franchissant le seuil, je me fige sur place, les yeux sur la fenêtre que je ne me souvenais pas avoir fermée hier, avant de monter prendre mon bain. Parce que maintenant, en y repensant, la porte du jardin était ouverte au moment où je préparais le curry – mais pas la fenêtre.

Lundi 27 juillet

Après le départ de Matthew pour sa plateforme pétrolière, la sensation d'être délaissée me trouble mais je parviens enfin à passer le coup de téléphone que je redoute. Je trouve le bout de papier où j'ai griffonné le numéro à appeler et au moment où je me mets à chercher mon sac, le téléphone sonne.

« Allô ? »

Pas de réponse ; je suppose que celui ou celle qui m'appelle n'a plus de réseau. Je garde la ligne dix secondes de plus, et je raccroche. Si c'est Matthew, je sais qu'il rappellera, au besoin.

Je fonce à l'étage chercher mon sac, j'enfile une paire de chaussures au hasard et je quitte la maison. J'avais pensé à prendre la voiture jusqu'à Browbury ou Castle Wells pour y téléphoner depuis une cabine publique mais ça me paraît un peu exagéré, alors qu'il y en a une à cinq minutes au bout de la rue, près de l'arrêt de bus.

En arrivant à la cabine, j'ai la sensation qu'on m'espionne. Je regarde à droite, à gauche, je me retourne furtivement pour jeter un œil derrière moi. Mais il n'y a personne, seulement un chat qui prend le soleil sur un muret de pierre. Une voiture passe. Perdue dans ses pensées, sa conductrice ne regarde même pas dans ma direction.

Devant le téléphone, je déchiffre les instructions – cela fait des années que je ne m'en suis pas servie. Je pêche une pièce dans mon porte-monnaie et glisse une livre dans la fente, les doigts tremblants. Je déplie le bout de papier où j'ai noté le numéro à appeler et je presse les touches, le cœur battant, en me demandant si c'est bien la chose à faire. Mais avant que je change d'avis, on répond à mon appel.

« Il s'agit de Jane Walters, dis-je faiblement. Je suis passée devant sa voiture sur Blackwater Lane à vingt-trois heures trente et elle était toujours vivante.

— Merci de vous être signalée. » La voix féminine est calme. « Pourrais-je… » Mais j'ai déjà raccroché.

Je quitte rapidement la cabine et je fonce vers la maison, toujours avec la sensation gênante qu'on m'observe et qu'on me suit. Une fois rentrée, je me force à me calmer. Personne ne m'épiait ; ce n'est que la conscience coupable d'avoir fait quelque chose de secret qui m'y a fait penser. Et parce que j'ai fait ce que j'aurais dû faire dès le début, je commence à me sentir mieux.

Après tout le travail que j'ai abattu samedi, il ne reste plus rien à faire au jardin mais j'ai encore beaucoup à faire dans la maison. Radio allumée pour me tenir compagnie, je monte l'aspirateur à l'étage et, armée de matériel de nettoyage et de cirage, je m'attaque aux chambres. Je travaille méthodiquement, je m'absorbe dans ma tâche en cours pour éviter de penser à Jane. Ce qui fonctionne – jusqu'aux informations de la mi-journée :

« *Les forces de police demandent à la personne les ayant appelées un peu plus tôt dans la journée pour leur donner des renseignements relatifs au meurtre de Jane Walters de reprendre contact avec elles. On a retrouvé Jane Walters assassinée dans sa voiture dans la nuit du dix-sept au dix-huit juillet et...* »

La suite est couverte par le martèlement de mon cœur. Il se réverbère contre mes tympans, à me rendre sourde. Je m'assieds sur le lit, j'inspire profondément, par saccades. Pourquoi la police a-t-elle besoin de me reparler ? Je lui ai dit tout ce que je savais. J'essaie de réprimer la panique qui monte en moi, mais elle ne se tarit pas. Même si personne ne sait que c'est moi qui ai téléphoné, comme la police a rendu public mon appel, je ne me sens plus du tout anonyme. À l'inverse, je me sens horriblement vulnérable. La police a parlé d'une personne ayant appelé pour donner des renseignements relatifs au meurtre de Jane. C'est comme si je leur avais dit quelque chose d'important, quelque chose de capital. Si l'assassin de Jane a écouté les informations, il va forcément se sentir menacé par mon existence. Et s'il pensait que je l'ai vu rôder autour de la voiture de Jane cette nuit-là ?

Terriblement nerveuse, je me relève et fais les cent pas dans la chambre, en me demandant que faire. En passant devant la fenêtre, je jette un coup d'œil distrait au-dehors et je m'immobilise. Un homme, un homme que je n'ai jamais vu auparavant, s'éloigne de notre maison. Rien d'inquiétant, sauf qu'il a dû arriver par la forêt. Rien d'inquiétant, sauf qu'il est rare de voir quelqu'un passer devant chez nous. En voiture, oui, mais à pied, non. Pour aller se promener dans la forêt, personne ne prendrait Blackwater Lane à pied, à moins de vouloir se faire renverser par une voiture. Le sentier qui mène à la forêt part du champ qui fait face à notre maison, et il est très bien indiqué. Je le suis des yeux jusqu'à ce qu'il soit hors de vue. Il ne se presse pas, il ne se retourne pas, mais ça ne suffit pas à calmer les battements effrénés de mon cœur.

***

« Est-ce que Rachel va rester avec toi cette nuit ? » demande Matthew quand il m'appelle, un peu plus tard, depuis la plateforme pétrolière. Avant de partir ce matin, il m'a suggéré d'inviter Rachel. Je ne lui ai pas parlé de l'homme que j'ai vu un peu plus tôt, parce qu'il n'y a rien à en dire, en fait. De plus, Matthew pourrait appeler la police, et que dirais-je aux policiers ?

« *J'ai vu un homme qui s'éloignait de chez nous.*

— *À quoi ressemblait-il ?*

— *Taille moyenne, corpulence moyenne. Je ne l'ai vu que de dos.*

— *Où étiez-vous ?*

— *Dans ma chambre.*

— *Qu'a-t-il fait ?*

— *Rien.*

— *Donc vous ne lui avez rien vu faire de suspect ?*

— *Non. Mais je crois qu'il regardait vers la maison.*

— *Vous croyez ?*

— *Oui.*

— *Donc vous ne l'avez pas véritablement vu regarder vers votre maison ?*

— *Non.* »

« Non, réponds-je à Matthew. J'ai décidé de ne pas l'embêter.

— Dommage.

— Pourquoi ?
— C'est seulement que je n'aime pas te savoir seule. »
Son inquiétude ne fait qu'augmenter la mienne. « J'aurais préféré que tu me le dises avant.
— Ça va aller. Mais vérifie bien que les portes sont fermées à clé avant d'aller te coucher.
— Elles sont déjà fermées à clé. Si seulement on avait une alarme.
— Je regarderai cette brochure en rentrant », promet Matthew.
Je raccroche et j'appelle Rachel.
« Tu fais quelque chose ce soir ?
— Je vais dormir. Je suis déjà au lit.
— À neuf heures du soir ?
— Si tu avais passé le même week-end que moi, tu serais au lit depuis longtemps. Donc si tu m'appelles pour qu'on sorte, j'ai bien peur que ce soit non.
— J'allais te demander de venir partager une bouteille de vin avec moi. »
Je l'entends bâiller à l'autre bout de la ligne. « Pourquoi, tu es toute seule ?
— Oui. Matthew a une inspection sur une de ses plateformes. Il va être parti toute la semaine.
— Et si je venais te tenir compagnie mercredi ? »
Mon cœur se serre. « Ou plutôt demain ?
— Je ne peux pas, désolée. J'ai déjà quelque chose.
— Va pour mercredi, alors. » Je ne peux masquer la déception de mon ton.
« Tout va bien ? me demande Rachel qui l'a saisie.
— Oui, tout va bien. Allez, endors-toi.
— On se voit mercredi », promet-elle.

Je vais jusqu'au salon. Si je lui avais dit que j'étais nerveuse à l'idée d'être seule, elle serait venue tout de suite. J'allume la télé, je regarde un épisode d'une série que je n'ai encore jamais vue. Et puis, fatiguée, je monte me coucher, en espérant dormir d'une traite jusqu'à demain matin.

Mais je n'arrive pas à me détendre. La maison est trop sombre, la nuit trop silencieuse. Je tends la main, j'allume la lumière, mais le sommeil ne me vient toujours pas. Je mets un casque sur mes oreilles pour écouter de la musique mais je l'enlève quand je réalise qu'il m'empêcherait d'entendre quelqu'un monter l'escalier. Les deux fenêtres que j'ai trouvées ouvertes, celle de la chambre après le départ du type de l'alarme vendredi et celle de la cuisine samedi, me travaillent, tout comme l'homme que j'ai vu près de la maison ce matin. Quand le soleil commence à se lever et que je finis par piquer du nez, je cède au sommeil, en me disant que je risque moins de me faire assassiner en plein jour que la nuit.

Mercredi 29 juillet

Le téléphone qui sonne dans l'entrée me réveille. J'ouvre les yeux et je fixe le plafond en espérant que la personne qui m'appelle va renoncer. Hier matin, le téléphone a sonné avec insistance à huit heures trente, mais quand j'ai décroché, il n'y avait personne au bout du fil. Je regarde le réveil : il est près de neuf heures, donc c'est probablement Matthew qui appelle avant de commencer sa journée de travail. Je saute du lit et descends l'escalier quatre à quatre, pour attraper le téléphone avant que le répondeur ne se déclenche.

« Allô ? » dis-je, essoufflée. Pas d'*allô* en réponse, donc j'attends, parce que la communication est souvent mauvaise depuis la plateforme pétrolière.

« Matthew ? » Toujours pas de réponse. Je raccroche et compose son numéro.

Quand il décroche, je lui demande : « Tu viens d'essayer d'appeler ?

— Bonjour, chérie, dit-il d'un ton plein de sous-entendu mais amusé. Comment vas-tu ce matin ?

— Désolée, réponds-je hâtivement. Je recommence. Bonjour chéri, tu vas bien ?

— C'est mieux comme ça. Bien, oui. Mais il fait froid, ici.

— C'est toi qui viens d'essayer de m'appeler ?

— Non. »

Je fronce les sourcils. « Ah !

— Pourquoi ?

— Le téléphone a sonné mais il n'y avait personne : j'ai cru que c'était la liaison avec la plateforme qui était mauvaise.

— Non, j'allais t'appeler pendant le déjeuner. J'ai bien peur de devoir y aller, chérie, on se rappelle plus tard. »

Je raccroche, agacée d'avoir été tirée du lit. Il devrait y avoir une loi pour empêcher les démarcheurs d'appeler si tôt. J'ai une journée entière devant moi, et je me rends compte que je n'ai pas envie de passer une autre soirée seule. Durant la nuit, quand je me suis levée pour aller aux toilettes, j'ai regardé par la fenêtre et pendant une mini-seconde, j'ai cru qu'il y avait quelqu'un dehors. Il n'y avait personne, bien sûr, mais ensuite, je n'ai pas pu me rendormir avant le matin.

Quand Matthew me rappelle et que je lui dis que j'ai à peine dormi les deux dernières nuits, il me répond : « Eh bien pars quelques jours.

— Ça n'est pas impossible, oui. Peut-être à l'hôtel où je suis allée il y a deux ans, après la mort de maman. Il a une piscine et un centre de remise en forme. Mais je ne suis pas sûre qu'il leur reste des chambres.

— Pourquoi ne pas les appeler pour savoir ? S'il reste une chambre, tu pourrais y aller aujourd'hui et je te rejoindrai vendredi. »

Mon humeur remonte instantanément. « Quelle bonne idée ! Tu es vraiment le meilleur mari du monde », dis-je, reconnaissante.

J'appelle l'hôtel et en attendant qu'on me réponde, je décroche du mur le calendrier, pour m'assurer des dates auxquelles je dois réserver. Je suis en train de calculer que je vais devoir réserver quatre nuits si nous voulons rester jusqu'à dimanche quand les mots « Matthew à la plateforme » jaillissent de la case du lundi avec un air accusateur. Je ferme les yeux, en espérant que quand je les rouvrirai, les mots ne seront plus là. Mais ils sont bien là, de même que « Retour Matthew » est inscrit dans la case du 31, vendredi, suivi d'un petit smiley. Mon cœur bondit et une angoisse familière se remet à me ronger l'estomac. Du coup, quand le réceptionniste finit par décrocher et me répond que l'hôtel est complet à l'exception d'une suite, je ne lui demande même pas combien elle coûte, je fonce et la lui réserve.

Je raccroche le calendrier au mur, en affichant la page d'août, prête pour le jour où nous rentrerons de l'hôtel – et aussi pour que Matthew ne voie pas qu'il avait raison en affirmant qu'il m'avait prévenue de son départ à la plateforme.

***

Ce n'est qu'une fois arrivée à l'hôtel, en attendant de m'enregistrer, que je commence à me sentir mieux. La suite est fabuleuse, c'est le plus grand lit que j'ai jamais vu et après avoir déballé mes affaires, j'envoie un SMS à Matthew pour lui dire où je suis, j'enfile un maillot de bain et me rends à la piscine. Je suis en train de fourrer mes affaires dans un casier quand je reçois un SMS, mais il est de Rachel :

Salut. Juste pour te dire que je peux partir tôt ce soir. Serai chez toi vers 18:00. Tu cuisines ou on sort ?

Mon estomac se soulève si vite que j'ai l'impression d'avoir sauté d'une falaise. Comment ai-je pu oublier que Rachel venait passer la soirée à la maison alors que j'ai organisé la chose lundi seulement ? Je pense à maman et une terreur brûlante me noue le ventre. Je n'en reviens pas d'avoir oublié. Le meurtre de Jane et mon sentiment de culpabilité m'ont distraite, c'est vrai, mais de là à oublier que Rachel venait passer la nuit à la maison ? J'attrape maladroitement mon téléphone et j'appuie sur la touche de rappel, anxieuse de pouvoir confier mon inquiétude grandissante à quelqu'un.

Mais si Rachel vient juste de m'envoyer son message, elle ne décroche pas. Le vestiaire est vide, et je m'assois sur un banc de bois humide. Maintenant que j'ai pris la décision de dire à Rachel que ma mémoire à court terme m'inquiète, je veux absolument agir vite, pour ne pas changer d'avis et m'en dissuader plus tard. Je rappelle Rachel et cette fois-ci elle décroche.

« J'imagine que ça ne te dit rien de passer la nuit dans un hôtel de luxe plutôt qu'à la maison ? » dis-je.

Une pause. « Ça dépend où c'est…

— Westbrook Park.

— Celui qui a un spa génial ? » Rachel chuchote, donc j'imagine qu'elle est en réunion, ou quelque chose comme ça.

— Oui, celui-là. En fait, j'y suis déjà. J'ai eu envie de faire une sorte de break.

— Il y en a qui peuvent se le permettre, soupire-t-elle.

— Alors, ça te dit ?

— C'est un peu loin pour venir une seule nuit. Je dois travailler demain, si tu vois ce que je veux dire. Et si je venais te rejoindre vendredi ?

— Tu peux. Matthew arrivera directement de sa plateforme, on sera trois. »

Rachel rit doucement. « Ça va être bizarre.

— Désolée de te planter ce soir.
— Pas de problème. On se voit la semaine prochaine ?
— Attends Rachel, il y a autre chose… »
Mais elle a déjà coupé.

Vendredi 31 juillet

L'après-midi venu, je meurs d'envie de retrouver Matthew. La météo n'est pas géniale donc je traîne dans la chambre, en attendant qu'il m'appelle pour me dire à quelle heure il va arriver. Je regarde un peu la télévision, soulagée de voir qu'il n'y a rien aux informations sur le meurtre de Jane, mais bizarrement agacée que deux semaines après sa mort violente, elle semble déjà oubliée.

Le téléphone sonne et je saute dessus.

« Je suis à la maison, dit Matthew.

— Super. Tu seras ici à temps pour le dîner.

— En fait, quand je suis arrivé, il y avait un type de la société d'alarme quasiment assis devant la porte. » Matthew s'arrête un instant. « Je n'avais pas compris que tu avais été jusqu'au bout.

— Été jusqu'au bout de quoi ?

— Hé bien… l'alarme.

— Je ne comprends pas.

— Le type a dit que tu avais donné ton accord pour que quelqu'un vienne installer l'alarme ce matin, mais quand le technicien s'est pointé, il n'y avait personne. Depuis, ils appellent toutes les demi-heures, on dirait.

— Je n'ai donné mon accord à rien, dis-je agacée. Tout ce que j'ai dit, c'est qu'on les recontacterait.

— Mais tu as signé un contrat, dit Matthew, qui semble interloqué.

— Je n'ai rien signé ! Méfie-toi Matthew, il essaie de voir jusqu'où il peut aller, il veut te faire croire que j'ai donné mon accord mais c'est faux. C'est une arnaque, c'est tout.

— C'est ce que je croyais. Mais quand je lui ai dit qu'en ce qui me concernait, nous n'avions encore rien décidé, il m'a montré une copie du contrat avec ta signature.

— Alors il a dû faire un faux. » Un silence. « Tu crois que j'ai tout organisé et que j'ai signé, c'est ça ? dis-je en réalisant soudain.

— Non, bien sûr que non ! Seulement, la signature ressemblait vraiment à la tienne. » Je le sens hésiter. « Après m'en être débarrassé, j'ai jeté un œil à la brochure que tu avais laissée dans la cuisine, et entre les pages, il y avait l'exemplaire client du contrat. Tu veux que je l'apporte à l'hôtel pour que tu le voies ? Et après, s'il y a une irrégularité, on pourra faire quelque chose.

— Lui coller un procès aux fesses, tu veux dire ! » J'essaie de prendre la chose à la légère, de ne pas laisser le doute m'obscurcir l'esprit. « À quelle heure peux-tu être là ?

— Le temps de prendre une douche et de me changer... vers dix-huit heures trente ?

— Je t'attendrai au bar. »

Je raccroche, momentanément agacée qu'il puisse me croire capable de commander une alarme sans le lui dire. Mais une petite voix me taquine : *Tu es sûre, Cass ? Tu es vraiment sûre ?* Oui, me réponds-je, j'en suis sûre. D'ailleurs, le type de la société d'alarme me semblait vraiment être du genre capable de tout pour obtenir un contrat, y compris de mentir et de tricher. Je suis tellement sûre de mon bon droit qu'en descendant au bar, je commande une bouteille de champagne.

Elle refroidit dans un seau à glace quand Matthew arrive.

« Dure semaine ? demandé-je, parce qu'il a l'air terriblement fatigué.

— Tu peux le dire », répond-il en m'embrassant. Il lorgne la bouteille de champagne. « Ça m'a l'air bon. »

Le serveur vient ouvrir la bouteille et nous sert.

« À nous ! dit Matthew en levant son verre et en me souriant.

— À nous ! Et à notre suite.

— Tu as réservé une suite ?

— C'est tout ce qui leur restait.

— Quel dommage ! dit-il, tout sourire.

— Le lit est immense.

— Pas assez grand pour que je t'y perde, j'espère ?

— Aucun risque. » Je repose mon verre. « Tu as la copie du contrat que je suis censée avoir signé ? » Je veux me débarrasser de la question pour que rien n'altère notre escapade du week-end.

Il lui faut un certain temps avant de l'extraire de sa poche et je comprends qu'il n'a pas vraiment envie de me le montrer.

« Tu dois bien reconnaître que ça ressemble à ta signature », dit-il d'un ton d'excuse en me le tendant par-dessus la table. Je me retrouve à fixer, non la signature au bas de la page, mais le contrat lui-même. Rempli avec ce qui est indubitablement mon écriture, il est encore plus accablant que ma signature, en tout cas de mon point de vue. N'importe qui pourrait avoir imité ma signature, mais pas ces espaces soigneusement remplis, ligne après ligne, chaque majuscule formée exactement comme je le ferais. J'examine la page, à la recherche de quelque chose qui m'indique que ce n'est pas moi qui l'ai remplie, mais plus je la contemple, plus je suis persuadée que c'est bien moi, au point que je peux presque me voir le faire, que je peux presque sentir le stylo entre mes doigts, mon autre main légèrement appuyée sur le papier pour l'empêcher de bouger. J'ouvre la bouche, prête à mentir, prête à dire à Matthew que ce n'est absolument pas mon écriture mais, à ma grande frayeur, j'éclate en sanglots.

Matthew est instantanément à mon côté et me serre dans ses bras. « Ils ont dû te piéger pour te le faire signer », dit-il, et je ne sais pas s'il le croit vraiment ou si c'est pour me laisser une porte de sortie, comme il y a seulement quelques jours quand il a dit qu'il avait dû oublier de m'annoncer qu'il partait à la plateforme. Quoi qu'il en soit, je lui en suis reconnaissante. « Je vais appeler la société à la première heure demain et leur dire qu'il est hors de question de poser cette alarme.

— Mais ça va être la parole de leur représentant contre la mienne, dis-je nerveusement. Laissons tomber. Il va simplement tout nier et ça ne fera que retarder les choses. Après tout, on a besoin d'une alarme.

— Quand même, je crois qu'on devrait essayer de faire annuler le contrat. Qu'est-ce qu'il a dit, que c'était juste un devis, ou quelque chose comme ça ?

— Je ne sais plus très bien ce qu'il a dit exactement mais, oui, je suppose que je pensais être simplement d'accord sur un devis, réponds-je en saisissant l'excuse au vol. Je me sens tellement idiote.

— Ce n'est pas ta faute. Ils ne devraient pas pouvoir s'en tirer en utilisant ces méthodes. » Il hésite. « Je ne sais plus quoi faire, maintenant, à vrai dire.

— Est-ce qu'on ne pourrait pas leur laisser installer l'alarme ? Surtout que je suis au moins partiellement responsable…

— J'aimerais quand même m'expliquer avec lui, dit Matthew d'une voix sévère. Même s'il y a de bonnes chances que je ne le revoie pas demain, parce qu'ils vont envoyer un de leurs techniciens. Lui n'était que représentant.

— Je suis vraiment désolée.

— J'imagine que, à tout prendre, ça n'est pas si terrible. » Il vide son verre et contemple la bouteille avec regret. « Dommage que je ne puisse pas en boire un autre.

— Pourquoi pas ? Ce n'est pas comme si tu avais à conduire…

— Hé bien en fait, si. Parce que, comme je croyais que tout était régulier, je leur ai dit qu'ils pouvaient venir l'installer demain matin. Donc si on ne veut pas essayer d'annuler, il faut que je sois à la maison avant qu'ils arrivent.

— Tu ne peux pas passer la nuit ici et partir tôt ?

— Quoi, à six heures et demie du matin ?

— Tu n'as pas besoin de partir si tôt…

— Si, puisqu'ils seront là à huit heures. »

Je ne peux pas m'empêcher de me demander si son refus de passer la nuit ici est sa façon de me punir au lieu de se mettre en colère contre moi pour avoir commandé le système d'alarme.

« Mais tu reviendras demain soir, une fois qu'ils auront terminé ?

— Oui, bien sûr », dit-il en me prenant la main.

Matthew part peu de temps après. Je monte dans ma chambre et je regarde un film, jusqu'à ce que mes yeux se ferment de fatigue. Mais je n'arrive pas à dormir. Savoir que j'ai réussi à remplir un contrat sans en avoir le moindre souvenir me perturbe jusqu'à la moelle. J'essaie de me persuader que je ne fais pas pire que ma mère au moment où je me suis aperçue qu'il y avait un vrai problème. C'était au printemps 2002, elle était allée faire des courses tout près et s'était perdue au retour, pour ne reparaître que trois heures plus tard. Avant cette histoire d'alarme, ce n'étaient que des petites choses qui échappaient à ma mémoire. Oublier ce que je devais acheter pour Susie, que Matthew devait partir, oublier que j'avais invité Hannah et Andy à un barbecue, oublier que Rachel venait passer la nuit – tout ça est suffisamment pénible. Mais commander un système d'alarme sans savoir ce que je faisais, c'est trop. Je veux croire par-dessus tout que le représentant m'a forcé la main. Mais quand je repense au moment que nous avons passé dans la cuisine, je me rends compte que je ne m'en souviens qu'à peine – sauf à la fin, quand il m'a tendu la brochure et m'a affirmé que mon mari allait être épaté.

Dimanche 2 août

En quittant l'hôtel, nous sommes peu bavards. J'ai suggéré d'aller déjeuner quelque part mais Matthew a déclaré qu'il préférait rentrer à la maison. Je sais que nous sommes tous deux déçus par ce week-end qui n'a pas été à la hauteur de nos espérances. Même si l'explication de Matthew pour ne pas rester à l'hôtel vendredi soir tenait debout, je n'ai pas pu m'empêcher de penser qu'il en avait par-dessus la tête des ennuis que cause ma mémoire défaillante. Donc hier, pendant qu'il était à la maison en attendant qu'on vienne installer le système d'alarme, j'ai pris mon courage à deux mains et j'ai googlé « amnésie périodique », ce qui m'a redirigé vers « ictus amnésique ou amnésie globale transitoire ». Bien que le terme m'ait été familier, à cause de maman, mon cœur se serrait un peu plus à chaque ligne que je lisais, et j'ai vite quitté la page, essayant d'étouffer la panique qui montait en moi. Je ne sais pas si c'est ce que j'ai, et surtout, je ne veux pas le savoir. Pour l'instant, mon ignorance me préserve.

Quand Matthew a fini par revenir hier soir vers dix-neuf heures, à temps pour boire un verre au bar avant le dîner, j'ai bien remarqué qu'il m'observait plus attentivement que d'habitude et je m'attendais à ce qu'il m'annonce qu'il s'inquiétait pour moi. Mais il n'a rien dit, ce qui était pire, en un sens. J'ai alors pensé qu'il attendait peut-être que nous soyons dans l'intimité de notre chambre. Mais quand nous sommes finalement montés, au lieu de dire qu'il voulait me parler, il a allumé la télévision, ce que j'ai beaucoup regretté parce qu'il y a eu un flash spécial sur le meurtre de Jane, car son enterrement avait eu lieu plus tôt dans la journée. Ils ont montré des images de son cercueil couvert de fleurs qu'on faisait entrer dans la petite église de Heston, la famille éplorée à sa suite, et je n'ai pu retenir mes larmes.

Puis une photo de Jane est apparue à l'écran, différente de celle qu'ils avaient utilisée auparavant.

« Elle était très belle, a dit Matthew. C'est vraiment terrible.

— Et ça serait moins terrible si elle n'avait pas été belle ? » ai-je répliqué, en colère tout à coup.

Il m'a regardée, ébahi. « Ce n'est pas ce que je veux dire, tu le sais. C'est terrible quand quelqu'un se fait assassiner, mais ça l'est d'autant plus dans son cas parce qu'elle a deux jeunes enfants, qui vont un jour apprendre dans quelles circonstances violentes leur mère est morte. » Il s'est retourné vers la télévision, où le reportage montrait la police qui arrêtait et fouillait des voitures sur Blackwater Lane, maintenant rouverte à la circulation. « Ils ont peu de chances de trouver l'arme du crime dans un coffre de voiture, a-t-il repris. Ils feraient mieux de chercher le meurtrier. Quelqu'un doit savoir qui c'est. Il a dû se retrouver couvert de sang.

— Tu peux arrêter de parler de ça ? ai-je marmonné.

— C'est toi qui as commencé.

— Ce n'est pas moi qui ai allumé la télévision. »

J'ai senti ses yeux fixés sur moi. « C'est parce que le meurtrier est encore en liberté ? C'est ça qui te perturbe ? Parce que si c'est le cas, tu seras parfaitement en sécurité, maintenant qu'on a une alarme. De toute façon, celui qui a fait ça est sûrement à des kilomètres d'ici, à l'heure qu'il est.

— Je sais.

— Alors arrête de t'en faire. »

J'ai bien vu que c'était l'ouverture que j'espérais, le moment idéal pour me confier à lui, pour lui dire que je suis inquiète de ce qui m'arrive à moi, à ma mémoire, de lui expliquer ma mère et sa démence précoce. Mais j'ai laissé passer l'occasion.

J'avais espéré qu'un bain me détendrait mais je n'ai pas pu m'empêcher de penser au mari de Jane. Je voulais faire quelque chose pour rendre son chagrin plus supportable ; je voulais pouvoir lui dire combien rencontrer Jane avait été un plaisir, combien elle était charmante. Ce besoin de faire quelque chose est devenu irrépressible et j'ai décidé de demander son adresse à Rachel, pour pouvoir lui écrire un mot. Étendue dans le bain, j'ai composé ma lettre dans ma tête, bien consciente que j'allais l'écrire autant pour moi que pour lui. Quand je suis sortie du bain, l'eau était froide, puis Matthew et moi nous sommes mis au lit sans nous toucher – la distance entre nous n'avait jamais semblé aussi grande.

Je le regarde maintenant à la dérobée, debout à côté de moi face au bureau de la réception, et je préférerais qu'il aborde ouvertement mes trous de mémoire, plutôt que de faire semblant que tout va bien alors que tout va visiblement de travers.

« Tu es sûr que tu ne veux aller déjeuner nulle part ? »

Il fait non de la tête, sourit. « Non, ça va. »

Nous quittons l'hôtel, chacun dans sa voiture, et en arrivant à la maison je l'observe éteindre l'alarme.

« Tu veux bien me montrer comment ça marche ? » demandé-je.

Il insiste pour que ce soit moi qui choisisse le code, et je me décide pour les jours de nos anniversaires à l'envers, pour m'en souvenir facilement. Il me fait répéter l'exercice plusieurs fois, me montre comment isoler certaines pièces si je suis seule à la maison, et je me souviens soudainement avoir dit au représentant que j'aimerais en être capable, ce qui signifie que j'ai dû avoir avec lui une conversation plus approfondie que je ne le croyais.

« Bon, OK, j'ai compris, dis-je.

— Bien. On regarde ce qu'il y a à la télévision ? »

Nous allons nous asseoir au salon mais c'est l'heure des informations, et je me réfugie dans la cuisine.

« Poignarder quelqu'un, c'est une chose, mais lui couper vraiment la gorge avec un énorme couteau de cuisine, c'est carrément atroce. » Matthew est dans l'encadrement de la porte, l'air choqué. « C'est comme ça qu'elle est morte, apparemment. On lui a coupé la gorge. »

Quelque chose en moi cède brutalement. Je hurle en reposant violemment la bouilloire sur le plan de travail : « *Mais tais-toi ! Tais-toi donc !* »

Matthew me fixe, ébahi. « Bon Dieu, Cass, calme-toi !

— Comment veux-tu que je me calme alors que tu reviens toujours à ce foutu meurtre ? Je n'en peux plus qu'on ne parle que de ça !

— Je pensais seulement que ça t'intéressait, voilà tout.

— Hé bien ça ne m'intéresse pas, OK ? Ça ne m'intéresse pas du tout ! » Je me dirige vers la porte, des larmes de colère me brûlent les paupières.

« Cass, attends ! » Matthew me saisit le bras, m'attire à lui, m'enlace. « Reste là ! Je suis désolé, c'était vraiment indélicat de ma part. J'oublie tout le temps que tu la connaissais. »

Ma colère s'évanouit et je m'affaisse dans ses bras.

« Non, c'est ma faute, dis-je d'une voix morne. Je n'aurais pas dû te crier dessus. »

Il dépose un baiser sur mon front. « Viens, on va regarder un film.

— Du moment qu'il n'y a pas de meurtre…

— Je vais trouver une comédie », promet-il.

Nous regardons donc un film, ou plutôt, Matthew regarde un film et je ris quand il rit, pour qu'il ne sache pas à quel point je me sens à bout. Il est dur de croire que la décision instinctive de prendre le raccourci par la forêt ce vendredi soir fatidique a eu un effet aussi dévastateur dans ma vie. Jane était peut-être au mauvais endroit au mauvais moment, mais moi aussi. Moi aussi.

Mardi 4 août

Le coup de téléphone survient alors que je suis en train de charger le lave-vaisselle, et je me dis que ce doit être Rachel qui veut me demander comment se sont passés mes quelques jours à l'hôtel. Mais quand je décroche, il n'y a personne – ou plutôt, personne ne répond parce que je suis sûre qu'il y a quelqu'un au bout du fil. Je me souviens tout à coup de l'appel que j'ai reçu hier, et de ceux que j'ai reçus la semaine précédente, avant de partir à l'hôtel. Le silence. Je retiens mon souffle, je guette le moindre son qui puisse m'indiquer qu'il y a quelqu'un mais je n'entends rien – pas de bruits parasites, pas de respiration, aucun son –, on dirait que, comme moi, il retient sa respiration. *Il.* Le malaise se fraye un chemin en moi et je raccroche sèchement. Je consulte le répondeur, parce que je veux savoir s'il y a eu d'autres appels pendant que j'étais absente, mais il n'y en a qu'un, du jeudi, provenant de la société des systèmes d'alarme qui confirme qu'ils vont venir installer l'alarme le lendemain, et trois du vendredi : deux de la même entreprise, me demandant de les rappeler d'urgence, et un de Connie.

J'avais prévu de commencer à travailler sur le programme de mes cours de septembre, mais je n'arrive pas à me concentrer. Le téléphone sonne à nouveau, et mon cœur se met immédiatement à cogner. *Tout va bien*, me dis-je, *c'est Matthew, ou Rachel, ou une autre amie qui a envie de bavarder.* Mais quand je regarde le numéro d'appel, il est masqué.

Je ne sais pas pourquoi je décroche. Peut-être parce que j'ai déjà compris que c'est ce qu'on attend de moi. Je veux dire quelque chose, lui demander qui il est, mais son silence effrayant gèle les mots dans ma bouche et je ne peux qu'écouter. À nouveau, il ne se passe rien et je raccroche violemment, les mains tremblantes. Tout à coup, ma maison me semble une prison. Je fonce à l'étage, j'attrape mon portable et mon sac dans la chambre, je saute en voiture et je roule jusqu'à Castle Wells. Sur le chemin d'un café, je m'arrête acheter une carte à envoyer au mari de Jane, mais à la caisse, il est impossible de ne pas voir les journaux empilés près du comptoir, et leurs unes qui hurlent qu'il y a du nouveau dans l'affaire du meurtre. Je n'ai pas spécialement envie de les lire mais comme il y a une chance que la police ait avancé dans sa traque du meurtrier, j'en achète un malgré tout. Au café voisin, je trouve une table libre dans un coin, j'ouvre le journal et je me mets à lire :

Jusqu'à présent, la police a cru que le meurtre de Jane était une agression au hasard, mais une personne s'est fait connaître pour dire qu'elle était passée devant ce qu'elle suppose être la voiture de Jane, garée à peu près au même endroit le vendredi avant son assassinat, vers vingt-trois heures trente. Ce qui change toute l'orientation de l'enquête car cela indique que Jane connaissait peut-être son assassin et que le soir de sa mort, elle serait allée le retrouver sur la petite aire de stationnement, comme elle l'aurait déjà fait la semaine précédente. La presse parle beaucoup de sa vie privée, insinue qu'elle avait un amant, que son mariage périclitait, et je suis pleine de compassion pour son mari – même si certains spéculent qu'il pourrait être responsable de la mort de sa femme. Comme le souligne le journal, selon ses déclarations, son alibi est qu'il gardait à la maison leurs deux petites filles : il aurait facilement pu les laisser seules le temps nécessaire pour commettre son crime.

À côté de l'article, il y a la photo d'un couteau semblable à celui que la police pense que le tueur a utilisé, et en voyant le couteau de cuisine à manche noir, avec sa lame finement dentelée, je deviens malade de peur.

Comme une voiture de course sur la ligne de départ, mon cœur accélère si violemment que j'en ai le vertige. Je ferme les yeux mais quand je les rouvre, la peur est toujours là, elle gagne du terrain. Le meurtrier rôdait peut-être déjà dans la forêt, prêt à commettre son terrible crime, quand je me suis arrêtée sur la petite aire. S'il m'a vue, il peut penser que je l'ai vu. Il a peut-être mémorisé ma plaque d'immatriculation, craignant que je ne devienne un risque pour lui. Maintenant, à ses yeux, j'en suis peut-être un. Il sait que quelqu'un s'est signalé à la police, parce qu'ils ont rendu mon appel public, et il a peut-être deviné que c'était moi. Il ne sait pas que je ne leur ai rien dit, que je n'avais rien à leur dire. L'important, c'est qu'il sait que j'existe. A-t-il découvert qui j'étais, et me menace-t-il par ses coups de téléphone silencieux ?

Je regarde désespérément autour de moi, à la recherche de quelque chose qui puisse me ramener à la réalité. Mes yeux tombent sur la carte du café, et je me mets à compter les lettres du premier plat qui y est inscrit. Une, deux, trois, quatre, cinq, six. Ça marche : le rythme régulier des chiffres calme les battements de mon cœur, et je retrouve bientôt une respiration normale. Mais je suis encore flageolante, et je me sens horriblement seule.

J'attrape mon portable et j'appelle Rachel, toute heureuse que son bureau ne soit pas trop éloigné du centre-ville.

« Je suis à Castle Wells. J'imagine que tu n'as pas le temps de prendre une heure pour déjeuner, ou si ?

— Attends, je vérifie mon agenda. » Elle parle d'une voix gaie, ce qui me laisse à penser qu'elle a perçu le désespoir dans la mienne. « Voyons… J'ai une réunion à quinze heures, il faut que je sois rentrée avant, mais si je déplace un ou deux trucs, je peux te retrouver à treize heures. Ça ira ?

— Ça serait super.

— On se retrouve au Spotted Cow ?

— Parfait.

— Il y a du monde en ville ? Tu t'es garée où ?

— J'ai trouvé une place au petit parking dans Grainger Street mais tu vas peut-être devoir aller au grand parking à étages.

— Ça marche. On se voit à treize heures. »

***

« Qu'est-ce qui se passe, Cass ? » demande Rachel, inquiète.

J'avale une gorgée de vin, ne sachant vraiment quoi lui dire. « Je ne me sens plus en sécurité dans la maison.

— Pourquoi ça ?

— C'est depuis le meurtre. On dit dans le journal que Jane a probablement été tuée par quelqu'un qu'elle connaissait, ce qui veut dire que c'est quelqu'un qui habite dans le coin. »

Rachel tend le bras et me prend la main. « Sa mort t'a vraiment perturbée, hein ? »

Je hoche la tête misérablement. « Je sais, je n'ai déjeuné avec elle qu'une fois, mais je sais qu'on serait devenues des amies proches. Et je n'aime pas qu'ils disent qu'elle avait un amant. Je n'y crois pas une seconde. Elle ne parlait que de son mari, combien il était merveilleux, et quelle chance elle avait d'être sa femme. J'ai acheté une carte à lui envoyer, tu pourrais me trouver leur adresse ?

— Oui, bien sûr, je vais demander au bureau. » Elle désigne du menton le journal que j'ai acheté un peu plus tôt. « Tu as vu la photo du couteau ? C'est horrible.

— Arrête ! dis-je en tremblant. Je ne supporte pas d'y penser.

— Tu te sentiras mieux quand tu auras fait installer une alarme, dit Rachel en se débarrassant de son cardigan rouge et en le posant sur le dossier de sa chaise.

— On en a une. Elle a été posée vendredi. »

Rachel s'empare de son verre et ses bracelets d'argent, libérés de leurs manches, se mettent à tinter. « Tu peux l'activer quand tu es dans la maison ?

— Oui, je peux l'activer aux fenêtres et dans n'importe quelle pièce.

— Et tu ne te sens toujours pas en sécurité ?

— Non.

— Pourquoi ?

— Parce que je n'arrête pas de recevoir des appels bizarres. » Les mots se bousculent pour sortir de ma bouche.

Rachel plisse le front. « Comment ça, bizarres ?

— Silencieux. Depuis un numéro masqué.

— Tu veux dire qu'il n'y a personne ?

— Non, il y a quelqu'un au téléphone, mais qui ne dit absolument rien. Ça me fiche vraiment la trouille. »

Elle réfléchit un instant. « Et ces coups de fil… tu en as reçu combien ?

— Je ne suis pas sûre… cinq ou six peut-être ? Il y en a eu deux ce matin. »

Rachel paraît réviser son opinion. « Et c'est ça qui te contrarie ? Quelques appels depuis un numéro masqué ? Mais Cass, j'en reçois plein, des appels comme ça. D'habitude, c'est quelqu'un qui essaie de me vendre quelque chose, ou qui veut avoir mon avis sur quelque chose que j'ai acheté. » Elle prend un autre moment de réflexion. « Je parie que ces appels arrivent sur votre téléphone fixe, pas vrai ?

— Si. » Je fais tourner le pied de mon verre. « Mais je ne peux pas m'empêcher de croire que c'est personnel.

— Personnel ? » Rachel me fixe sans comprendre.

« Oui.

— Enfin, Cass, ce ne sont que quelques coups de fil. Je ne comprends pas pourquoi ça te perturbe autant. »

Je hausse les épaules, essaye de prendre la chose à la légère. « J'imagine que c'est à cause du meurtre de Jane… Tu comprends ? Que ça soit arrivé si près de chez nous.

— Et qu'en pense Matthew ?

— Je ne lui ai rien dit.

— Pourquoi pas ? » La sollicitude que je lis dans ses yeux me décide à tout lui confier.

« Parce que j'ai fait des trucs idiots ces derniers temps, et que je ne voudrais pas qu'il pense que je suis vraiment folle », admets-je.

Rachel boit une gorgée de vin, sans me lâcher des yeux. « Quel genre de trucs ?

— Bon… pour commencer, j'ai oublié que j'avais invité Hannah et Andy à la maison pour un barbecue. J'étais tombée sur Hannah par hasard le jour où on a été prendre un verre au Sour Grapes…

— Je sais. Je me souviens que tu m'as dit que c'était pour ça que tu étais en retard.

— Je te l'ai déjà dit ?

— Oui. Tu m'as dit que tu les avais invités à un barbecue parce que ça faisait longtemps que tu ne les avais pas vus.

— Je t'ai dit pour quand je les avais invités ?

— Oui, tu as dit que tu les avais invités pour le dimanche – le week-end même, donc. »

Je ferme les yeux, j'inspire profondément. « Hé bien j'ai oublié, dis-je en rouvrant les yeux.

— Oublié ?

— Oui. J'ai oublié que je les avais invités. Ou alors je n'ai pas compris que je les avais invités… L'un ou l'autre, je n'en sais trop rien. Andy a appelé le matin pour savoir à quelle heure ils étaient attendus, donc on a réussi à éviter qu'ils arrivent sans qu'il n'y ait rien à manger, ce qui aurait été gênant. Mais ça n'est pas tout. J'ai aussi réussi à commander le système d'alarme sans en avoir aucun souvenir. J'ai rempli le formulaire, je l'ai signé, tout – et je ne m'en suis même pas rendu compte. » Je fixe Rachel, de l'autre côté de la table. « J'ai peur, Rachel, j'ai vraiment peur. Je ne sais pas ce qui m'arrive. Et comme maman…

— Je ne comprends pas ton histoire d'alarme, coupe-t-elle. Que s'est-il passé, exactement ?

— Tu te souviens, quand on s'est vues au Sour Grapes, je t'ai dit qu'un type d'une société de systèmes d'alarme était passé pour faire un devis ?

— Oui, tu disais qu'il t'avait fait peur, ou quelque chose comme ça…

— C'est ça. Hé bien quand Matthew est rentré de sa plateforme vendredi dernier, il a trouvé le type qui attendait devant la porte. Donc Matthew lui a dit qu'on n'avait rien signé pour faire installer l'alarme, mais le type a sorti un contrat, avec ma signature.

— Ça ne veut rien dire, coupe Rachel. Il a pu imiter ta signature. Il y a pas mal d'escrocs, dans ce métier.

— C'est ce que j'ai d'abord cru. Mais il n'y avait pas que ma signature, Rachel, il y avait aussi tout le reste. Tout le formulaire avait été rempli, et c'était bien mon écriture. Matthew a dit qu'on m'avait embobinée pour que je signe et j'ai accepté cette explication parce qu'elle me dédouanait. Mais lui et moi savons tous les deux que ça ne s'est pas passé comme ça. »

Rachel prend le temps de la réflexion. « Tu sais ce que je pense ? Je pense que d'une certaine manière, tu y as quand même été forcée. Tu as dit que le type ne te plaisait pas, qu'il te mettait mal à l'aise, donc tu as peut-être signé pour te débarrasser de lui et ensuite, ton subconscient a effacé tout l'épisode parce que tu avais honte de t'être laissée abuser.

— Je n'aurais jamais pensé à ça.

— Je suis sûre que c'est ce qui s'est passé, dit-elle fermement. Donc arrête de t'en faire !

— Mais ça n'explique pas le reste. Et le cadeau que j'étais supposée acheter pour Susie ? Et l'invitation de Hannah et Andy à déjeuner ? » Je passe sous silence la nuit qu'elle devait passer avec moi le jour où je suis partie à l'hôtel.

« Ça fait combien de temps que ta mère est morte, Cass ?

— Un tout petit peu plus de deux ans.

— Et en deux ans, tu as repris le travail, tu t'es mariée et tu as déménagé. En gros, tu t'es totalement réinventée. Pour quelqu'un qui a passé les trois années précédentes à s'occuper jour et nuit d'une personne atteinte de complète démence, je dirais que tu en as fait trop, trop vite, et que tu en arrives au burnout. »

Je hoche lentement la tête en réfléchissant à ce qu'elle vient de dire. Plus j'y pense, plus je commence à croire qu'elle a raison.

« Ça a été un vrai tourbillon, admets-je.

— Ah, tu vois.

— Mais… et si c'était plus que ça ?

— Que veux-tu dire ? »

J'ai du mal à formuler ma pire angoisse. « Et si je devenais comme maman ? Si je me mettais à oublier la moindre petite chose, comme elle ?

— C'est ça qui t'inquiète ?

— Honnêtement Rachel, tu n'as rien remarqué ?

— Non, rien. Tu es parfois distraite…

— Distraite ?

— Tu vois ? Quand tu commences à penser à autre chose et que tu n'entends pas ce que je dis.

— Je fais ça ?

— N'aie pas l'air si inquiète, on fait tous ça !

— Donc tu ne crois pas que je prends ce chemin ? »

Rachel nie vigoureusement de la tête. « Non, je ne le crois pas.

— Et les coups de fil ?

— Ce sont juste des appels au hasard. Ils n'ont rien de sinistre, dit-elle sincèrement. Tu as besoin de repos.

Tu devrais demander à Matthew de t'emmener quelque part où tu pourrais te détendre.

— Je viens tout juste de prendre cinq jours. De toute façon, c'est compliqué pour lui de prendre des vacances en août. Toi, tu pars bientôt, non ?

— Samedi, dit-elle joyeusement. J'ai hâte ! Ah, parfait, voilà notre déjeuner. »

Quand Rachel repart, un quart d'heure plus tard que prévu, je me sens beaucoup mieux. Ce qu'elle dit sur ma vie depuis la mort de maman est juste. En gros, je suis passée d'une vie sans beaucoup de plaisirs et très routinière à une autre pleine d'expériences nouvelles. Il est normal que tout ce que j'ai traversé m'ait soudain rattrapée et déstabilisée. Je traverse une petite turbulence passagère, pas un grand désastre. Tout ce dont j'ai besoin, c'est de ne plus penser au meurtre de Jane, de ne plus penser que ces coups de fil ont quelque chose de sinistre, de ne m'occuper que de ce qui compte pour moi, c'est-à-dire de Matthew. Ce qui me donne une idée et au lieu de poursuivre mon chemin vers le parking, je fais demi-tour.

***

Je reste un petit moment devant la vitrine de Baby Boutique à admirer les superbes vêtements pour bébés présentés. Puis je pousse la porte et j'entre. Il y a là un jeune couple, dont la femme est très enceinte, qui cherche une poussette pour leur bébé à naître, et l'idée qu'un jour Matthew et moi serons à leur place en train de choisir une poussette pour notre enfant m'emplit d'une envie qui me coupe le souffle. Je commence à fouiller dans les vêtements suspendus aux portants et je trouve une minuscule grenouillère, ornée de ballons pastel. La vendeuse, une petite jeune femme avec les plus longs cheveux que j'aie jamais vus, vient au devant de moi et me demande si elle peut m'aider.

« Oui, je voudrais acheter ceci, dis-je en lui tendant la grenouillère.

– C'est très mignon, n'est-ce pas ? Voulez-vous un emballage cadeau ?

— Non, ça ira, merci, c'est pour moi.

— Oh, mais c'est magnifique. Quand devez-vous accoucher ? »

Sa question me prend au dépourvu, et je me sens gênée d'acheter une grenouillère pour un bébé qui n'existe pas.

« Oh, je viens seulement de tomber enceinte », m'entends-je répondre.

Elle rit de bonheur et se frotte le ventre. « Moi aussi !

— Félicitations ! » Je me retourne pour voir le jeune couple qui s'avance vers nous. « Vous savez déjà si c'est un garçon ou une fille ? » demande la jeune femme en me regardant.

Je secoue vivement la tête. « Trop tôt…

— J'attends un garçon, annonce-t-elle fièrement. Pour dans un mois.

— Magnifique.

— Nous n'arrivons pas à nous décider pour la poussette, poursuit-elle.

— Nous pouvons peut-être vous aider », répond la vendeuse et avant que je réalise, nous nous retrouvons à inspecter la rangée de landaus et de poussettes, à discuter des avantages et des inconvénients de chacun.

« Moi, je prendrais celui-là, dis-je en indiquant un superbe landau bleu marine et blanc.

— Vous ne voulez pas l'essayer ? » suggère la vendeuse. Le jeune couple et moi poussons à tour de rôle le landau dans la boutique, et convenons que c'est vraiment le meilleur choix, parce qu'en plus d'être élégant, il est facile à manier.

Nous allons à la caisse, et la vendeuse insiste pour mettre la grenouillère dans une jolie boîte alors même que je lui ai dit que c'était pour moi, et en discutant des prénoms possibles de nos futurs bébés, je me sens plus favorable que jamais à l'idée de devenir mère. Rachel, en affirmant que je ne souffre que d'épuisement, m'a redonné confiance et j'ai hâte d'annoncer ce soir à Matthew que nous pouvons commencer les FIV. Je lui offrirai peut-être le petit pyjama, pour qu'il puisse deviner.

« Nous avons une carte de fidélité qui peut vous intéresser. » La vendeuse me tend en souriant un formulaire. « Il vous suffit de remplir votre nom et votre adresse. Une fois que vous avez accumulé un certain nombre de points, vous avez des réductions sur vos achats suivants. »

Je m'empare du formulaire et commence à le remplir. « Ça m'a l'air super.

— Vous pouvez aussi acheter des vêtements de grossesse avec, poursuit-elle. Nous avons de très jolis jeans avec une taille extensible au fur et à mesure que votre grossesse avance. Il y en a un que j'ai déjà repéré. »

Ramenée brutalement à la réalité, parce que je ne suis pas enceinte, je lui tends le formulaire et lui lance un au revoir pressé. Je suis presque à la porte quand elle me fait signe.

« Vous n'avez pas payé », me rappelle-t-elle en riant.

Troublée, je reviens à la caisse et lui tends ma carte. Au moment où je quitte enfin le magasin, je suis tellement tendue à cause des mensonges que je viens de proférer que mon assurance toute neuve s'est déjà envolée. Je n'ai pas envie de rentrer mais je ne veux pas rester en ville, au risque de tomber sur le jeune couple de la boutique et de devoir leur parler de ma grossesse. Je me dirige donc vers le parking.

Je n'ai pas été bien loin que j'entends quelqu'un m'appeler. En me retournant, je vois John, mon collègue de l'école, qui se hâte vers moi.

« Je t'ai vue sortir de la boutique là-bas et j'essaie de te rattraper depuis », explique-t-il en m'adressant un de ses grands sourires. Il me serre dans ses bras et ses mèches brunes retombent sur son front. « Comment vas-tu, Cass ? »

Je mens : « Bien. » Je vois son regard se poser sur le sac que je porte et la gêne m'envahit immédiatement.

« Je ne veux pas être indiscret, mais je dois acheter un cadeau pour un ami qui vient d'avoir un bébé et je ne sais pas quoi prendre. J'allais rentrer dans la boutique quand je t'ai vue en sortir, alors j'espère que tu pourras m'aider.

— J'ai acheté une grenouillère pour le bébé d'une amie. Tu pourrais peut-être acheter quelque chose du même genre.

— Super, je vais en prendre une aussi. Alors, tu profites bien des vacances ?

— Oui et non, admets-je, tout heureuse de changer de sujet. C'est chouette d'avoir du temps libre mais depuis le meurtre, je n'arrive pas vraiment à me détendre. »

Son visage s'assombrit. « Je jouais au tennis avec elle. On était au même club. Quand j'ai appris la nouvelle, je n'ai pas pu y croire. Ça a été horrible. Et encore maintenant.

— J'avais oublié que tu la connaissais aussi », dis-je.

Il prend un air surpris. « Ah bon, tu la connaissais, toi ?

— Seulement un peu. Je l'ai croisée à une fête où Rachel m'avait emmenée. On s'était mises à discuter et quand je lui ai dit que je travaillais au collège, elle m'a dit qu'elle te connaissait. Et on a déjeuné ensemble, il y a quelques semaines. » J'essaie de lancer un autre sujet de conversation, au hasard. « Tu pars en Grèce bientôt, non ?

— Non, je n'y vais plus. » Je l'interroge du regard. « Disons simplement que ma petite amie n'est plus d'actualité…

— Ah… »

John hausse les épaules. « Ça arrive. » Il regarde sa montre. « Tu n'aurais pas le temps de prendre un verre, par hasard ?

— Je veux bien boire un café, oui », réponds-je, heureuse d'occuper un peu de mon temps.

Devant un café, nous parlons de l'école, de la journée d'intégration prévue à la fin du mois, avant la rentrée de septembre. Une demi-heure plus tard, nous quittons le café et après nous être dit au revoir, je le regarde, avec une inquiétude croissante, traverser la rue et revenir à Baby Boutique. Et s'il allait raconter à la vendeuse qu'il veut une grenouillère comme celle qu'une amie à lui vient d'acheter il y a une demi-heure ? Elle saura qu'il parle de moi et elle dira peut-être quelque chose sur ma grossesse et quand on se reverra à l'école, il me félicitera devant tout le monde. Et qu'est-ce que je ferai, alors ? Je ferai croire que c'était une fausse alerte ? Ou bien il va me téléphoner plus tard dans l'après-midi et je n'aurai pas d'autre choix qu'admettre que j'ai menti à la vendeuse, ou de lui dire qu'elle aura mal compris. Le sang cogne à mes tempes et je voudrais ne jamais être tombée sur lui par hasard.

Je rentre à la maison et en entrant, la lumière rouge clignotante du clavier me rappelle que je dois désactiver l'alarme. Je referme la porte et tape le code. Mais au lieu de passer au vert, la lumière rouge se met à clignoter plus vite. Croyant avoir fait une erreur, je recompose le code, pressant fermement sur chaque touche, 9, 0, 9, 1, mais le clignotement s'accélère encore. Atrocement consciente du compte à rebours, parce que je n'ai que trente secondes avant que l'alarme se déclenche, j'essaie de comprendre où je me suis trompée. Je suis tellement sûre de connaître le bon code que je réessaie les mêmes numéros, et je me trompe de nouveau.

En quelques secondes, c'est l'apocalypse. Une sirène déchire l'air, rejointe par une seconde qui hurle par intermittences. Hésitante face au clavier, essayant de me rappeler s'il existe un autre moyen d'éteindre l'alarme, j'entends le téléphone sonner derrière moi et mon cœur qui cognait déjà d'angoisse parce que j'avais mal composé le code accélère encore : je ne peux que penser que celui qui me harcèle de ses appels silencieux sait que je viens de rentrer chez moi. J'abandonne le système d'alarme, je me précipite à la grille et fouille la rue des yeux à la recherche de quelqu'un pour m'aider. Mais malgré le vacarme de l'alarme, personne ne vient s'enquérir de ce qui se passe, ironie qui me rend quelque peu hystérique.

À cet instant, la voiture de Matthew apparaît, ce qui me calme immédiatement. M'apercevant que j'ai toujours le sac Baby Boutique à la main, j'ouvre prestement ma voiture et j'y fourre le sac sous mon siège avant que Matthew soit assez près pour le voir. Son air perplexe quand il passe la grille en voiture me dit que le bruit de l'alarme l'a déjà alerté.

Il s'arrête brusquement et jaillit de sa voiture.

« Cass, qu'y a-t-il ? Tout va bien ?

— Je n'arrive pas à éteindre l'alarme ! » Je hurle par-dessus le vacarme. « Le code ne marche pas ! »

Le soulagement qui se lit sur sa figure est vite remplacé par un air de surprise.

« Qu'est-ce que tu veux dire, le code ne marche pas ? Il marchait hier.

— Je sais, mais il ne marche plus !

— Laisse-moi regarder. »

Je le suis dans la maison et il entre le code sur le clavier. Les sirènes cessent immédiatement.

« Je n'y crois pas, dis-je, interloquée. Pourquoi ça n'a pas marché avec moi ?

— Tu es sûre d'avoir fait le bon code ?

— Mais oui, 9091, exactement comme hier, exactement comme tu viens de le faire. J'ai même essayé deux fois mais ça ne marchait toujours pas.

— Attends un peu, quels chiffres tu as dit ?

— 9091, nos jours d'anniversaire, à l'envers. »

Il secoue la tête de désespoir. « C'est 9190, Cass, pas 9091. Ton anniversaire, et après le mien. Tu ne les as pas mis dans le bon ordre, c'est tout. Tu as mis le mien d'abord, au lieu du tien. »

Je gémis. « Oh bon Dieu ! Comment ai-je pu être aussi bête ?

— On peut facilement se tromper, j'imagine. Mais il ne t'est pas venu à l'idée d'essayer les chiffres dans l'autre sens quand ça n'a pas marché la première fois ?

— Non », dis-je, me sentant encore plus idiote. Par-dessus son épaule, je vois une voiture de police s'arrêter devant la maison. « Qu'est-ce que la police vient faire ici ? »

Matthew se retourne. « Je ne sais pas. C'est peut-être la société d'alarme qui l'a appelée – tu sais, comme le meurtre s'est produit tout près d'ici… »

Une policière sort de la voiture. « Tout va bien ? demande-t-elle par-dessus la clôture.

— Oui, tout va bien », la rassure Matthew.

Elle nous rejoint quand même dans l'allée. « Vous n'avez pas été cambriolés alors ? On nous a signalé que votre alarme s'est déclenchée et que vous n'avez pas répondu au coup de fil de vérification, donc nous sommes venus voir sur place.

— Je suis désolé, vous êtes venus pour rien, j'en ai peur, dit Matthew. C'est une alarme récente et on s'est trompés dans le code.

— Voulez-vous que je fouille la maison, juste pour être sûrs ? L'alarme ne sonnait pas quand vous êtes arrivés, si ?

— Non, pas du tout, dis-je en m'excusant. Je suis désolée, c'est de ma faute, j'ai fait un mauvais code. »

La policière sourit pour me rassurer. « Il n'y a pas de mal. »

Étrangement, sa présence me rassure et je sais que c'est parce que je redoute d'être seule avec Matthew. Il a peut-être décidé d'ignorer, ou de justifier, toutes les autres gaffes que j'ai commises récemment, mais il ne pourra pas oublier ce qui vient de se passer avec l'alarme.

La policière remonte dans sa voiture et je suis Matthew dans la cuisine.

Tandis qu'il nous prépare du thé, le silence est si inconfortable que j'ai envie qu'il dise n'importe quoi, même ce que je n'ai pas envie d'entendre.

« Cass, il faut qu'on parle, dit-il en me tendant une tasse.

— De quoi ?

— C'est seulement… Tu es un peu distraite, ces derniers temps. Tu sais, tu oublies des choses…

— Je commande des alarmes, et je les déclenche toute seule, dis-je en hochant la tête.

— Je me demande seulement si quelque chose ne te stresse pas.

— Je reçois des coups de fil muets », dis-je parce que reconnaître qu'ils me font peur me semble préférable à avouer à Matthew que je perds la tête. Je sais que Rachel pense que ces coups de fil n'ont rien d'inquiétant, mais j'aimerais avoir l'avis de Matthew là-dessus.

« Quoi ? Quand ?

— Toujours le matin.

— Sur ton portable ou sur le téléphone de la maison ?

— Celui de la maison.

— Tu as essayé de voir le numéro ?

— Oui. C'est un numéro masqué.

— Alors c'est probablement une centrale d'appels quelque part à l'autre bout du monde. Sérieusement, c'est ça qui te tracasse ? Quelques appels depuis un numéro masqué ?

— Oui.

— Pourquoi ? Ça n'est quand même pas la première fois que tu reçois ce genre d'appels, si ? Tout le monde en reçoit.

— Je sais. Mais ceux-là ont l'air d'être personnels.

— Personnels ? » Matthew fronce les sourcils. « Comment ça ? »

J'hésite, je ne suis pas sûre de vouloir poursuivre. Mais j'ai commencé. « C'est comme si on savait qui je suis.

— Pourquoi, on t'appelle par ton nom ?

— Non. On ne dit rien, c'est ça le problème.

— Alors c'est un pervers sexuel, comme ceux qui se contentent de respirer lourdement au téléphone sans parler ?

— Sauf qu'il ne respire pas lourdement.

— Alors qu'est-ce qu'il fait ?

— Rien. Mais je sais qu'il y a quelqu'un au bout du fil.

— Comment ça ?

— Je sens qu'il est là. »

Matthew semble désorienté. « Il ne sait pas qui tu es, Cass. Tu n'es qu'un numéro parmi beaucoup d'autres numéros. Tout ce qu'il veut, c'est t'interroger pour un sondage ou pour te vendre une cuisine. Et de toute façon, comment sais-tu que c'est un homme ? »

Interloquée, je le fixe : « Quoi ?

— Tu as dit que tu sentais qu'il était là. Alors comment sais-tu que c'est un homme ? Ça pourrait être une femme.

— Non, c'est bien un homme.

— Mais s'il ne dit rien, comment peux-tu le savoir ?

— Je le sais, c'est tout. Est-ce qu'on peut retrouver la provenance d'un appel, même si le numéro est masqué ?

— C'est possible. Mais tu ne crois pas vraiment que c'est personnel, si ? Je veux dire, pourquoi ce serait ça ? »

J'ai du mal à formuler ce que je redoute vraiment. « Il y a un assassin en liberté, dehors.

— Quel est le rapport ?

— Je ne sais pas. »

Matthew plisse le front, essaie de comprendre. « Tu veux dire que tu penses que c'est le meurtrier qui est derrière ces coups de fil ? » demande-t-il en essayant de ne pas paraître incrédule.

— Non, pas vraiment, dis-je sans conviction.

— Chérie, je peux comprendre que tu aies peur, n'importe qui aurait peur, surtout que ce meurtre a été commis tout près d'ici et que l'assassin est toujours en liberté. Mais si on appelle sur le téléphone de la maison, c'est que les coups de fil ne te visent pas spécialement, si ? » Il réfléchit un instant. « Et si je me mettais en télétravail jeudi et vendredi ?

Ça t'aiderait que je reste à la maison quelques jours ? »

Le soulagement m'envahit. « Oh oui, ça me ferait beaucoup de bien.

— Ce serait sympa de prendre quelques jours avant mon anniversaire », poursuit-il. J'acquiesce, tout en me demandant comment j'ai pu oublier que son anniversaire approchait.

« En tout cas, dit Matthew, d'après ce que j'ai entendu à la radio, la police commence à croire que Jane connaissait son assassin.

— C'est possible, mais je ne crois pas que ce soit son amant. Elle n'était pas du genre à en avoir.

— Sûrement, mais est-ce que tu la connaissais vraiment bien ? Tu ne l'as vue que deux fois.

— Ça se voyait qu'elle aimait son mari, dis-je avec obstination. Elle ne l'aurait jamais trompé.

— En tout cas si elle connaissait celui qui l'a tuée, et la police pense que c'est le cas, il y a peu de chances qu'il en ait après d'autres. Et encore moins qu'il leur téléphone. »

Dit comme ça, je ne peux qu'être d'accord. « Tu as raison.

— Tu me promets de ne plus t'inquiéter ?

— Je te le promets. »

J'aimerais que ce soit aussi simple.

Mercredi 5 août

C'est assise sur le banc au-dessous du prunier de Damas, en regardant vers le fond du jardin, que je trouve le cadeau idéal pour l'anniversaire de Matthew : un abri de jardin. Je ne compte plus les fois où il m'a dit qu'il adorerait en avoir un. Si je le commande aujourd'hui, je peux sûrement me le faire livrer pour la fin de la semaine et il pourra le monter pendant le week-end.

L'appel survient alors que je suis en train de rentrer dans la maison pour dénicher un abri de jardin sur Internet. J'ai beau m'y attendre à demi, je m'immobilise instantanément, clouée sur place, à mi-chemin entre la maison et le jardin, entre fuite et révolte. C'est la colère qui l'emporte et je me précipite dans l'entrée pour m'emparer du téléphone.

Je hurle. *« Foutez-moi la paix ! Si vous m'appelez encore une fois, je vais à la police ! »*

Je regrette immédiatement mes paroles. Sidérée, je retiens mon souffle. J'ai peine à croire que je viens de le menacer de ce qu'il craignait probablement le plus, et maintenant il va penser que je l'ai vraiment vu ce soir-là. Je veux lui dire que ce n'est pas ça, que je n'ai absolument rien à dire à la police, que tout ce que je veux, c'est qu'il arrête de me téléphoner. Mais la terreur m'empêche de parler.

« Cass ? » La confirmation qu'il sait qui je suis me tétanise. La voix reprend. « Cass, est-ce que tout va bien ? C'est John. »

Mes jambes faiblissent. « John ! » Je lâche un rire tremblant. « Désolée, j'ai cru que c'était quelqu'un d'autre.

— Tu vas bien ?

— Oui, maintenant ça va. » Je tente de me maîtriser. « C'est seulement que je viens d'avoir une de ces centrales d'appels qui me harcèle, et j'ai cru qu'ils recommençaient. »

John rit doucement. « Oui, ils sont vraiment pénibles, n'est-ce pas ? Mais ne t'inquiète pas, si tu leur cries dessus comme tu viens de le faire, ils ne risquent pas de recommencer ! Mais si je puis me permettre, poursuit-il, amusé, les menacer d'aller à la police me semble un peu sévère.

— Désolée, dis-je à nouveau. Je suis sortie de mes gonds, j'en ai peur.

— Il n'y a pas de mal. Écoute, je ne vais pas te faire perdre du temps. Je téléphonais juste pour savoir si tu voulais venir boire un verre vendredi soir avec quelques collègues de l'école. Je fais le tour pour voir qui est libre.

— Vendredi ? » J'essaie de réfléchir à toute vitesse. « L'ennui, c'est que Matthew prend deux jours de congés et qu'on pourrait décider de partir quelque part. J'imagine que je ne peux pas te répondre plus tard, si ?

— Si, bien sûr.

— Je te rappellerai.

— Super ! Bon, salut Cass, j'espère que tu pourras venir. Et si la centrale d'appels te rappelle, fais-leur savoir ta façon de penser.

— C'est promis. Au revoir John, merci d'avoir appelé. »

Il raccroche et je reste là, vidée, stupide, à me demander ce qu'il peut penser de moi. À cet instant, le téléphone que j'ai toujours à la main se remet à sonner et cette fois, un tremblement terrible me prend. J'ai une envie désespérée de croire que c'est John qui rappelle pour me dire quelque chose qu'il aurait oublié la première fois, et je réponds. Le silence est assourdissant au bout du fil et je me maudis, une fois de plus, de faire exactement ce qu'il veut que je fasse.

Mais peut-être pas. Peut-être que mon silence le frustre, peut-être qu'il veut que je crie au téléphone, comme je l'ai fait avec John, peut-être veut-il que je le menace d'aller voir la police, pour avoir une raison de me tuer, comme il a tué Jane. Je m'agrippe à cette idée, heureuse d'avoir pu défouler ma frustration sur John et en raccrochant, je ressens comme une minuscule victoire. Et je suis soulagée, maintenant que le coup de fil est survenu, de pouvoir reprendre mes activités.

Sauf que je n'y parviens pas. Je me sens si oppressée dans la maison que je choisis hâtivement l'abri de jardin pour Matthew, plus préoccupée par la garantie qu'il sera livré samedi que par ses dimensions. De retour au rez-de-chaussée, j'emporte un livre et une bouteille d'eau dans le jardin. Je mets un moment à choisir l'endroit où je vais m'asseoir parce que je ne veux pas qu'on puisse me surprendre, même si je sais que c'est improbable, vu qu'il faudrait franchir notre haie qui fait deux mètres de haut. À moins qu'on n'entre par le portail. Je choisis un endroit sur le côté de la maison d'où je peux surveiller l'allée, agacée que ma maison ne soit plus le refuge qu'elle était. Mais tant que la police n'aura pas attrapé le tueur, je ne pourrai pas y faire grand-chose.

Au moment où je m'apprête à me faire à déjeuner, Rachel m'envoie un SMS avec l'adresse que je lui ai demandée. Je sors la carte de mon sac et m'assieds pour écrire au mari de Jane. J'ai moins de mal que je ne l'aurais pensé, simplement parce que ce que j'écris est sincère et quand j'ai fini, je me relis, pour m'assurer que ma lettre convient.

Cher monsieur Walters,

J'espère ne pas être intrusive en vous écrivant cette lettre. Je voulais simplement vous dire combien j'ai été affligée d'apprendre la triste nouvelle du décès de Jane. Je ne l'ai connue que brièvement mais durant cette courte période, elle m'a beaucoup marquée. Nous nous étions rencontrées il y a un mois, à la fête de départ d'un salarié de Finchlakers, et nous avions déjeuné ensemble il y a près de deux semaines, à Browbury. J'espère que vous comprendrez que je dise que j'ai perdu une amie, car c'est ce que je ressens réellement.

Je pense bien à vous et à votre famille.

Cass Anderson

Heureuse d'avoir une raison de quitter la maison quelques minutes, je trouve un timbre et je remonte à pied jusqu'à la boîte aux lettres, tout en haut de la rue. Il n'y a personne alentour mais en glissant mon enveloppe dans la boîte, je sens que quelqu'un m'observe, exactement comme le jour où je suis allée à la cabine appeler la police. Les poils de ma nuque se hérissent, je fais brutalement volte-face, le cœur battant, mais il n'y a personne, rien que les branches d'un arbre qui s'agitent dans le vent, à quelques mètres de moi. Sauf qu'aujourd'hui, il n'y a pas de vent.

Ce n'est plus de la peur, mais de la terreur. Elle vide mon visage de son sang, me coupe le souffle, me noue les entrailles, m'amollit les jambes. Puis elle me fait perdre toute raison et m'oblige à repartir en courant, loin des maisons du haut, vers la mienne, tout en bas, vers la forêt. Mes pas battent le macadam, sonores dans le silence de l'après-midi, et en tournant vivement dans l'allée, la poitrine comme un soufflet, haletante, je dérape sur le gravier. Le sol se précipite à ma rencontre, le choc me vide les poumons. Tandis que je suis là, par terre, luttant pour respirer, les mains et les genoux qui me brûlent déjà, une voix dans ma tête se moque de moi : *Il n'y a personne !*

Je me remets péniblement debout et titube jusqu'à la porte. Je tire maladroitement les clés de ma poche, entre le pouce et l'index pour protéger la peau éraflée de mes paumes. Dans l'entrée, en me dirigeant vers l'escalier, je me réjouis d'avoir éteint l'alarme en sortant parce que je suis dans un tel état que je l'aurais sûrement une nouvelle fois déclenchée. Je monte les marches, les yeux brûlants de larmes qui ne coulent pas. Je ne les laisse couler qu'en me nettoyant, parce que je peux faire mine de pleurer sur les plaies que j'ai aux mains et aux genoux. Mais la vérité, c'est que je ne sais pas comment je vais encore pouvoir me supporter. J'ai honte de la faiblesse ridicule qui est la mienne depuis le meurtre de Jane. Si je n'avais pas déjà des problèmes de mémoire, je sais que je l'aurais mieux supporté. Mais avec la menace de cette démence potentielle qui rôde au-dessus de moi, j'ai perdu toute confiance.

Vendredi 7 août

Nous traînons au lit quand j'entends un camion s'arrêter devant la maison.

« Ce n'est pourtant pas le jour des poubelles, si ? » dis-je innocemment, sachant que le cadeau de Matthew doit arriver aujourd'hui.

Matthew sort du lit, va à la fenêtre. « C'est une livraison quelconque. Sûrement pour le type qui vient d'emménager au bout de la rue, dit-il en enfilant un jean et un T-shirt. Il s'est fait livrer plein de meubles, récemment.

— Il y a un type qui vient d'emménager au bout de la rue ?

— Oui, la maison qui était à vendre. »

Mon cœur se met à cogner. « Je croyais qu'elle avait été vendue à un couple qui devait s'installer fin septembre ?

— Non, je ne crois pas. »

Le bruit de pas sur les graviers de l'allée suivi d'un coup de sonnette le fait filer au rez-de-chaussée. Je me rallonge sur l'oreiller, en réfléchissant à ce que Matthew vient de dire. L'homme que j'ai vu dehors est peut-être tout bonnement notre nouveau voisin. Je devrais me sentir rassurée, mais ce n'est pas le cas, parce que quelque part dans un recoin sombre de mon esprit, je me demande déjà si ce n'est pas lui mon correspondant anonyme. Il n'y avait peut-être personne pour me poursuivre hier quand je suis revenue en courant, mais il y avait bien quelqu'un qui m'observait pendant que j'étais devant la boîte aux lettres. Je voudrais pouvoir en parler à Matthew mais c'est impossible, pas aujourd'hui, pas sans preuve d'aucune sorte. Il est déjà assez désorienté par la façon dont mon esprit s'est mis à fonctionner.

Tout à coup impatiente parce qu'il n'est pas remonté, je repousse les couvertures pour aller le retrouver quand je l'entends dans l'escalier.

« Surprise ! » dis-je quand il ouvre la porte.

Il me regarde interloqué. « Mais alors ce n'est pas une plaisanterie ?

— Non, bien sûr que non, réponds-je, décontenancée par son manque d'enthousiasme. Pourquoi serait-ce une plaisanterie ? »

Matthew s'assied sur le bord du lit. « Je ne comprends pas pourquoi tu as acheté ça maintenant.

— Parce que je pensais que ce serait gentil ?

— Je ne comprends toujours pas. »

Il a l'air tellement perplexe que ma bonne humeur s'évanouit presque aussitôt.

« C'est ton cadeau d'anniversaire ! »

Il hoche lentement la tête. « D'accord. Mais pourquoi pour moi ? Ça devrait plutôt être pour nous deux.

— Pourquoi ça ? Je vais à peine m'en servir !

— Pourquoi pas ?

— Mais parce que c'est toi qui proclamais que tu en voulais un. Mais ça ne fait rien, si tu n'en veux pas, je le renvoie.

— Je n'ai jamais dit que j'en voulais un, pas particulièrement, et puis là n'est pas la question, je ne comprends pas, c'est tout. On n'a même pas encore commencé à entamer une procédure pour avoir un bébé, et ça peut prendre encore des années. »

Je le regarde fixement. « Qu'est-ce que le fait d'avoir un bébé vient faire là-dedans ?

— J'abandonne, dit-il en se relevant. Je n'y comprends rien du tout. Je descends. »

Je crie dans sa direction : « Je pensais que ça te ferait plaisir ! Je pensais que tu serais content d'avoir un abri de jardin ! Désolée si je me suis aussi trompée là-dessus ! »

Matthew revient dans la chambre. « Un abri de jardin ?

— Oui, je croyais que tu en voulais un ! dis-je d'un ton accusateur.

— Mais bien sûr que j'en veux un !

— Alors où est le problème ? Il est trop petit ? Si c'est ça, on peut toujours le changer. »

Un sillon creuse son front. « Laisse-moi comprendre. Tu m'as acheté un abri de jardin ?

— Oui… Pourquoi, ce n'est pas ce qu'ils ont livré ?

— Non ! » Matthew se met à rire. « Pas étonnant que je ne comprenne rien ! Ils ont fait une erreur, chérie ! Ce n'est pas un abri de jardin qu'ils ont livré, c'est un landau ! Oh là là, je me suis franchement inquiété, en bas. J'ai cru que tu devenais complètement folle.

— Un landau ?!? » Je le fixe, incrédule. « Comment ont-ils pu se tromper ?

— Aucune idée. Mais il est très joli, je dois dire. Bleu marine et blanc, je nous vois bien en acheter un comme celui-là, un jour. Bon allez, je descends et je téléphone aux livreurs, pour voir s'ils peuvent revenir le reprendre. Ils n'ont pas dû repartir bien loin.

— Attends une minute. » Je repousse les couvertures et sors du lit. « Où est-il ?

— Dans l'entrée. Mais même si tu en tombes amoureuse, j'ai bien peur que tu ne puisses pas le garder, plaisante Matthew. Il est visiblement destiné à quelqu'un d'autre. »

Je descends quatre à quatre, une horrible sensation au creux de l'estomac. Devant la porte d'entrée, son emballage ouvert au sol, le landau est celui que j'ai vu à la boutique de Castle Wells, celui que j'avais désigné comme le plus pratique.

Matthew passe son bras à ma taille. « Tu comprends maintenant pourquoi j'étais aussi surpris ? » Il me caresse la nuque. « Je ne peux pas croire que tu m'offres un abri de jardin pour mon anniversaire.

— Je savais que tu en voulais un depuis longtemps, réponds-je d'un ton absent.

— Je t'aime, me murmure-t-il à l'oreille. Merci, merci beaucoup. J'ai hâte de le voir, mais j'ai pitié du pauvre gars qui va comprendre que l'abri de jardin qu'il vient de recevoir n'est pas pour lui, en fin de compte. »

Je marmonne, en fixant le landau. « Je ne comprends pas.

— Tu as commandé l'abri sur Internet ?

— Oui.

— Alors ils ont dû inverser deux commandes. On a reçu le landau de quelqu'un qui a notre abri de jardin. Je vais appeler les livreurs et avec un peu de chance, j'aurai mon abri cet après-midi.

— Mais j'ai vu ce landau dans une boutique de Castle Wells, mardi ! Il y avait d'autres clients, un jeune couple, qui m'a demandé mon avis sur les différents landaus, donc je les ai regardés un peu et j'ai dit que c'était celui-ci le mieux.

— Et ils l'ont commandé ?

— Probablement.

— Alors ça explique tout. Il a été envoyé ici par erreur.

— Mais comment la boutique a-t-elle eu mon adresse ?

— Je ne sais pas. Quel genre de boutique c'était ? Si c'est un grand magasin, et que tu y as déjà acheté quelque chose, tu leur as peut-être donné ton adresse.

— Ce n'était pas un grand magasin, c'était une boutique de vêtements pour enfants.

— De vêtements pour enfants ?

— Oui. J'ai acheté une grenouillère pour notre futur bébé. Je voulais te l'offrir mais avec toute l'histoire autour de l'alarme, j'ai oublié. Elle doit encore être dans la voiture. Je voulais te dire qu'on pouvait commencer à envisager d'avoir un bébé. Ça m'a paru une bonne idée sur le moment, mais j'imagine que ça doit te sembler idiot, maintenant. »

Son bras se resserre sur ma taille. « Mais non. C'est une jolie idée et tu peux toujours me l'offrir.

— C'est raté, maintenant, dis-je misérablement. Tout est gâché.

— Pas du tout ! insiste Matthew. Bon, quand tu as acheté cette grenouillère, tu es sûre de ne pas avoir donné ton adresse à la boutique ?

— J'ai rempli un papier pour avoir une carte de fidélité, dis-je, la mémoire me revenant. J'ai dû laisser mon nom et mon adresse.

— Eh bien voilà, le mystère est résolu ! C'était quel magasin ?

— Baby Boutique. Il doit y avoir une facture, ou quelque chose comme ça. » J'inspecte le landau. « Là, voilà. »

Matthew se dirige vers le téléphone. « Donne-moi le numéro, je les appelle. Pendant ce temps-là, tu peux lancer le petit-déjeuner. »

Je lui lis le numéro et me rends dans la cuisine pour faire du café. En allumant la cafetière, je l'entends expliquer qu'on nous a livré un landau par erreur et quand il se met à dire en plaisantant que si c'est pour les jeunes amoureux qui étaient dans la boutique en même temps que sa femme, mardi, je devrais toucher un pourcentage pour les avoir encouragés à l'acheter, je ne peux m'empêcher d'être contente qu'ils aient suivi mon conseil.

Je souris quand Matthew entre dans la cuisine : « Laisse-moi deviner, ils t'ont dit qu'on pouvait le garder quand même, pour notre futur bébé ?

— Alors c'est vrai ? » Il hoche la tête d'émerveillement. « Je n'y ai pas cru, au début, je me suis dit qu'elle devait se tromper. » Il me prend dans ses bras. « Tu es vraiment enceinte, Cass ? Enfin, ce serait génial, mais je ne vois pas comment… » Il me regarde avec hésitation. « À moins que les médecins ne se soient trompés. Ils m'ont dit que j'étais stérile mais ils avaient peut-être tort. Peut-être que je peux en avoir, peut-être que je n'ai pas de problème, après tout. »

L'air qui se peint sur sa figure me fait me détester moi-même, plus que je ne me suis jamais détestée.

« Je ne suis pas enceinte, dis-je doucement.

— Quoi ?

— Je ne suis pas enceinte.

— Mais la femme au téléphone m'a félicité ! Elle se souvenait de toi, elle se souvient que tu as commandé le landau pour notre bébé. »

Sa déception me fait mal. « Elle a dû me confondre avec quelqu'un d'autre. Je te l'ai dit, il y avait un couple…

— Elle m'a dit que tu lui avais annoncé que tu étais enceinte. » Matthew s'écarte. « Qu'est-ce qui se passe, Cass ? »

Je m'assieds à la table. « Je lui ai dit que la grenouillère était pour moi, ce qui était vrai, et elle en a conclu que j'étais enceinte, dis-je d'une voix éteinte. Et je n'ai pas démenti parce que sur le moment, ça m'a paru plus facile.

— Et le landau ?

— Je ne sais pas. »

Matthew ne peut masquer son agacement. « Comment ça, tu ne sais pas ?

— Je ne me souviens pas !

— Mais tu t'es laissée convaincre de l'acheter ou pas ?

— Je ne sais pas », redis-je.

Il s'assoit face à moi, prend mes mains dans les siennes. « Écoute, chérie, est-ce que ça te ferait du bien de parler à quelqu'un ?

— Qu'est-ce que tu veux dire ?

— Tu n'es plus toi-même, ces derniers temps et... Bon, simplement, ce meurtre semble te perturber plus que de raison. Et puis ces coups de téléphone...

— Quoi, ces coups de téléphone ?

— Tu sembles leur donner de l'importance, plus qu'il n'est nécessaire. J'ai du mal à en juger puisque je n'en ai reçu aucun mais...

— Ce n'est pas ma faute s'ils cessent dès que tu es là ! » dis-je d'un ton coupant, bizarrement agacée parce que nous n'avons reçu aucun de ces coups de fil ces deux derniers jours. Matthew me regarde, surpris. Je soupire. « Pardon ! Je suis simplement énervée parce que dès que tu es là, il n'appelle plus. » Le mot « il » flotte un moment dans l'air.

« Bon, mais ça ne te fera pas de mal d'aller voir le Dr Deakin, histoire de vérifier.

— Mais pourquoi ? » Je suis à nouveau sur la défensive. « Je suis fatiguée, c'est tout. Rachel dit que je suis en burnout parce qu'il s'est passé beaucoup de choses depuis la mort de maman. »

Matthew fronce les sourcils. « Depuis quand est-elle spécialiste ?

— Hé bien, je pense qu'elle a raison.

— Oui, peut-être. Mais ça ne te fera pas de mal de voir un médecin.

— Je vais bien Matthew, honnêtement. J'ai seulement besoin de repos. »

Le doute se lit dans ses yeux. « Tu veux bien me laisser prendre rendez-vous, s'il te plaît ? Si tu ne le fais pas pour toi, fais-le pour moi, alors. Je ne peux pas continuer comme ça, je ne peux vraiment pas. »

Je me ressaisis. « Et s'il décèle quelque chose qui ne va pas chez moi ? » dis-je pour le préparer.

— Comme quoi ?

— Je ne sais pas. » J'arrive à peine à prononcer le mot. « Démence… quelque chose comme ça.

— Démence ? Tu es bien trop jeune pour ça, c'est plus probablement le stress, comme tu le disais. » Il me serre les mains. « Je veux seulement que tu te fasses aider comme il faut. Alors, je peux prendre rendez-vous ?

— Si ça te fait plaisir.

— Ce que j'espère, c'est que toi, tu sois heureuse. Parce que je n'ai pas vraiment l'impression que tu le sois en ce moment, si ? »

Des larmes qui ne semblent jamais très loin me montent aux yeux.

« Non. Pas vraiment. »

Samedi 8 août

Matthew s'est débrouillé pour m'obtenir un rendez-vous – quelqu'un avait annulé le sien – avec le Dr Deakin ce matin, et je suis nerveuse. Matthew et moi l'avons pris comme médecin traitant dès que nous avons emménagé et je ne l'ai pas vu depuis parce que je n'ai pas été malade. Je pensais que Matthew ne l'avait jamais vu non plus mais quand il nous fait entrer dans son cabinet, je suis surprise de découvrir qu'ils semblent se connaître – et encore plus surprise d'apprendre que le Dr Deakin sait déjà tout de mes trous de mémoire.

« Je ne savais pas que mon mari était déjà venu vous voir, dis-je, troublée.

— Il s'inquiétait pour vous, explique le Dr Deakin. Pouvez-vous me dire quand vous avez remarqué pour la première fois que vous aviez du mal à vous rappeler les choses ? »

Matthew me serre la main pour me rassurer, et je résiste à l'envie de le repousser. J'essaie d'ignorer le sentiment de trahison que je ressens mais le fait qu'ils aient discuté de moi sans que je le sache me donne une sensation de fragilité.

« Je n'en suis pas très sûre », dis-je, parce que je ne veux pas parler des choses que Matthew n'a pas remarquées sur le moment, et que j'ai réussi à dissimuler. « Il y a quelques semaines, je dirais. Matthew a dû venir à mon secours au supermarché parce que j'avais oublié mon porte-monnaie à la maison.

— Mais avant ça, tu es allée jusqu'à Castle Wells sans ton sac, et puis il y a la fois où tu as laissé la moitié des courses au supermarché, ajoute Matthew doucement.

— Ah oui, ça aussi », dis-je en comprenant trop tard que je viens de reconnaître deux trous de mémoire de plus.

« Mais ce genre de choses peut arriver à tout le monde », dit le Dr Deakin d'un ton rassurant. Heureusement pour moi, c'est un médecin plutôt paternel qui exerce depuis longtemps et qui connaît la vie, pas quelqu'un qui sort tout juste de la faculté et qui fait tout à la lettre.

« Je crois qu'il n'y a pas lieu de s'inquiéter. Mais je voudrais quand même vous poser quelques questions sur vos antécédents familiaux », reprend-il, anéantissant mon espoir que la consultation soit terminée. « Je sais que vous n'avez plus vos parents, mais puis-je vous demander de quoi ils sont décédés ?

— Mon père est mort dans un accident de voiture. Il a été renversé en traversant la route devant chez nous. Et ma mère est morte d'une pneumonie.

— Et l'un des deux a-t-il montré les signes d'une autre maladie avant sa mort ?

— Ma mère était atteinte de démence. » À côté de moi, Matthew a un mouvement de surprise – minuscule, mais que je perçois malgré tout.

— Pouvez-vous me dire quand on l'a détectée ? »

Je rougis si violemment que je suis sûre que le Dr Deakin l'a vu. Je baisse les yeux, rabats mes cheveux sur ma figure. « En 2002.

— Ce qui lui faisait quel âge ?

— Quarante-quatre ans. » Je n'ose pas regarder Matthew. À partir de cet instant, tout va de mal en pis. Mes joues me brûlent encore plus quand je comprends que Matthew ne s'est laissé prendre à aucun de mes subterfuges et qu'il a toujours été bien plus au courant de ce qui se passait que je ne voulais bien le croire. Le nombre d'incidents que le Dr Deakin ajoute à sa liste augmente encore, et je n'ai qu'une envie : partir avant que les choses n'empirent.

Mais ils n'en ont pas terminé. Il faut encore parler du meurtre et, si tous les deux s'accordent à dire qu'il est normal que j'en sois perturbée étant donné que je connaissais Jane, et que j'ai des raisons d'être inquiète puisque c'est arrivé près de chez nous, lorsque Matthew lui explique que je soupçonne le meurtrier de me téléphoner anonymement, je m'attends vraiment à ce que le Dr Deakin me fasse interner sur-le-champ.

« Pouvez-vous me parler de ces appels ? » Le Dr Deakin m'encourage du regard, et je n'ai d'autre choix que de lui en parler, même si je sais qu'il va me diagnostiquer comme paranoïaque, d'autant plus que je suis incapable de lui dire pourquoi je pense que ces coups de fil émanent du meurtrier.

Au moment où nous quittons son cabinet, une heure plus tard, je me sens si misérable que je refuse la main de Matthew en retournant vers le parking. Dans la voiture, je me détourne de lui et regarde par la fenêtre, essayant de refouler mes larmes de douleur et d'humiliation. Il sent peut-être que je suis près de craquer parce qu'il se tait, et quand il s'arrête devant la pharmacie pour obtenir l'ordonnance prescrite par le Dr Deakin, je reste dans la voiture, le laissant se débrouiller seul. Le reste du trajet jusqu'à la maison se fait en silence. Une fois arrivés, je descends de voiture avant même qu'il ait pu couper le moteur.

« Chérie, ne sois pas comme ça, supplie-t-il en me suivant dans la cuisine.

— Qu'est-ce que tu crois ? » Je me retourne vers lui, en colère. « Je ne peux pas croire que tu aies parlé de moi dans mon dos au Dr Deakin ! Dans quel camp es-tu ? »

Matthew tressaille. « Mais dans le même que d'habitude, celui où je serai toujours, le tien !!!

— Alors pourquoi fallait-il que tu cites absolument tout ce que j'ai pu oublier ?

— Le Dr Deakin voulait des exemples de ce qui se passait et je n'allais pas lui mentir. Je m'inquiète pour toi, Cass !

— Alors pourquoi tu ne me l'as pas dit au lieu de trouver des prétextes et de faire semblant que tout allait bien ? Et pourquoi a-t-il fallu que tu racontes que j'avais dit à la vendeuse de Baby Boutique que j'étais enceinte ? Qu'est-ce que ça a à voir avec mes problèmes de mémoire ?!? Rien ! Rien du tout ! Maintenant, tu m'as fait passer pour mythomane en plus de tout le reste ! Je te l'ai expliqué… Je t'ai expliqué que la vendeuse a mal compris quand je lui ai dit que la grenouillère était pour moi et que le temps que je réalise qu'elle me pensait enceinte, il m'était plus facile de le lui laisser croire. Pourquoi tu as décidé de parler de ça au Dr Deakin, franchement, ça me dépasse ! »

Matthew s'assied à la table de la cuisine et enfouit la tête dans ses mains. « Tu as commandé un landau, Cass !

— Je n'ai pas commandé de landau !

— Et tu n'as pas commandé d'alarme, non plus… »

En colère, je saisis la bouilloire et la remplis en la cognant contre le robinet. « Ça n'est pas toi qui disais qu'on avait dû m'embobiner pour que je la commande ?

— Écoute, tout ce que je veux, c'est que tu te fasses aider comme il faut. » Une pause. « Je ne savais pas que ta mère avait été atteinte de démence à quarante-quatre ans. »

Je coupe. « La démence n'est pas héréditaire, en général. C'est le Dr Deakin qui l'a dit.

— Je sais, mais ce serait idiot de continuer à faire semblant de croire que tu n'as aucun problème.

— Quoi, faire semblant de croire que je ne suis pas amnésique, hors de la réalité et paranoïaque ?

— Arrête !

— Mais je ne prendrai pas ces trucs qu'il m'a prescrits, de toute façon ! »

Matthew relève la tête et me regarde. « C'est seulement pour le stress. Mais ne les prends pas si tu crois que tu peux t'en sortir sans. » Il a un rire creux. « C'est peut-être moi qui devrais les prendre. »

Le ton de sa voix me prend de court. En voyant son air fatigué, je culpabilise terriblement de ne m'être jamais mise à sa place, de n'avoir jamais pensé à ce que ça devait être pour lui de me voir craquer. Je m'approche et m'accroupis à côté de sa chaise, passe mon bras à sa taille.

« Je suis désolée. »

Il m'embrasse le front. « Ça n'est pas ta faute.

— Je n'en reviens pas d'avoir été si égoïste. Je n'en reviens pas de n'avoir jamais pensé à ce que ça te faisait de devoir me supporter.

— Quoi que ce soit, on le surmontera ensemble. Tu as peut-être seulement besoin de te détendre un moment. »

En écartant mon bras, il consulte sa montre. « Commençons maintenant. Tant que je suis là, je ne te laisserai rien faire. Assieds-toi donc et je vais improviser un déjeuner.

— D'accord », réponds-je, reconnaissante.

Je m'assieds à la table et l'observe prendre de quoi faire une salade dans le frigo. Je me sens si fatiguée que je pourrais m'endormir sur place, à l'instant. Même si cet étalage de toutes mes erreurs a été une humiliation, rétrospectivement, je suis contente d'avoir vu le Dr Deakin, d'autant plus qu'il pense que je ne souffre que de stress.

***

Je contemple les boîtes de médicaments prescrits par le Dr Deakin, posées près de la bouilloire. C'est un chemin que je ne veux pas vraiment prendre mais je suis rassurée de savoir qu'elles sont là, si jamais je me sens près de craquer. D'autant plus que Matthew va repartir travailler et que Rachel s'envole pour Sienne aujourd'hui. Mais avec tous les cours que je dois préparer durant les deux semaines qui viennent, je serai trop occupée pour m'inquiéter.

Assise là, je me rappelle le jour où j'ai trouvé maman debout dans sa cuisine, le regard fixé sur la bouilloire. Quand je lui avais demandé ce qu'elle faisait, elle m'avait répondu qu'elle ne savait plus comment l'allumer. Tout à coup, elle me manque plus que jamais. La souffrance est aiguë, presque physique, et me coupe le souffle. Par-dessus tout, j'ai envie de lui prendre la main, de lui dire que je l'aime, je veux qu'elle me serre dans ses bras et me dise que tout va bien se passer. Parce que, parfois, je n'en suis pas sûre du tout.

Dimanche 9 août

Je n'aurais jamais cru être bricoleuse mais aider Matthew à monter son abri de jardin me plaît. C'est réconfortant de sentir que je suis capable de penser à autre chose et d'avoir l'impression qu'au bout du compte, j'ai accompli quelque chose. C'est aussi une agréable manière de fêter son anniversaire.

« C'est l'heure du gin-tonic », dit Matthew en admirant notre œuvre. « Dans l'abri. Je vais chercher les verres, tu t'occupes des chaises. »

Je traîne donc deux chaises à l'intérieur de l'abri, que nous inaugurons avec un des gin-tonic dont Matthew a le secret, qu'il prépare avec du jus de citron vert frais et un trait de soda au gingembre. Nous dînons dehors en prenant notre temps et quand la nuit se met à tomber, nous rentrons à l'intérieur regarder un documentaire de voyage, remettant la vaisselle à plus tard. Matthew ne tarde pas à bâiller, je lui dis donc de monter se coucher pendant que je rangerai.

Je vais dans la cuisine et me dirige vers les assiettes empilées près du lave-vaisselle. J'y suis presque quand, du coin de l'œil, je le vois posé à plat à l'autre bout de la cuisine, près de la porte qui donne sur le jardin. Je me fige sur place, un bras à demi tendu devant moi, je n'ose plus bouger. Le danger imprègne l'air, se dépose sur ma peau, me pousse à courir, à fuir la cuisine, la maison, mais j'ai les membres trop lourds, les idées trop incohérentes pour m'enfuir. Je voudrais appeler Matthew mais la peur paralyse ma voix autant que mon corps. Les secondes passent, puis la pensée qu'il pourrait à tout instant débouler par la porte du jardin me rend l'usage de mes jambes et je titube jusque dans l'entrée.

Je hurle en m'effondrant sur les marches. « Matthew ! Matthew ! » Poussé par la peur dans ma voix, il se rue hors de la salle de bains.

« Cass, crie-t-il en se ruant dans l'escalier, me rejoignant en quelques secondes. Qu'est-ce qu'il y a ? Qu'est-ce qui se passe ? » Matthew me serre dans ses bras.

« Dans la cuisine ! » J'ai les dents qui claquent si fort que j'arrive à peine à parler. « Il est dans la cuisine, posé à plat !

— Qu'est-ce qui est dans la cuisine ?

— Le couteau ! » J'en bafouille. « Il est là, dans la cuisine, posé près de la porte ! » J'agrippe son bras. « Ce type est là dehors, Matthew ! Il faut que tu appelles la police ! »

Matthew desserre son étreinte, pose les mains sur mes épaules.

« Calme-toi, Cass ! » Sa voix est assurée, apaisante, et j'avale une goulée d'air. « Bon, recommence. Qu'est-ce qui se passe ?

— Le couteau ! Il est posé dans la cuisine !

— Quel couteau ?

— Celui qu'il a utilisé pour tuer Jane ! Il faut qu'on appelle la police, il est peut-être encore dans le jardin !

— Mais qui ça ?

— L'assassin.

— Ça n'a pas de sens, chérie.

— Appelle la police ! » Je le supplie en me tordant les mains. « Le couteau, il est là, dans la cuisine !

— D'accord. Mais d'abord il faut que je jette un œil.

— Non ! Appelle la police, eux ils sauront quoi faire !

— Laisse-moi d'abord aller voir.

— Mais…

— Je vais les appeler, c'est promis. » Il s'arrête, pour me laisser un peu de répit. « Mais d'abord, j'ai besoin de voir le couteau parce qu'ils vont me demander de le leur décrire et ils voudront savoir exactement où il est. » Matthew se dégage doucement et passe devant moi.

« Et si le type est là-dedans ? dis-je, craintive.

— Je resterai à la porte.

— D'accord. Mais n'entre pas !

— Promis. » Matthew s'avance vers la porte de la cuisine. « Où as-tu dit que le couteau était ? » demande-t-il en tendant le cou depuis le seuil.

Mon cœur se met à cogner douloureusement. « Sur le côté, près de la porte du jardin. Le type a dû entrer par le jardin.

— Je vois le couteau qui m'a servi à couper les citrons verts tout à l'heure, mais c'est tout, dit-il calmement.

— Il est là, je l'ai vu !

— Tu peux venir me le montrer ? »

Je me remets debout et, accrochée à Matthew, je jette un coup d'œil peureux dans la cuisine. Près de la porte, posé à plat, je vois un de nos petits couteaux de cuisine à manche noir.

« C'est ce que tu as vu, Cass ? demande Matthew en me dévisageant. C'est ce couteau-là que tu as vu ? »

Je fais non de la tête. « Non, ce n'est pas celui-là. Il était beaucoup plus grand, comme celui de la photo.

— Hé bien il semble avoir disparu, dit-il d'une voix sensée. À moins qu'il soit ailleurs. On entre pour voir ? »

Je le suis dans la cuisine, toujours agrippée à lui. Il regarde ostensiblement partout, pour me faire plaisir, et je sais qu'il ne croit pas une seconde qu'il y a eu un autre couteau. Je me mets à sangloter pauvrement, atterrée, parce que je deviens folle.

« Ça n'est pas grave, chérie. » La voix de Matthew est douce mais il ne me serre pas dans ses bras, il reste là où il est, comme si me réconforter lui était trop pénible.

« J'ai vu le couteau, dis-je entre deux sanglots. Je suis sûre de l'avoir vu. Ce n'est pas celui-là.

— Donc tu dis… quoi ? Que quelqu'un est entré dans la cuisine, a remplacé le couteau dont je me suis servi tout à l'heure, et a refait l'échange ensuite ?

— C'est forcément ça.

— Si c'est vraiment ce que tu crois, tu ferais mieux d'appeler la police parce qu'il y a réellement un cinglé en liberté. »

Je lève les yeux vers lui à travers mes larmes. « Mais c'est ce que j'essaie de te dire ! Il cherche à me faire peur, il veut que j'aie la trouille ! »

Matthew va s'asseoir à la table, comme pour étudier ce que je viens de dire. J'attends qu'il dise quelque chose mais il reste assis à regarder dans le vide, et je réalise qu'il ne peut pas parler, parce qu'il n'y a pas de mots pour décrire ce qu'il ressent face à mon insistance à croire qu'un assassin en a après moi.

« S'il y avait une raison, même la plus minuscule, pour que le meurtrier te prenne pour cible, je pourrais peut-être comprendre, finit-il par dire doucement. Mais il n'y a aucune foutue raison. Je suis désolé, Cass, mais je crois que je suis vraiment à bout. »

Le désespoir de son ton me ramène à la raison. Je dois lutter pour me contrôler, mais la peur que Matthew me quitte est plus forte que celle que le meurtrier me retrouve.

« J'ai dû me tromper, dis-je d'une voix hésitante.

— Alors tu ne veux pas appeler la police ? »

Je résiste à l'envie impérieuse de lui dire que si, que je veux que la police vienne et fouille le jardin. « Non. Ça va aller. »

Matthew se lève. « Tu veux un conseil, Cass ? Prends les médicaments que t'a prescrits le médecin. Comme ça on pourra se tranquilliser, tous les deux. »

Il quitte la cuisine en faisant – presque – claquer la porte. Dans le silence qui suit, je fixe des yeux le petit couteau innocemment posé à plat. Même du coin de l'œil, on ne peut pas le confondre avec autre chose de bien plus menaçant. À moins d'être fou, délirant, paranoïaque. C'est ce qui me décide. Je m'empare de la boîte de médicaments, à côté de la bouilloire. Le Dr Deakin m'a dit de commencer par une pilule, trois fois par jour, mais que je pouvais monter à deux si je me sentais vraiment angoissée. Vraiment angoissée n'est rien à côté de ce que je ressens vraiment, mais mieux vaut deux que rien. Je les fourre dans ma bouche et les fais descendre avec un verre d'eau.

Lundi 10 août

Une silhouette penchée sur moi me tire du sommeil. J'ouvre la bouche pour crier, mais aucun son n'en sort.

« Tu n'étais pas obligée de dormir en bas, tu sais. » La voix de Matthew vient de très, très loin. Il me faut un temps pour comprendre que je suis allongée sur le sofa du salon. Au début, je me demande bien pourquoi. Puis je me souviens.

« J'ai pris deux pilules », marmonné-je en m'asseyant maladroitement. « Et je suis venue m'asseoir ici. Ça a dû m'assommer.

— Tu devrais peut-être n'en prendre qu'une la prochaine fois, parce que tu n'as pas l'habitude. Je venais juste te dire que je partais travailler.

— D'accord. » Je me renfonce dans les coussins. Je le sens toujours en colère, mais le sommeil me rattrape. « À tout à l'heure. »

Quand je rouvre les yeux, je crois tout d'abord que Matthew est rentré, ou qu'il n'est pas parti du tout, parce que je l'entends parler. Mais il est en train de me laisser un message sur le répondeur.

Je me lève, étrangement désorientée. Je devais dormir vraiment profondément pour ne pas avoir entendu le téléphone sonner. Je lève les yeux vers la pendule : neuf heures quinze. En arrivant dans l'entrée, j'enclenche le répondeur.

« Cass, c'est moi. Apparemment tu dors encore, ou tu es sous la douche. Je rappellerai plus tard. »

Il a laissé des messages plus agréables. Je prends un moment pour m'éclaircir les idées et je le rappelle.

« Désolée, j'étais sous la douche.

— J'appelais juste pour savoir comment tu allais.

— Ça va.

— Tu t'es rendormie ?

— Un peu. »

Matthew marque une pause, et je l'entends soupirer légèrement. « Je suis désolé pour hier soir.

— Moi aussi.

— Je rentre dès que je peux.

— Ne t'oblige pas.

— Je t'appelle avant de partir.

— OK. »

Je raccroche, consciente que c'était une des conversations les moins sincères que nous ayons jamais eues. L'effet de tout cela sur notre relation me frappe tout à coup, et j'aurais préféré paraître moins désobligeante quand il a proposé de rentrer tôt. Pour ne pas en rester là, je m'apprête à rappeler Matthew, mais le téléphone sonne avant même que j'aie composé son numéro, et je sais qu'il se sent aussi malheureux que moi.

« J'allais juste te rappeler, dis-je. Je suis désolée d'avoir paru ingrate. J'étais encore à moitié endormie à cause des pilules. »

Matthew ne répond pas. Croyant que mes excuses n'ont pas suffi, je m'apprête à aller un peu plus loin. Jusqu'à ce que je comprenne que ce n'est pas Matthew au bout du fil.

Ma bouche s'assèche instantanément. « Qui est là ? demandé-je froidement. Allô ? » Le silence menaçant confirme mon angoisse absolue : non seulement il est de retour, mais il ne m'a jamais lâchée. La seule raison qui l'ait empêché d'appeler jeudi ou vendredi, c'est que Matthew était à la maison. S'il appelle aujourd'hui, c'est qu'il sait que je suis à nouveau seule chez nous. Ce qui veut dire qu'il surveille la maison. Ce qui veut dire qu'il est tout près.

La peur m'enveloppe tout le corps, me picote la peau. S'il me fallait une preuve que le couteau que j'ai vu dans la cuisine hier soir était bien réel et pas le produit de mon imagination, j'en ai une. Je laisse tomber le téléphone, me rue sur la porte d'entrée et la verrouille, les doigts tremblants. Je me tourne vers le système d'alarme en essayant de me rappeler comment on isole certaines pièces, je réfléchis à toute vitesse. J'essaie de gonfler mes poumons d'air, de calmer ma respiration tout en me demandant où est l'endroit le plus sûr de la maison. Pas la cuisine parce qu'il a réussi à entrer par la porte du jardin hier soir, pas les chambres, parce que s'il entre je serai coincée à l'étage. Le salon, donc. L'alarme enclenchée, je cours dans le salon et je claque la porte. Mais je ne me sens toujours pas en sûreté, parce qu'il n'y a pas de clé pour verrouiller la porte, et je cherche quelque chose à pousser contre pour la bloquer. L'objet le plus proche est un fauteuil, et au moment où je commence à le faire bouger, le téléphone se remet à sonner.

La peur chasse le peu d'air qui reste dans mes poumons. Je n'arrive à penser qu'au couteau que j'ai vu hier soir. Y avait-il du sang sur la lame ? Je ne sais plus. J'examine la pièce, à la recherche d'une arme pour me protéger, et mes yeux tombent sur la pince à feu dans la cheminée. Je m'en empare, puis je vais tirer les rideaux aux fenêtres, d'abord celle qui donne sur le jardin à l'arrière, puis celle du devant, terrifiée à l'idée qu'il m'observe, qu'il est dehors et qu'il peut voir à l'intérieur. L'obscurité soudaine amplifie ma terreur et j'allume vivement la lumière. J'arrive à peine à penser normalement. Je voudrais appeler Matthew mais la police sera ici plus vite. Mais je m'aperçois qu'il n'y a pas de téléphone, que je l'ai laissé dans l'entrée et que mon portable, même si je l'avais sur moi, ne fonctionnerait pas ici. Toute volonté m'abandonne. Je ne peux rien faire. Je ne peux pas aller chercher le téléphone dans l'entrée, de crainte qu'il n'y soit déjà. Tout ce que je peux faire, c'est attendre qu'il me découvre ici.

Je titube jusqu'au sofa, m'accroupis derrière, la pince à feu à la main, toute tremblante. Et le téléphone, qui s'était tu, se remet à sonner, pour me ridiculiser. Des larmes de terreur se mettent à couler – jusqu'à ce que je réalise qu'il s'est de nouveau tu. Je retiens mon souffle, et la sonnerie du téléphone reprend. Mes larmes reviennent, et le téléphone se tait une nouvelle fois. Je retiens à nouveau ma respiration, au cas où cette fois il cesse vraiment de sonner. Mais il recommence, brisant tous mes espoirs. Prise dans ce cercle vicieux de peur, d'espoir, de peur, d'espoir, je perds toute notion du temps. Puis, las de jouer avec mes émotions, il finit par vraiment cesser d'appeler.

Au début, le silence est bienvenu. Puis il se fait aussi menaçant que les sonneries incessantes. Il peut signifier n'importe quoi. Il ne s'est peut-être pas lassé de me tourmenter, il a peut-être arrêté d'appeler parce qu'il est ici, dans la maison.

J'entends un bruit dans l'entrée – le déclic de la porte qui s'ouvre, puis se ferme. Des pas assourdis qui s'avancent.

Je fixe la porte du salon, terrorisée, et quand je vois la poignée s'abaisser, la panique m'envahit, m'enveloppe comme une couverture, me couvre de menace, m'étouffe à m'empêcher de respirer. Sans retenir mes sanglots, je bondis sur mes pieds et cours à la fenêtre, écartant à la hâte les rideaux et les orchidées en pots. En ouvrant la fenêtre à la volée, je me rends compte que la porte bute contre le fauteuil, et je m'apprête à sauter dans le jardin quand une sirène déchire l'air. Et par-dessus son mugissement frénétique, j'entends Matthew m'appeler de l'autre côté de la porte.

Mon sentiment, après avoir écarté le fauteuil et m'être jetée sur lui, bafouillant comme une hystérique à propos du meurtrier qui est juste là, dehors, est indescriptible.

« Attends. Laisse-moi éteindre l'alarme ! »

Matthew tente de se libérer de mon étreinte mais avant qu'il y parvienne, le téléphone se remet à sonner.

Je crie. « C'est lui ! C'est lui ! Il m'a appelée toute la matinée !

— Laisse-moi éteindre l'alarme », répète Matthew.

Il se dégage d'une secousse, entre le code et coupe l'alarme en plein hurlement. Il ne reste que la sonnerie perçante du téléphone.

Matthew décroche. « Allô ? Oui, c'est monsieur Anderson. »

Je le fixe, hagarde, me demandant s'il vient vraiment de donner son nom à l'assassin. « Je suis désolé, monsieur l'agent, je crains que ce ne soit encore une fausse alarme. Je suis rentré chez moi pour vérifier que ma femme allait bien parce qu'elle ne répondait pas au téléphone et je n'ai pas réalisé qu'elle avait mis l'alarme en fonction. Je l'ai déclenchée en entrant. Je suis désolé de vous avoir dérangé. Non, vraiment, tout va bien. »

Avec une lenteur insoutenable, je commence à comprendre, petit à petit. Des flots de honte me submergent, me brûlent la peau. Je m'effondre dans l'escalier, douloureusement consciente qu'une fois de plus, d'une manière ou d'une autre, je me suis trompée du tout au tout. Je tente de me ressaisir, autant pour Matthew que pour moi, mais je ne peux m'empêcher de trembler. Mes mains semblent avoir une vie propre et je tente de les lui cacher en croisant les bras et en les enfouissant hors de sa vue.

Matthew achève de convaincre l'agent que la police n'a pas besoin de venir et passe un autre coup de fil, assurant aussi la personne à l'autre bout du fil que tout va bien et qu'il n'y a pas de quoi s'inquiéter.

« Qui était-ce ? dis-je d'une voix éteinte.

— Le bureau. » Matthew me tourne toujours le dos, comme s'il lui était impossible de me regarder. Je ne peux pas lui en vouloir. Si j'étais à sa place, je m'en irais pour ne jamais revenir. « Valerie m'a demandé de la rappeler pour vérifier que tu allais bien. » Matthew se retourne maintenant, et j'aurais préféré qu'il continue à me tourner le dos, tellement il semble déconcerté.

« Qu'est-ce qui se passe, Cass ? Pourquoi n'as-tu pas répondu à mes coups de fil ? Je me faisais un sang d'encre. Ça fait presque une heure que j'essaie de t'appeler. J'ai même essayé ton portable, au cas où tu sois là-haut. J'ai cru qu'il t'était arrivé quelque chose ! »

Je laisse échapper un rire sec. « Quoi, que je m'étais fait assassiner ? »

Le choc se lit sur son visage. « C'est ça que tu voulais me faire croire ? »

Je regrette instantanément mes paroles. « Non, bien sûr que non.

— Alors pourquoi tu n'as pas décroché ?

— Je ne savais pas que c'était toi qui appelais.

— Tu aurais dû le savoir, mon numéro s'affiche ! » Il se passe les mains dans les cheveux, essaie de comprendre. « Tu as voulu me donner une leçon, c'est ça ? Parce que si c'est le cas, je ne suis pas sûr que je pourrai te pardonner. Tu as une idée du moment que je viens de passer ? »

Je crie. « Et moi alors ? Et le moment que je viens de passer, moi ? Pourquoi as-tu essayé d'appeler autant de fois ? Tu sais très bien que je reçois des appels anonymes !

— Je n'ai pas arrêté de t'appeler parce que quand tu as raccroché sans dire au revoir, je savais que tu étais énervée et je voulais m'assurer que tu allais bien ! Et pourquoi as-tu supposé que c'était un appel anonyme sans avoir vérifié le numéro qui s'affichait ? Tout ce que tu dis n'a aucun sens, aucun !

— Je n'ai pas vérifié le numéro qui s'affichait parce que j'ai reçu un nouvel appel anonyme juste après ton coup de fil ! Et après ça, j'ai eu trop peur de répondre, au cas où ce soit encore lui.

— Tu as eu tellement peur que tu t'es barricadée dans le salon ?

— Hé bien maintenant au moins, tu sais à quel point ces coups de fil me font peur. »

Matthew hoche la tête avec lassitude. « Il faut que ça cesse, Cass.

— Tu ne crois pas que c'est aussi ce que je veux ? » Matthew va à la porte. « Où vas-tu ?

— Je retourne travailler. »

Je le regarde, consternée. « Tu ne peux pas rester ?

— Non. Quand j'ai essayé de t'appeler sans résultat, j'ai fait changer l'horaire d'une réunion.

— Alors tu peux revenir dès qu'elle sera terminée ?

— Non, j'ai peur que non. Il y a trop de gens qui sont en déplacement.

— Mais tu m'as dit tout à l'heure que tu essaierais de rentrer tôt ! »

Matthew soupire. « Je viens de prendre une heure de mon temps de travail pour venir vérifier que tu allais bien, donc je serai rentré à l'heure normale », dit-il patiemment. Matthew extrait ses clés de voiture de sa poche. « Je dois y aller. »

Il part en fermant vivement la porte derrière lui et je me demande ce qu'il va encore pouvoir supporter avant de craquer complètement. Je me déteste, je hais ce que je suis devenue.

J'ai besoin d'une tasse de thé. Je vais dans la cuisine et branche la bouilloire. Sans ce couteau que j'ai vu hier soir, la matinée se serait mieux passée. Le coup de fil m'aurait quand même contrariée, mais ne m'aurait pas traumatisée au point de ne pas vérifier d'où provenait l'appel suivant. Si j'avais vérifié, j'aurais vu que c'était Matthew, j'aurais répondu, et tout se serait bien passé. Maintenant, je me sens ridicule d'avoir eu assez peur pour me barricader dans le salon. *Tu deviens folle*, psalmodie une voix dans ma tête. *Tu deviens folle.*

J'emporte mon thé au salon. La fenêtre par laquelle j'ai failli sauter est encore ouverte et en allant la fermer, je réalise que c'est peut-être moi qui ai déclenché l'alarme, pas Matthew. La pensée que nous l'avons peut-être déclenchée tous les deux, moi à la fenêtre, et Matthew à la porte, me fait rire et ce rire me fait tant de bien que je n'essaie pas de le retenir. En allant jusqu'à l'autre fenêtre, celle qui donne sur l'avant de la maison, je ris toujours, d'un rire dont je sais qu'il frôle l'hystérie. Quand j'ouvre le rideau, le rire s'éteint dans ma gorge. Parce que dehors, dans la rue, il y a un homme, l'homme que j'ai déjà vu, celui qui est passé devant chez nous, celui qui est peut-être notre nouveau voisin, celui qui est peut-être mon correspondant silencieux, celui qui aurait pu assassiner Jane. Nous nous fixons un moment puis il s'éloigne – non vers les maisons du haut de la rue mais dans l'autre direction, vers la forêt.

Je me vide du peu de forces que j'avais et je vais dans la cuisine, pas pour aller chercher mon ordinateur mais pour avaler mes pilules. Elles me permettent de supporter, tout juste, le reste de la journée. Que je passe recroquevillée sur le sofa, ne me secouant qu'une heure avant le retour de Matthew à la maison.

Et quand il rentre, notre dîner se passe dans le plus grand silence.

Mercredi 12 août

La pluie qui tombe sans relâche me tire du sommeil. J'ai les membres lourds, comme si j'essayais de remuer dans l'eau. Je me force à ouvrir les yeux en me demandant pourquoi tout est si pénible et je me souviens des pilules que j'ai prises en pleine nuit, comme un enfant descendu en cachette à la cuisine pour un festin de minuit. Incroyable, la vitesse à laquelle ces pilules sont devenues mes béquilles. J'en avais déjà pris deux hier, avalées à la hâte avec mon thé dès le départ au travail de Matthew, parce que je savais que je ne pouvais me permettre de reproduire la journée précédente, quand je m'étais barricadée dans le salon. Ça avait marché, parce que quand le coup de fil silencieux était arrivé, je ne m'étais pas emmurée dans une panique aveugle. J'avais répondu, écouté, puis raccroché. En somme, j'avais fait ce qu'il attendait de moi. Ça ne l'avait pas empêché de rappeler une fois encore, mais j'étais alors trop assommée pour arriver jusqu'au téléphone et par la suite, j'avais dormi d'un sommeil si profond que je ne l'aurais pas entendu sonner, de toute façon. Quand j'avais fini par me réveiller juste avant que Matthew ne rentre, cette facilité, une fois encore, à passer la journée à dormir m'avait choquée et je m'étais juré de ne plus prendre de ces pilules.

Mais hier soir, aux informations, il y a eu du nouveau dans le meurtre de Jane. Les enquêteurs pensent maintenant qu'elle a pris le tueur dans sa voiture avant d'arriver à l'aire de stationnement – ce qui signifie qu'il y était quand je suis passée à côté.

« Alors elle avait bien un amant, a dit Matthew.

– Pourquoi dis-tu ça ? ai-je demandé, impérieuse, essayant de masquer mon trouble. Elle a peut-être simplement pris quelqu'un en stop.

— Pas à moins d'être cinglée. Je ne connais pas de jeune femme assez stupide pour s'arrêter et embarquer un parfait inconnu. Enfin, tu ferais ça, toi ?

— Non, c'est vrai. Mais c'était une nuit dantesque et il lui a peut-être fait signe de s'arrêter.

— Oui, peut-être. Mais je pense qu'une fois que les enquêteurs auront fouillé un peu plus dans son passé, ils vont s'apercevoir qu'ils avaient raison depuis le début et qu'elle avait un amant. Donc celui qui l'a tuée n'en a après personne d'autre. Comme je l'ai déjà dit, c'était une affaire privée. »

Même si je ne croyais toujours pas que Jane avait eu un amant, les paroles de Matthew m'ont apaisée. « J'espère que tu as raison, ai-je dit.

— Mais bien sûr que j'ai raison. Tu peux arrêter de t'inquiéter, Cass. Le coupable va se retrouver derrière les barreaux dans très peu de temps. »

Puis le mari de Jane est apparu à l'écran, harcelé par un reporter qui lui demandait s'il pouvait confirmer que son épouse avait un amant. Dans son refus de répondre il est resté sobre et digne, comme à l'enterrement de sa femme, et la culpabilité terrible qui me prend à chaque fois que je pense à Jane a centuplé. Elle m'oppressait, m'écrasait de son intensité. Nous sommes montés nous coucher mais l'idée que, au moment où j'étais passée devant la voiture de Jane, le tueur m'avait vue à travers la vitre, m'a rendu tout sommeil impossible. J'étais tellement tendue que j'ai dû descendre à trois heures du matin avaler deux pilules, pour pouvoir tenir le reste de la nuit. Et c'est pour ça que je me sens si molle à présent.

Je regarde Matthew, allongé à côté de moi, le visage détendu dans son sommeil. Mon regard tombe sur le réveil : il est huit heures quinze, ce qui veut dire qu'on est samedi, sinon il serait déjà debout. Je tends le bras, lui caresse la joue du bout des doigts, en me disant combien je l'aime. Qu'il ait vu un côté de moi-même dont j'ignorais l'existence me répugne, et qu'il doive être en train de se demander ce qui lui a pris de m'épouser m'est insupportable. M'aurait-il quand même épousée si j'avais été honnête avec lui, si je lui avais annoncé qu'on avait diagnostiqué à ma mère une démence précoce à l'âge de quarante-quatre ans ? La question me hante. Et je ne suis même pas sûre de vouloir en connaître la réponse.

Le besoin de lui montrer ma reconnaissance m'aide à me concentrer. Avec l'idée de lui apporter le petit-déjeuner au lit, je repousse les couvertures, fais basculer mes jambes et reste assise un moment sur le bord du lit, parce que me mettre debout me semble un trop grand effort. Mon regard se pose sur les vêtements que met Matthew pour aller travailler, convenablement pliés sur la chaise : chemise propre, une autre cravate que celle de la veille… Je réalise alors que nous sommes mercredi, pas samedi. Et que pour la première fois ou presque depuis que je le connais, Matthew n'a pas entendu son réveil.

Sachant que ça va le consterner, je m'apprête à le secouer, mais je m'arrête à mi-geste. Si je le laisse dormir, il sera peut-être encore là quand mon correspondant anonyme se manifestera. Et Matthew pourra se rendre compte par lui-même.

Le cœur battant, parce que je m'apprête à le tromper à nouveau, je me rallonge et fais doucement glisser la couverture sur moi. Je suis tournée vers le réveil, osant à peine respirer de peur de le réveiller, et je vois les aiguilles avancer douloureusement lentement jusqu'à huit heures trente, puis huit heures quarante-cinq. J'ai honte de le mettre en retard au travail mais je me dis que s'il avait pris ces appels au sérieux, je n'aurais pas besoin de recourir à cela. Et pourtant, comment lui en vouloir de ne pas les prendre au sérieux puisque je ne lui ai jamais dit que j'ai vu Jane dans sa voiture, cette nuit-là ? Si je le lui avais dit, il aurait compris pourquoi je pense que ces coups de fil anonymes sont le fait du meurtrier.

Matthew se réveille de lui-même un peu avant neuf heures, et saute du lit avec un cri d'alarme.

« Cass, Cass, tu as vu l'heure ? Il est presque neuf heures ! »

J'imite assez bien celle qu'on tire d'un profond sommeil.

« Quoi ? Non, pas possible…

— Mais si, regarde ! »

Je m'assieds en me frottant les yeux. « Et ton réveil ? Tu as oublié de le mettre ?

— Non, mais je n'ai pas dû l'entendre. Tu ne l'as pas entendu ?

— Non, sinon je t'aurais secoué. » Le mensonge glisse facilement entre mes lèvres mais sonne si faux que je suis convaincue qu'il va comprendre que je savais depuis le début. Mais Matthew est distrait, son œil va du réveil à ses habits, il a les mains dans les cheveux, essaie de comprendre comment ça a pu arriver.

« Avec la meilleure volonté du monde, je ne serai pas au bureau avant près de dix heures, grogne-t-il.

— Est-ce vraiment grave ? Tu n'es jamais en retard et tu restes toujours plus longtemps que tu ne dois au bureau.

— Non, je suppose que non, admet-il.

— Alors pourquoi tu ne vas pas prendre ta douche pendant que je prépare le petit-déjeuner ?

— D'accord. » Matthew attrape son téléphone. « Je ferais mieux de prévenir Valerie.

Il appelle Valerie pour lui dire qu'il ne sera pas là avant dix heures. Je le laisse se raser et se doucher et descends à la cuisine, tendue comme toujours malgré la présence de Matthew. Je n'aurais jamais cru souhaiter que mon correspondant silencieux téléphone, mais l'idée qu'il puisse ne pas appeler me rend malade d'appréhension. Parce que s'il ne téléphone pas, c'est qu'il sait que Matthew est à la maison.

« Tu n'as pas faim ? demande Matthew au petit-déjeuner, en observant mon assiette vide.

— Pas pour le moment. Si le téléphone sonne, poursuis-je en hésitant, tu veux bien répondre ? Si c'est encore un de ces coups de fil, j'aimerais bien que tu entendes par toi-même.

— Du moment qu'il téléphone d'ici dix minutes…

— Et s'il n'appelle pas d'ici là ? »

Matthew plisse le front, essaie d'avoir l'air compréhensif, mais la façade commence à se fissurer. « Je ne peux pas rester ici toute la journée, chérie. »

Moins de dix minutes plus tard, mes prières sont exaucées. Le téléphone sonne et nous allons tous les deux dans l'entrée. Il soulève le combiné et vérifie sur l'écran : le numéro est masqué.

Je chuchote. « Ne dis rien. Écoute seulement.

— OK. »

Il prend l'appel, écoute quelques secondes, tend le bras pour enclencher le haut-parleur, pour que j'écoute moi aussi le silence. Je vois qu'il brûle de dire quelque chose, de demander qui est là, alors je pose un doigt sur mes lèvres et lui fais signe de raccrocher.

« C'est tout ? demande Matthew, qui n'a pas l'air convaincu.

— Oui. Mais ça n'était pas pareil. » Les mots sont sortis avant que je ne puisse les arrêter.

— Comment ça, "ça n'était pas pareil" ?

— Je ne sais pas, mais il y avait quelque chose de différent.

— Dans quel sens ? »

Je hausse les épaules en rougissant. « D'habitude, je sens qu'il y a quelqu'un. Aujourd'hui, non. Le silence… était différent.

— Le silence, c'est le silence, Cass. » Matthew consulte sa montre. « Il va falloir que j'y aille. » Je reste muette, et il me serre l'épaule. « C'était peut-être différent parce que j'ai mis le haut-parleur.

— Peut-être.

— Tu n'es pas convaincue.

— C'est seulement que d'habitude, les appels sont plus menaçants.

— Menaçants ?

— Oui.

— Bon, c'est peut-être parce que tu es toute seule quand ils arrivent, d'habitude. Il n'y a rien de sinistre dans ces coups de fil, chérie, arrête de croire ça. C'est seulement une centrale d'appels qui essaie de te joindre, c'est tout.

— Tu as probablement raison.

— Mais oui », dit-il fermement. Il en a l'air si sûr que je décide tout à coup de le croire, je décide de croire que depuis le début ces coups de fil proviennent d'une centrale d'appels à l'autre bout du monde. Mes épaules se libèrent d'un énorme poids. « Pourquoi ne pas te détendre au jardin, aujourd'hui ? suggère Matthew.

— Je dois d'abord aller faire des courses, il n'y a presque plus rien à manger dans la maison.

— Ça ne te dirait pas de faire un de tes curries pour ce soir ?

— Bonne idée », dis-je, heureuse à l'idée de passer l'après-midi à m'occuper dans la cuisine.

Matthew me quitte avec un baiser et je fonce à l'étage chercher mon sac, parce que je veux aller au marché fermier de Browbury avant qu'il y ait trop de monde. En tirant la porte d'entrée derrière moi, j'entends le téléphone qui se met à sonner. Sur le seuil, j'hésite, indécise. Et s'il savait que ce n'est pas moi qui ai répondu au téléphone et qu'il rappelait ? Mais je me le reproche immédiatement. Ne viens-je pas de décider que c'était une centrale d'appels qui téléphonait ? *Allez*, raille la petite voix, *fais demi-tour et réponds, comme ça tu sauras*. Mais je ne veux pas mettre à l'épreuve ma confiance toute neuve.

Je roule jusqu'à Browbury et musarde un moment au marché, j'achète des légumes et de la coriandre pour le curry, des figues pour le dessert. À un stand de fleurs, j'achète un énorme bouquet de lys et je vais chez le caviste choisir une bouteille pour ce soir. Puis je passe une après-midi agréable à faire la cuisine. Un instant, je crois entendre le téléphone sonner par-dessus la radio mais au lieu de paniquer, je monte un peu le son, résolue à m'en tenir à ce que j'ai décidé de croire.

***

« On fête quelque chose ? demande Matthew quand il me voit sortir une bouteille de champagne du frigo.

— Oui. »

Il sourit. « Je peux te demander quoi ?

— Le fait que je me sente beaucoup, beaucoup mieux », réponds-je, transportée d'avoir réussi à passer la journée sans la moindre pilule.

Me débarrassant du champagne, Matthew me prend dans ses bras. « C'est la meilleure nouvelle que j'aie entendue depuis très longtemps. » Il m'embrasse la nuque.

« Comment as-tu dit que tu te sentais ?

— Assez bien pour commencer à penser à avoir un bébé. »

Il me regarde avec ravissement. « Vraiment ?

— Oui, dis-je en l'embrassant.

— Et si on montait ce champagne au lit ? murmure-t-il.

— Je t'ai fait ton curry préféré.

— Je sais, je le sens. Mais on peut manger plus tard. »

Je soupire. « Je t'aime.

— Pas autant que moi », répond Matthew en me soulevant dans ses bras. Ça fait longtemps que je n'ai pas été aussi heureuse.

Jeudi 13 août

Je dors jusque tard le lendemain, et Matthew est déjà parti quand je me réveille. Le souvenir de la nuit que nous venons de passer me fait frissonner de plaisir. Je sors du lit, me dirige silencieusement vers la salle de bains et la douche, en prenant mon temps. Le soleil brille de plus belle, j'enfile un short et un T-shirt, une paire d'espadrilles et je descends, mon ordinateur portable à la main. Aujourd'hui, je vais travailler un peu.

Je prends mon petit-déjeuner, je vais chercher les papiers dont j'ai besoin dans ma serviette et j'allume mon ordinateur. Mais j'ai du mal à me concentrer parce que je garde une oreille tendue vers le téléphone, ce qui m'agace. Le tic-tac de la pendule me distrait aussi. Il semble se faire plus fort à chaque seconde qui passe, j'ai le regard attiré par les aiguilles qui avancent lentement vers neuf heures, puis neuf heures trente. La demie passe sans incident et je commence tout juste à croire que c'est vraiment fini quand le téléphone se met à sonner.

Depuis la cuisine, je me tourne vers l'entrée, le cœur battant. C'est une nouvelle journée, me dis-je fermement, je suis une nouvelle personne, quelqu'un qui n'a plus peur d'un téléphone qui sonne. Je repousse ma chaise et vais résolument dans l'entrée mais avant que je décroche, le répondeur s'enclenche et la voix de Rachel envahit la pièce.

« *Salut Cass, c'est moi, je t'appelle de sous le soleil de Sienne. J'ai essayé ton portable, mais je rappelle sur le fixe. Il faut que je te parle d'Alfie. Bon Dieu, quelle plaie, celui-là !* »

Riant de soulagement, je monte à l'étage pour la rappeler depuis mon portable. Je suis à la moitié des marches quand le téléphone se remet à sonner. Croyant que c'est Rachel, je me précipite pour décrocher, mais à peine ai-je l'appareil à l'oreille que je sais. Je sais que ce n'est pas Rachel tout comme je savais que c'était lui qui appelait au moment où je partais, hier, même si j'ai décidé de croire que ce n'était pas lui. Et je suis dans une telle rage de voir tous mes espoirs ainsi fauchés que je coupe la communication, en reposant brutalement l'appareil. Comme je m'y attends, il rappelle immédiatement. Je décroche et coupe aussitôt la communication, comme je viens de le faire. Au bout d'une minute environ, comme s'il n'arrivait pas à croire ce que je viens de faire, il rappelle. Je décroche, raccroche, il rappelle, je décroche, raccroche, il rappelle, et nous continuons ainsi un moment parce que, pour une raison quelconque, notre petit jeu m'amuse. Mais je réalise alors que je ne peux pas gagner, parce qu'il ne me laissera pas tranquille tant que je ne lui donnerai pas ce qu'il veut. Je reste donc au téléphone à écouter ses menaces silencieuses à l'autre bout du fil. Puis j'appelle Matthew au bureau.

Je tombe directement sur sa boîte vocale, j'appelle donc le standard et demande à ce qu'on me passe son assistante.

« Bonjour Valerie, c'est Cass, la femme de Matthew.

— Bonjour, Cass, comment allez-vous ?

— Bien, merci. J'ai essayé d'appeler Matthew mais j'ai eu tout de suite sa messagerie.

— C'est parce qu'il est en réunion.

— Il y est depuis longtemps ?

— Depuis neuf heures.

— Et j'imagine qu'une fois en réunion, il n'en sort que quand elle est terminée ?

— Sauf pour boire un café, peut-être. Mais si c'est urgent, je peux le faire appeler.

— Non, ça va, ne vous inquiétez pas. Je l'appellerai plus tard. »

J'aurai au moins eu une journée de répit, me dis-je bêtement en avalant deux pilules avec un verre d'eau. J'aurai au moins réussi à croire toute une journée que Matthew avait raison en disant que c'était une centrale d'appels qui cherchait à me joindre. Et maintenant que je ne peux plus me faire d'illusions, au moins j'ai ces pilules pour m'aider à passer la journée.

En attendant qu'elles fassent effet, je me vautre sur le sofa du salon, la télécommande à la main. Je n'ai encore jamais regardé la télévision en journée et en zappant d'un programme à l'autre, je tombe sur une chaîne de téléachat. Je reste dessus un moment, émerveillée par tous ces gadgets dont j'avais besoin sans même savoir qu'ils existaient, et quand passe une paire de longues boucles d'oreille en argent que Rachel adorerait à coup sûr, je trouve prestement un stylo et note les détails qui me permettront de les commander plus tard.

Près d'une heure passe, puis le téléphone sonne mais comme les pilules ont commencé à faire effet, je ne ressens que de l'appréhension, pas de la peur. C'est Matthew.

« Bonjour ma chérie, tu as bien dormi ? » Il a de la tendresse dans la voix, legs de notre séance amoureuse d'hier soir.

« Oui, très bien. » Je m'arrête, parce que je ne veux pas gâcher ce moment d'intimité en parlant du coup de téléphone que j'ai reçu.

« Valerie me dit que tu as appelé ?

— Oui, j'ai reçu un autre de ces appels ce matin.

— Et... ? » Il ne parvient pas à masquer sa déception et je m'en veux de ne pas avoir trouvé quelque chose de plus affectueux à dire avant de le ramener à mes cauchemars.

« Je préfère te le dire, c'est tout.

— Bon, et qu'est-ce que tu veux que je fasse ?

— Je ne sais pas. On devrait peut-être en parler à la police.

— On pourrait, mais je ne suis pas sûr qu'ils prendraient au sérieux quelques appels silencieux – pas quand ils sont occupés à rechercher un meurtrier.

— Ils s'y intéresseraient si je leur disais que c'est l'assassin qui appelle. » J'ai parlé trop vite et même si je n'entends rien, c'est comme si je voyais Matthew pousser un soupir d'impatience.

« Écoute, tu es fatiguée, à plat, et on tire facilement des conclusions hâtives quand on est un peu fragile. Mais ça n'est pas logique de supposer que les appels proviennent du meurtrier. Essaie de t'en souvenir.

— Promis, dis-je, obéissante.

— À tout à l'heure.

— D'accord. » Je raccroche en me reprochant d'avoir réduit à néant la forme de soulagement qu'il a dû ressentir hier quand je lui ai dit que je me sentais beaucoup mieux. Négligeant mon ordinateur portable, je me remets devant la chaîne de téléachat jusqu'à sombrer dans le néant.

C'est le téléphone qui me réveille. Dehors, le soleil a pris son poste d'après-midi et en retrouvant mes esprits, je retiens instinctivement mon souffle. Le répondeur s'enclenche et mes poumons se ratatinent de soulagement. Je m'attendais à ce que ce soit Rachel qui me rappelle mais je soupçonne plutôt que c'est Mary, la directrice de notre école, qui a quelque chose à dire à propos de la journée d'intégration à venir. Je me sens déjà trop sous pression et je n'écoute pas son message, mais une fois celui-ci terminé, comme une élève qui se sent coupable de n'avoir pas fini ses devoirs, je vais chercher mon ordinateur portable et l'emporte dans le bureau pour y travailler.

Je suis à peine debout que j'entends une voiture accélérer brutalement dans la rue, qui me fait sursauter. Je l'écoute remonter la rue vers les autres maisons, le bruit de son moteur s'éloignant de seconde en seconde, en me demandant comment je ne l'ai pas entendue arriver. À moins qu'elle n'ait été garée devant la maison depuis le début.

J'essaie sans succès de repousser cette pensée. La panique me prend et des questions tournent en boucle dans mon esprit fiévreux. La voiture est-elle arrivée plus tôt, pendant que je dormais ? Qui conduisait ? L'assassin ? M'a-t-il épiée par la fenêtre pendant que je dormais sur le sofa, comme la marionnette d'un spectacle ? Je sais que ça paraît fou, mon cerveau me dit que ça l'est. Mais la peur que je ressens est horriblement réelle.

Je cours dans l'entrée, attrape les clés de la voiture et déverrouille la porte de la maison. L'éclat du soleil me surprend et je baisse la tête, la main en visière sur les yeux, en fonçant jusqu'à ma voiture. En franchissant le portail, je ne sais pas vraiment où je vais aller, tout ce que je veux c'est fuir et je me retrouve sur la route de Castle Wells. En y arrivant, les deux premiers petits parkings que j'essaie sont pleins et je me gare donc dans le grand, celui à plusieurs niveaux. J'erre sans but d'une boutique à l'autre, fais quelques emplettes, vais dans un café où je fais durer ma tasse de thé, puis je refais un tour des magasins, en essayant de retarder le moment où je vais devoir rentrer à la maison. À dix-huit heures, je reviens au parking, espérant que Matthew sera déjà rentré parce que l'idée de revenir dans la maison vide me panique.

Soudain, quelqu'un m'attrape le bras et je fais demi-tour avec un cri d'alarme. C'est Connie, un grand sourire aux lèvres. En la voyant, tout redevient normal et je la serre dans mes bras, soulagée.

« Ne fais pas ça, dis-je en essayant de maîtriser les battements de mon cœur. Tu as de la chance que je n'aie pas fait de crise cardiaque ! »

Connie me rend mon étreinte. Son parfum fleuri est familier, rassurant. « Désolée, je ne voulais pas te faire peur. Comment vas-tu, Cass ? Tu profites de tes vacances ? »

Je repousse mes cheveux en arrière, hoche la tête, en me demandant si j'ai l'air aussi folle que je crois l'être. Connie me dévisage toujours, attendant ma réponse. « Oui, surtout avec un temps aussi beau qu'aujourd'hui, réponds-je en souriant. Superbe, non ? Et toi ? Tu pars bientôt, je crois.

— Oui, samedi. J'ai hâte.

— J'espère que tu ne m'en veux pas de ne pas être repartie chez toi après le dîner de fin d'année, reprends-je, encore un peu coupable de m'être défilée à la dernière minute.

— Non, bien sûr que non. Sauf que comme tu n'es pas venue, John non plus, et nous avons dû nous amuser sans lui. »

Je grimace. « Désolée.

— Ça a été. On a mis ce truc de karaoké à la télé et essayé de chanter plus fort que l'orage. J'ai une preuve compromettante en vidéo, quelque part.

— Il va falloir que je voie ça !

— Ne t'inquiète pas, tu la verras ! » Connie sort son téléphone pour voir l'heure. « Je dois boire un verre avec Dan. Tu veux te joindre à nous ?

— Non, merci, je retournais au parking pour rentrer. Tes bagages sont faits ?

— Presque. Mais je dois tout préparer pour la journée d'intégration – j'imagine que tu as reçu le coup de fil de Mary qui confirme pour le vendredi vingt-huit ? – parce que je ne rentre que le mercredi. J'ai presque terminé. Et toi ? »

Je mens. « J'ai presque fini aussi.

— On se voit le vingt-huit alors.

— Absolument. » Je l'embrasse une dernière fois. « Amuse-toi bien !

— Toi aussi. »

Je repars vers le parking, avec un bien meilleur moral d'avoir vu Connie, même si je lui ai menti à propos du travail que j'avais soi-disant déjà fait. Et maintenant, je vais bien être obligée d'écouter le message que Mary a laissé sur le répondeur, au cas où elle veuille que je prépare quelque chose de particulier pour cette réunion. L'inquiétude me ronge : comment arriver à me mettre au travail quand il se passe tant d'autres choses ? Si seulement le meurtrier était derrière les barreaux ! Il y sera peut-être bientôt, me dis-je. Maintenant que la police croit que c'est quelqu'un que Jane connaissait, on va sûrement réussir à le retrouver.

Arrivée au parking, je prends l'ascenseur jusqu'au quatrième étage et me dirige vers la rangée E, où j'ai laissé ma voiture. Ou plutôt où j'ai cru la laisser, parce qu'elle n'y est pas. Me sentant bête, je remonte puis redescends toute la rangée et, toujours incapable de trouver ma voiture, je me tourne et inspecte la rangée F. La voiture n'y est pas non plus.

Déconcertée, je commence à arpenter les autres rangées, même si je sais que je l'ai garée rangée E. Et je sais que je l'ai garée au quatrième étage parce que j'étais sûre de ne pas trouver de place aux deux premiers niveaux et que j'ai été directement au troisième, qui était plein aussi. Je suis donc montée jusqu'au quatrième. Alors pourquoi est-ce que je n'arrive pas à trouver ma voiture ? En quelques minutes, j'ai inspecté tout le niveau. Je prends l'escalier pour monter au cinquième, parce que je me suis peut-être réellement trompée. De nouveau, j'arpente les allées, en m'écartant quand une voiture quitte sa place ou y entre, et en essayant de ne pas avoir l'air d'avoir perdu la mienne. Mais il n'y a aucune trace de ma Mini ici non plus.

Je redescends au quatrième étage et reste là un moment, à essayer de m'orienter. Il n'y a qu'un seul ascenseur : j'y vais et refais le parcours que j'ai dû faire plus tôt, mais dans l'autre sens, jusqu'à ce que j'arrive là où ma voiture devrait être. Mais elle n'y est pas. Des larmes de frustration me brûlent les paupières. La seule chose à faire, c'est de descendre voir le gardien au rez-de-chaussée et de signaler que ma voiture a disparu.

Je repars vers l'ascenseur mais au dernier moment, je change d'avis et descends à pied, m'arrêtant à chaque étage pour vérifier que ma voiture n'y est pas. Au rez-de-chaussée, je repère la cabine du gardien, où un homme d'âge moyen est assis face à un ordinateur.

« Excusez-moi, je crois qu'on m'a volé ma voiture », dis-je en essayant de ne pas paraître hystérique.

Il continue à fixer son écran et, présumant qu'il ne m'a pas entendue, je répète, plus fort.

« Je vous ai entendue la première fois, dit-il en levant la tête et en me regardant à travers la vitre.

— Ah. Bon, dans ce cas, pourriez-vous me dire ce que je dois faire ?

— Oui. Vous devriez regarder encore.

— Mais j'ai regardé, réponds-je, indignée.

— Où ?

— Au quatrième étage, où je l'ai laissée. J'ai aussi vérifié au deuxième, au troisième et au cinquième.

— Donc vous n'êtes pas sûre de là où vous l'avez laissée.

— Mais si, j'en suis absolument sûre !

— Si on me donnait une livre à chaque fois que quelqu'un me dit qu'on a volé sa voiture, je serais riche. Vous avez votre ticket ?

— Oui. » Je sors mon porte-monnaie de mon sac et je l'ouvre. « Voilà. » Je pousse le billet par l'interstice, en m'attendant à ce qu'il le prenne.

« Et comment la personne qui a volé votre voiture aurait-elle pu passer la barrière sans le ticket ?

— Je suppose qu'elle a affirmé l'avoir perdu et qu'elle a payé ici, à la sortie.

— Vous avez son numéro d'immatriculation ?

— R, V, zéro, sept, B, W, W. C'est une Mini. Noire. »

Il examine l'écran de son ordinateur et fait non de la tête. « Cette immatriculation n'est pas sortie avec un ticket de remplacement.

— Qu'est-ce que vous dites ?

— Je dis que votre voiture n'a pas été volée.

— Alors où est-elle ?

— Sûrement là où vous l'avez laissée. »

Il se retourne vers son écran et je le foudroie des yeux, stupéfaite par la haine soudaine qui me prend. Je sais que c'est à cause du sens que ça pourrait avoir : une nouvelle preuve de ma mémoire qui part en lambeaux. Mais je déteste aussi son air dédaigneux et, de toute façon, je sais où j'ai garé ma voiture. Je cogne du poing sur la vitre et il me regarde avec méfiance.

« Si vous m'accompagnez, je peux vous prouver qu'elle n'y est pas », dis-je fermement.

Il me fixe des yeux un moment, puis tourne la tête et appelle par-dessus son épaule. « Patsy, tu peux me remplacer ? » Une femme émerge d'un bureau, derrière le guichet. « Cette dame s'est fait voler sa voiture », explique-t-il.

Elle me regarde, sourit. « Mais oui, c'est ça !

— Je peux vous assurer que c'est le cas ! » réponds-je sèchement.

L'homme sort de son guichet. « Bon, allons-y. »

Nous nous dirigeons vers l'ascenseur et pendant que nous l'attendons, mon portable sonne. Je n'ai pas très envie de répondre, au cas où ce soit Mary, mais ça paraîtra bizarre si je ne réponds pas. Je l'extrais de mon sac et en voyant que c'est Matthew, le soulagement m'envahit.

« Allô ?

— Hé bien, tu as l'air contente de m'entendre, remarque-t-il. Où es-tu ? Je viens juste de rentrer.

— À Castle Wells. J'ai décidé d'aller faire quelques courses mais il y a un petit problème. Je crois qu'on m'a volé ma voiture.

— Volé ?!? » Sa voix monte de plusieurs tons. « Tu es sûre ?

— On dirait bien que oui.

— Tu es sûre qu'elle n'est pas bêtement partie à la fourrière ? Tu n'as pas oublié de mettre un ticket, ou dépassé l'heure limite ?

— Non, dis-je en m'écartant du gardien de parking et de son sourire narquois. Je m'étais mise au grand parking à étages.

— Donc c'est sûr que ce n'est pas la fourrière ?

— Oui. On me l'a volée.

— Tu n'aurais pas simplement oublié où tu l'avais mise, hein ?

— Non ! Et avant que tu me poses la question, j'ai fouillé tout le parking.

— Tu as appelé la police ?

— Pas encore. Je suis avec quelqu'un du parking et on monte vérifier.

— Donc tu n'es pas sûre qu'on l'a volée ?

— Je peux te rappeler dans une minute ? dis-je, le visage maintenant en feu. L'ascenseur est là.

— D'accord. »

La porte de l'ascenseur s'ouvre, laissant sortir un flot de gens. Nous entrons dans la cabine et l'homme m'observe appuyer sur le bouton du quatrième étage. En montant, l'ascenseur s'arrête au deuxième, puis au troisième. Au quatrième, je sors, le gardien sur mes talons.

« Je l'ai garée par là, dis-je en désignant l'autre côté du parking. Rangée E.

— Je vous suis. »

Je me faufile entre les rangées de voitures.

« Elle devrait être quelque part ici.

— R, V, zéro, sept, B, W, W ? »

J'acquiesce. « Oui.

— Elle est juste là.

— Où ça ?

— Là », dit-il en la pointant du doigt.

Je suis son regard et me retrouve à fixer des yeux ma voiture.

Je marmonne : « C'est impossible. Elle n'y était pas avant. Je le jure. » J'avance jusqu'à la voiture en espérant, paradoxalement, que ce ne soit pas la bonne. « Je ne comprends pas. J'ai vérifié toute la rangée. Deux fois.

— Ça arrive, dit-il, généreux dans la victoire.

— Je ne sais quoi dire.

— Bah, vous n'êtes pas la première, et sûrement pas la dernière. Ne vous en faites pas.

— Mais elle n'était pas là, c'est la vérité.

— Vous n'étiez peut-être pas au bon étage. »

J'insiste. « Mais si ! Je suis venue directement ici et quand j'ai vu que je ne la trouvais pas, j'ai vérifié le cinquième, puis le troisième étage. J'ai même vérifié le deuxième.

— Vous êtes allée au sixième ?

— Non, parce que je savais que je n'avais pas été jusqu'en haut du parking.

— Le dernier étage, c'est le septième.

— Ça n'a pas d'importance. Je l'avais garée au quatrième.

— Bien sûr, admet-il, puisqu'elle est là. »

Je regarde alentour. « Y a-t-il un autre ascenseur ?

— Non. »

Toute révolte m'abandonne. « Hé bien je suis désolée de vous avoir fait perdre votre temps. » Je n'ai qu'une envie, partir. « Merci.

— Pas de quoi », dit-il en s'éloignant avec un geste de la main.

À l'abri dans ma voiture, j'appuie la tête contre mon siège et je ferme les yeux, retournant tout cela dans mon esprit, essayant de comprendre comment j'ai réussi à rater ma voiture la première fois que je suis montée au quatrième étage. La seule conclusion à laquelle je parviens, c'est que je ne suis pas montée au quatrième mais au cinquième étage. Comment ai-je pu faire une erreur aussi grossière, aussi idiote ? Et pire encore, j'en ai parlé à Matthew. Si seulement il ne m'avait pas appelée, à l'instant ! Si seulement je ne lui avais pas dit qu'on avait volé ma voiture ! Je sais que je devrais le rappeler pour lui dire que je l'ai retrouvée, mais je me refuse à admettre que j'ai pu faire une telle erreur.

Je démarre et me dirige lentement vers la sortie, la tête lourde de fatigue. Devant la barrière, je réalise que, avec tout ça, j'ai oublié de payer à la machine avant de quitter le quatrième étage. Dans le rétroviseur, je vois que des voitures font déjà la queue derrière moi, qui attendent impatiemment de sortir, et complètement paniquée, j'enfonce le bouton d'appel.

Je crie, la voix tremblante : « J'ai oublié de payer ! » Un klaxon retentit derrière moi. « Qu'est-ce que je fais ? »

Alors que je me demande si le gardien du parking va me punir en m'obligeant à descendre de voiture pour aller à l'automate le plus proche, provoquant le courroux d'une demi-douzaine d'automobilistes, la barrière se lève.

« Merci », dis-je avec reconnaissance au boîtier d'appel, et avant qu'il ne change d'avis et ne rabaisse la barrière sur moi, je démarre en faisant grincer la boîte de vitesses.

En quittant la ville, je suis tellement nerveuse que je sais que je devrais me garer et attendre d'être un peu plus calme avant de reprendre le volant. Mon portable sonne, ce qui me donne une très bonne raison de m'arrêter, mais comme je devine que c'est Matthew, je poursuis ma route. L'idée de ne pas rentrer, de rester en voiture et de rouler jusqu'à la panne d'essence est tentante, mais j'aime trop Matthew pour le faire s'inquiéter plus que de raison.

Mon téléphone continue à sonner par intermittences tout le long du trajet et quand j'arrive dans l'allée, Matthew sort de la maison en hâte. Son visage est tordu d'inquiétude, et la culpabilité s'ajoute à mon épuisement.

« Tu es sûre que ça va ? » demande-t-il en ouvrant ma portière avant même que je ne déboucle ma ceinture de sécurité.

« Oui, ça va. » Je me penche au pied du siège passager à la recherche de mon sac pour ne pas croiser son regard.

« Tu aurais pu me prévenir, dit-il d'un ton de reproche. Je m'inquiétais.

— Désolée.

— Que s'est-il passé ?

— Fausse alerte. Je cherchais au mauvais étage.

— Mais tu disais que tu avais vérifié tous les étages.

— Qu'est-ce que ça peut faire ? On n'a pas volé la voiture, ça ne suffit pas ? »

Un silence passe, tandis que Matthew lutte pour ne pas me demander comment j'ai fait pour ne pas voir ma voiture. « Tu as raison », dit-il en se reprenant. Je descends de voiture et entre dans la maison. « Tu as l'air crevée. Je m'occupe du dîner, si tu veux.

— Merci. Je vais prendre une douche. »

Je reste longtemps dans la salle de bains, et encore plus longtemps dans la chambre pour enfiler mon vieux pantalon de jogging, repoussant le moment où je devrai à nouveau regarder Matthew en face. Je suis si déprimée que je ne veux qu'une chose, me mettre au lit et dormir pour oublier cette horrible, horrible journée. Je m'attends à tout instant à ce que Matthew m'appelle pour savoir où j'en suis, mais les seuls sons que j'entends viennent de la cuisine, où il prépare le dîner.

Quand je finis par descendre, je m'oblige à parler de tout et de rien : l'école, le temps, Connie que j'ai croisée par hasard. Je suis résolue à ne pas lui laisser dire un mot, à lui laisser croire qu'égarer ma voiture ne m'a pas du tout décontenancée. Je note même la date de la journée d'intégration sur le calendrier, en lui disant que j'ai hâte de retrouver tout le monde à la réunion, et de reprendre le travail. Mais au-dedans, l'inquiétude me ronge et je dois me forcer à manger le risotto qu'il a préparé. J'ai envie de lui parler de la voiture que je soupçonne d'avoir été garée devant chez nous plus tôt dans la journée, mais comment lui en parler après ce qui s'est passé ? Ça ne ferait que me donner l'air un peu plus hystérique, un peu plus paranoïaque.

Vendredi 14 août

Ça fait quatre semaines aujourd'hui que Jane a été assassinée et je n'en reviens pas de tout ce qui a changé dans ma vie en un laps de temps aussi court. La peur et la culpabilité sont devenues des compagnes si familières que j'ai oublié ce que c'est que de vivre sans elles. Et égarer ma voiture hier m'a vraiment secouée. S'il me fallait une nouvelle preuve que je m'enfonce dans la démence, je l'ai eue.

Difficile de ne pas me sentir déprimée. Je suis assise, léthargique, au salon, la télévision allumée pour me tenir compagnie, devant la même chaîne de téléachat abrutissante que la veille. Vers dix heures, le téléphone se met à sonner et en plongeant instantanément en mode panique, respiration bloquée dans mes poumons, le cœur qui accélère au point de me faire tourner la tête, je réalise que j'ai été conditionnée à avoir peur à chaque fois que le téléphone sonne. Même quand le répondeur s'enclenche – je sais alors que ce n'est pas mon correspondant silencieux –, je ne suis pas soulagée, parce qu'il va appeler, je le sais.

La boîte aux lettres qui cliquette me fait sursauter. Comment en suis-je arrivée à ce point où le moindre bruit, et pas seulement le téléphone, fait battre mon cœur, me picote la peau de malaise ? Quand ai-je commencé à avoir si peur ? J'ai honte, honte de ne plus être la personne forte que j'étais, honte de laisser la moindre petite chose m'atteindre. Je m'en veux de retenir ma respiration, d'écouter, aux aguets, les pas du facteur qui repart sur le gravier de l'allée, pour être sûre que c'est bien lui qui a glissé quelque chose dans la boîte, et non l'assassin. Je m'en veux de sentir mon estomac remonter au bord de mes lèvres quand je récupère le courrier et que je trouve une lettre qui m'est adressée, je m'en veux d'avoir les mains qui commencent à trembler quand je fixe des yeux l'enveloppe manuscrite parce que c'est peut-être lui qui m'écrit. Je ne veux pas l'ouvrir mais, mue par quelque chose de plus fort que moi – parce que savoir vaut mieux que ne pas savoir –, je la déchire pour trouver une unique feuille de papier. Je la déplie lentement, osant à peine lire les mots qui y sont inscrits.

Ma chère Cass,

Merci pour votre lettre. Je ne saurais vous dire combien cela compte pour moi de savoir que vous avez un si bon souvenir de votre déjeuner avec Jane. Je me souviens qu'elle m'avait dit en rentrant à quel point vous vous étiez bien entendues, et je suis heureux qu'il en ait été de même de votre côté. Je vous remercie d'avoir pris le temps de m'écrire, des lettres comme la vôtre comptent beaucoup pour moi en cette période épouvantable.

Je vous remercie aussi de prendre des nouvelles de nos filles. Leur mère leur manque horriblement mais Dieu merci, elles sont trop jeunes pour comprendre ce qui s'est passé. Tout ce qu'elles savent, c'est que leur maman est devenue un ange.

Votre adresse m'indique que vous n'habitez pas loin, donc si vous me croisez dans la rue (hélas, j'ai maintenant un visage qu'on peut reconnaître), n'hésitez pas à me dire bonjour.

Je comprends que les gens ne sachent pas quoi me dire, mais c'est dur pour moi de les voir m'éviter.
Bien à vous,
Alex

Mon souffle, que je retenais sans le savoir, repart en trépidant et mes yeux se brouillent de larmes, de soulagement à la lecture de cette lettre innocente, et de compassion pour le mari de Jane. Ses gentils mots de gratitude me sont un baume à l'âme – sauf qu'il ne les aurait jamais écrits s'il savait que j'ai abandonné Jane à son destin, cette nuit-là. Tandis que je relis sa lettre, chaque mot est comme une flèche qui se plante dans ma conscience, et tout à coup je n'ai plus qu'une seule envie, lui avouer la vérité. Peut-être me condamnerait-il. Mais peut-être, seulement peut-être, me dirait-il que je n'aurais rien pu faire, que Jane était condamnée à mourir bien avant que je ne la croise en voiture. Et si ça venait de lui, peut-être le croirais-je.

Le téléphone sonne, me ramenant au présent où il n'y a ni réconfort ni pardon, rien que la peur incessante et ce harcèlement. Je m'en saisis, en voulant lui hurler de me laisser tranquille. Mais je ne veux pas qu'il sache combien je suis terrifiée, et nous attendons tous les deux, chacun pour des motifs différents. Les secondes s'égrènent. Puis je réalise que si je peux sentir la menace qui vient de son côté de la communication, lui peut sentir la peur qui émane du mien. Je m'apprête à raccrocher quand je comprends que cet appel-ci est différent.

Je tends l'oreille, en essayant de comprendre ce que c'est. Quelque part à l'arrière-plan, j'entends un son très ténu ; un imperceptible souffle de vent, peut-être, ou le léger froissement d'une feuille. Que ce soit l'un ou l'autre, ça veut dire qu'il est quelque part dehors et instantanément, la Peur, qui était repartie se nicher au creux de mon estomac, afflue et menace de me consumer entièrement. L'Adrénaline surgit, me pousse dans le bureau, dissipe la panique qui m'aveugle pour que je puisse scruter la rue, au-dehors, et constater qu'elle est vide. Le Soulagement s'avance mais la Peur, qui n'aime pas la défaite, me rappelle que ça ne veut pas dire que l'assassin n'est pas là. La Terreur prend les commandes et sème sur ma peau de minuscules perles de sueur. Je veux appeler la police mais quelque chose, la Raison peut-être, me dit que même si des policiers devaient venir fouiller le jardin, ils ne le trouveraient pas. Il – mon persécuteur – est bien trop intelligent pour ça.

Je ne peux pas rester dans la maison à attendre ce qu'il a décidé pour moi, comme une proie impuissante. Je fonce dans l'entrée, j'enfile la première paire de chaussures venue, je prends mes clés de voiture sur la table et j'ouvre la porte du devant. J'inspecte les alentours : l'allée est vide mais je ne veux prendre aucun risque, donc je déverrouille ma voiture depuis la porte d'entrée et franchis les quelques mètres qui séparent la maison de la voiture en deux secondes à peine. Une fois dans la voiture, j'en verrouille les portes et je franchis vivement le portail, respirant lourdement. En passant devant la maison qui était à vendre, je vois un homme dans le jardin, en qui je reconnais celui que j'ai vu devant chez moi. Je ne vois pas s'il a un téléphone portable à la main mais ça ne veut rien dire. Il pourrait être mon correspondant silencieux, il pourrait être l'assassin de Jane, il pourrait être son mystérieux amant. Il est aussi idéalement placé pour voir Matthew partir travailler tous les matins, pour savoir quand je suis seule.

Il est temps d'aller à la police. Mais il faut d'abord que je parle à Matthew, il faut que je lui dise ce que je soupçonne et il faut qu'il me dise que j'ai peut-être raison parce que je ne veux pas me tromper une fois de plus. Il vaut mieux que je me ridiculise devant lui que devant les policiers. Comment puis-je leur demander d'interroger l'homme du bout de la rue sans preuve d'aucune sorte, ou sans l'appui de Matthew ? Ils me prennent déjà pour une idiote parce que j'ai déclenché mon alarme.

Dans mon agitation, je manque griller un feu rouge et, soucieuse de ne pas avoir d'accident, je m'oblige à me calmer. J'aimerais avoir de la compagnie pour la journée mais Rachel est toujours à Sienne et tous les autres sont déjà partis en vacances, ou bien ils partent demain.

Finalement, je décide d'aller jusqu'à Browbury, vérifiant à chaque instant dans le rétroviseur que personne ne me suit. Je me gare dans High Street, avec l'idée de trouver un endroit où m'asseoir, de laisser filer le temps en faisant semblant de faire une pause déjeuner. Apaisée à l'idée d'avoir un plan, je tâtonne pour trouver mon sac et me rends compte, consternée, qu'il n'est nulle part, que dans ma hâte à quitter la maison, je l'ai laissé là-bas. Il faut au moins que je puisse me payer un café et je fourrage dans la boîte à gants à la recherche de pièces. Un coup sec frappé à la vitre me donne la frayeur de ma vie. En me redressant, je vois que c'est John, qui me sourit.

Incapable de lui rendre son sourire à cause de la peur qu'il m'a faite, je me retourne vers la boîte à gants pour la refermer, et gagner du temps. Reprenant mes esprits, je donne un quart de tour à la clé de contact pour faire descendre la vitre.

« Tu m'as fait peur, dis-je en essayant de sourire.

— Je suis désolé, dit John, contrit. Je ne voulais pas t'effrayer. Tu arrives ou tu repars ?

— Les deux. » John m'interroge du regard. Je lui explique. « Je viens d'arriver mais on dirait que j'ai oublié mon sac à la maison, donc je dois repartir le chercher.

— Je peux t'aider ? »

J'hésite, soupesant mes choix possibles. Je ne veux pas lui laisser espérer quelque chose mais il sait que je suis avec Matthew. Et je n'ai absolument pas envie de rentrer à la maison mais je ne peux pas errer sans but à Browbury toute la sainte journée sans avoir de quoi m'acheter un journal et boire un café.

— Tu n'aurais pas envie de m'offrir un café par hasard, si ?

— J'espérais que tu dirais ça. » Il plonge la main dans sa poche et en extrait deux pièces d'une livre. « Je peux même t'offrir le parking, à moins que tu n'aies envie d'une amende ?

— J'avais oublié ça, dis-je en faisant la grimace. Mais une livre suffira, je n'en ai que pour une heure.

— Pas si tu me laisses t'inviter à déjeuner en plus du café.

— Pourquoi pas ? dis-je, ma bonne humeur revenant à l'idée d'avoir deux heures de moins à tuer dans la journée. Tant que tu me laisses te rendre l'invitation plus tard.

— Vendu. »

John se rend à l'automate, insère ses pièces et me tend le ticket par la portière.

« Merci. »

Je descends de voiture et il hoche la tête en voyant mes pieds. « Pas mal, les chaussures. »

Je baisse les yeux sur mes pieds, chaussés des vieux mocassins marron dont je me sers pour jardiner et qui ont appartenu à ma mère.

« J'étais en train de désherber et j'ai oublié de changer de chaussures, dis-je en riant. Tu es toujours sûr d'avoir envie qu'on te voie avec moi ?

— Tout à fait sûr. Où veux-tu aller ?

— Choisis !

— Costello, ça te dit ?

— Tu as le temps ?

— Absolument. Et toi ? Tu n'es pas pressée, si ?

— Non, pas du tout. »

Les deux heures qui suivent sont si agréables que j'aimerais qu'elles n'en finissent pas. L'idée de rentrer et de n'avoir que mes pensées comme compagnie me déprime à nouveau et je bois à la hâte une gorgée d'eau.

« Merci, dis-je, reconnaissante, tandis que John demande l'addition d'un geste. J'avais bien besoin de ça.

— Moi aussi.

— Pourquoi ça ?

— Oh, simplement, parce que je ne sais pas trop quoi faire depuis que ma petite amie m'a plaqué. Et toi ? Pourquoi avoir besoin de t'évader un moment ? Tu n'es plus harcelée par ces coups de fil, si ? »

Je le fixe vivement. « Que veux-tu dire ?

— Cette centrale d'appels. Mes oreilles ont sifflé longtemps après ce que tu leur avais fait subir. »

Je gémis. « J'en ai encore honte.

— J'espère que ce n'est pas pour ça que tu n'es pas venue boire un verre vendredi. Tu nous as manqué.

— Oh ! J'ai complètement oublié ! » Toutes mes angoisses remontent pêle-mêle. « Je suis désolée John, je m'en veux terriblement !

— Ne t'inquiète pas pour ça. Tu m'avais dit que Matthew prenait des jours de congé et que vous risquiez de partir quelque part. »

Je sais que je devrais dire quelque chose, lui demander s'ils ont passé une bonne soirée, mais je suis trop anéantie pour parler.

« Ça va, Cass ? Tu as l'air tendue. »

Je hoche la tête et détourne le regard, vers High Street et tous ces gens qui vivent leur vie. « C'est juste que c'est un été plutôt étrange.

— Tu veux en parler ? »

Je nie lentement de la tête. « Tu vas croire que je suis folle.

— Jamais. »

Je reviens à lui et j'essaie de sourire. « En fait, il y a un vrai risque que je devienne folle. Ma mère était atteinte de démence les années qui ont précédé sa mort, et j'ai peur d'avoir la même maladie. »

John tend le bras et pendant une fraction de seconde, je crois qu'il va me prendre la main. Mais il saisit son verre d'eau. « Démence et folie, ce n'est pas la même chose », dit-il en buvant une gorgée.

Je concède. « Non, c'est vrai.

— On t'a diagnostiqué un Alzheimer précoce ?

— Non, pas encore. Je suis censée aller voir un spécialiste mais je vais sûrement oublier d'y aller. » Nous nous mettons à rire tous les deux, et je ne peux plus m'arrêter. « Bon sang, c'est bon de rire, dis-je, en gloussant toujours.

— Bon, ça vaut ce que ça vaut, mais pour moi, tu n'as pas l'air dingue du tout.

— C'est parce que tu ne vis pas avec moi tous les jours. Ce n'est pas très drôle pour Matthew que je fasse tout le temps des bêtises. Comme tu vois, j'oublie de changer de chaussures quand je sors, j'oublie mon sac à la maison…

— C'est le signe de quelqu'un qui est parti de chez lui en vitesse, pas de quelqu'un qui est fou. » Il me fixe d'un œil interrogateur, son regard sombre, intense, refuse de lâcher le mien. « Tu es partie en vitesse ?

— C'est que je n'aime plus être toute seule à la maison, dis-je en haussant les épaules.

— Depuis le meurtre de Jane ?

— Simplement, tout me fait peur. Notre maison est un peu trop isolée à mon goût.

— Mais il y a d'autres maisons à proximité, non ?

— Si. » J'hésite, en me demandant si je dois lui avouer la vraie nature des coups de téléphone que je reçois, et si je dois lui parler de l'homme au bout de la rue. Mais la serveuse arrive avec l'addition et je laisse passer l'occasion.

« Ce n'est pas plus mal que l'école recommence bientôt, dit John en sortant son portefeuille. On va être très occupés, et on n'aura plus le temps de ruminer des choses. » Il grimace. « Journée d'intégration le vingt-huit. Par pitié, ne me dis pas que tu as déjà préparé tous tes cours pour le prochain semestre.

— Je n'ai même pas jeté un œil au programme », avoué-je.

John s'étire, et son T-shirt laisse entrevoir sa peau bronzée. « Moi non plus, confie-t-il en souriant.

— Vraiment ?

— Oui, vraiment. »

Je lâche un soupir de soulagement. « Tu n'as pas idée de ce que ça peut me faire comme bien. J'ai croisé Connie hier à Castle Wells et elle disait qu'elle avait presque fini.

— Aïe ! » Nouvelle grimace.

Je le regarde avec curiosité. « Elle m'a dit que tu n'étais pas retourné chez elle ce soir-là, tu sais, après le dîner de fin d'année.

— Non, je n'en avais pas vraiment envie.

— D'accord.

— Et puis, à quoi bon y aller si tu n'y étais pas ? » ajoute-t-il en plaisantant.

J'opine. « À rien du tout. Je suis tellement le cœur et l'âme de la fête… »

John rit. « Exactement. » Mais nous savons tous les deux que ce n'est pas ce qu'il voulait dire.

Nous quittons le restaurant et il me raccompagne à ma voiture.

« Tu as acheté une grenouillère, au fait ? demandé-je.

— Oui. Bleue, avec un éléphant sur le devant. Mon ami a été un peu surpris : je l'ai choisie parce qu'elle me plaisait mais j'ai oublié que son bébé était une fille. »

Je plaisante. « Je suis contente de ne pas être la seule à avoir mauvaise mémoire.

— Tu vois ! Preuve que ça arrive à n'importe qui. Qu'est-ce que tu fais de beau ce week-end ?

— Je vais me reposer au jardin, j'espère.

— Bon, hé bien repose-toi bien. » Il désigne ma voiture du menton. « C'est la tienne, non ?

— Oui. » Je le serre dans mes bras. « Merci John, merci pour tout.

— Tout le plaisir était pour moi, dit-il avec sérieux. On se revoit à l'école, Cass. Sois prudente sur la route. »

John attend sur le trottoir que je quitte ma place de stationnement et je m'éloigne dans High Street. Je me demande ce que je peux bien faire pour remplir ma journée jusqu'au retour de Matthew. En arrivant au carrefour où je tourne habituellement à droite, il y a un panneau qui indique Heston et sans même m'en rendre compte, je prends la route du hameau où habitait Jane, du hameau où elle rentrait la nuit où elle a été assassinée. La panique me prend un court instant et je me demande ce que je fais, ce que j'espère accomplir en allant là-bas. Mais pour une raison que j'ignore, je me sens forcée d'y aller.

Il ne me faut que cinq minutes pour y arriver. Je me gare dans une rue entre le jardin public et le pub, et descends de voiture. Le jardin est petit mais joliment entretenu. J'en franchis le portillon et suis lentement ses allées, admirant la superbe variété des fleurs. Les quelques bancs à l'ombre sont occupés, en majorité par des couples âgés qui se reposent après leur promenade de l'après-midi. J'en choisis donc un au soleil et m'assieds un moment, satisfaite d'avoir trouvé un endroit où passer les deux prochaines heures. Je pense à Jane et je me demande combien de fois elle s'est assise sur ce banc, combien de fois elle a parcouru cette allée. Il y a une aire de jeux de l'autre côté du jardin public, où de très jeunes enfants se balancent sur des animaux de bois. J'imagine Jane aidant ses enfants à monter et à descendre des balançoires, ou les suivant avec inquiétude sur le toboggan, comme le font certains adultes maintenant. Et comme à chaque fois, la culpabilité que je ressens quand je pense à Jane revient m'écraser.

Tandis que j'observe les enfants, en me demandant avec mélancolie si Matthew et moi aurons jamais le bonheur d'en avoir, une petite fille essaie de descendre de son animal qui oscille et je vois que malgré toute sa détermination, elle n'y arrivera pas parce que son pied est coincé. Instinctivement, j'ouvre la bouche pour appeler, pour prévenir un des adultes qu'elle va tomber, mais elle fait la culbute avant que j'en aie le temps. Son cri de douleur fait bondir un homme qui court vers elle mais une autre petite fille qui veut descendre de son animal lui tend les bras. Il l'attrape prestement avant de se pencher pour s'occuper de la première fillette. En le voyant lui caresser les cheveux et poser un baiser sur sa tête blonde, je comprends que c'est le mari de Jane.

Un choc me traverse. Je le fixe, en me demandant si je peux me tromper. Mais avec sa photo partout dans les journaux et à la télévision ces dernières semaines, son visage est familier. De plus, les deux petites filles ressemblent à la photo des jumelles que Jane m'avait montrée. Mon instinct m'ordonne de fuir, de quitter le jardin public aussi vite que possible avant qu'il me voie. Mais je me reprends. Il ne sait pas que je suis la personne qui aurait pu sauver sa femme.

Il sort de l'aire de jeux, portant la fillette qui s'est fait mal et donnant la main à l'autre. Les deux petites pleurent tandis qu'ils avancent dans l'allée en direction du banc sur lequel je suis assise et je l'entends essayer de les apaiser avec des promesses de pansements et de glaces. Mais celle qu'il a dans ses bras est inconsolable, à cause de ses genoux écorchés, dont l'un saigne plutôt beaucoup.

« Vous voulez un mouchoir pour son genou ? » dis-je sans même réfléchir.

Il s'arrête devant moi. « Je crois que c'est une bonne idée, répond-il, soulagé. La maison n'est pas exactement à côté. »

J'extrais un mouchoir de ma poche et le lui tends.

« Il est propre.

— Merci. »

Il fait asseoir la fillette blessée à côté de moi sur le banc, s'agenouille devant elle et lui montre le mouchoir. « Tu vois ce que la gentille dame m'a donné ? On essaye de voir si ça fait du bien à ton genou ? »

Il l'applique doucement sur l'écorchure, tamponnant le sang, et les larmes de la fillette cessent miraculeusement.

« A pu mal, Lottie ? demande sa sœur, qui l'observe avec inquiétude.

— Pu mal, répond-elle en hochant la tête.

— Le ciel soit loué ! » Le mari de Jane me regarde d'un air grave. « Vous imaginez ce que ça aurait été si elle était tombée sur du ciment, comme nous quand nous étions petits... » Il ôte le mouchoir. « Voilà, c'est fini. »

Sa petite fille examine son genou et, visiblement satisfaite, descend du banc en se tortillant.

« Jouer ! dit-elle en se précipitant sur la pelouse.

— Et voilà ! Maintenant elles ne veulent plus rentrer, gémit-il en se relevant.

— Elles sont très mignonnes, dis-je en souriant. Charmantes.

— Oui, la plupart du temps, reconnaît-il. Mais elles me donnent parfois du fil à retordre, quand elles veulent.

— Leur maman doit leur manquer –» Je m'arrête, horrifiée par ce que je viens de dire, avant de bafouiller : « Je… Je suis désolée. C'est seulement que…

— Je vous en prie, ne vous excusez pas. Au moins vous ne faites pas semblant de ne pas savoir qui je suis. Vous n'imaginez pas le nombre de gens qui viennent à Heston, en espérant me croiser, comme si j'étais quelqu'un de connu. Ils entament la conversation avec moi, en général en se servant des filles comme point de départ, et puis ils me posent des questions sur leur mère, me demandent si elle est à la maison en train de préparer le déjeuner, ou si elle est blonde comme les filles. Au début, avant de comprendre leur truc, je me retrouvais à devoir leur expliquer qu'elle était morte, et s'ils poussaient plus avant, je finissais par leur dire qu'elle a été assassinée. Ils faisaient semblant d'être surpris, me disaient combien ils étaient désolés et combien ça devait être pénible pour moi. Ce n'est qu'après qu'une femme a été trop loin et m'a demandé comment la police m'avait appris la nouvelle que j'ai compris leur manège. » Il hoche la tête d'incrédulité. « Il y a un nom pour des gens comme ça mais je ne le connais pas. Au moins, la boutique et le pub du village font des affaires en or avec ça », ajoute-t-il avec un sourire contrit.

Je me répète. « Je suis désolée. » J'ai envie de lui dire qui je suis, de lui dire que j'ai reçu sa lettre ce matin, mais après ce qu'il vient de me raconter, il pourrait penser que, comme tous les autres, je suis venue dans le petit parc pour le croiser, d'autant plus que je n'ai pas vraiment de raison de me rendre à Heston. Ce n'est pas comme s'il m'avait invitée à venir le voir. Je me lève. « Je ferais mieux d'y aller.

— J'espère que ce n'est pas à cause de ce que je viens de vous dire. » En plein soleil, je peux voir des mèches légèrement grises dans ses cheveux bruns, et je me demande si elles étaient déjà là avant la mort de Jane.

Je le rassure. « Non, pas du tout. Je dois rentrer.

— Hé bien, merci d'être venue à mon secours. » Il indique du regard ses petites filles qui jouent. « Tout est oublié maintenant, Dieu merci.

— Mais je vous en prie. » J'essaie de sourire mais l'ironie de ce qu'il vient de dire m'en empêche. « Profitez du reste de l'après-midi.

— Vous aussi. »

Je m'éloigne, le cœur cognant dans ma poitrine. Son *Merci d'être venue à mon secours* résonne à mes oreilles. Sa phrase me nargue jusqu'au portillon du parc, jusqu'à ma voiture, et je me demande ce qui a bien pu me prendre d'être venue ici – à moins que ce ne soit par besoin d'absolution. Que se passerait-il si je faisais demi-tour pour lui dire qui je suis, et que j'ai vu Jane sur l'aire de stationnement ce soir-là ? Sourirait-il de son sourire triste pour me dire que ça n'a pas d'importance, que j'ai bien fait de ne pas m'arrêter parce que j'aurais pu me faire assassiner aussi ? Ou, consterné par ma passivité, me montrerait-il du doigt et dirait-il à tout le monde dans le parc que je n'ai rien fait pour aider sa femme ? Comme je n'ai aucun moyen de le savoir, je mets le contact et je rentre chez moi, sans pouvoir penser à autre chose qu'au mari de Jane et aux deux petites filles qu'elle a laissées derrière elle.

Même en roulant aussi lentement que je le peux, je suis à la maison à dix-sept heures. En passant le portail, mon angoisse revient en force et je sais que je ne vais pas être capable d'entrer dans la maison, pas avant que Matthew ne rentre, donc je reste dans la voiture. Même à l'ombre, il fait si chaud que je baisse les vitres pour essayer de créer un courant d'air. Mon portable bipe, m'annonçant la réception d'un message, et quand je vois qu'il vient de Mary, j'éteins mon téléphone. Je suis si occupée à m'inquiéter du travail que je n'ai toujours pas fait que je ne vois pas le temps passer et quand la voiture de Matthew apparaît dans l'allée, je pense tout d'abord qu'il rentre plus tôt que d'habitude. Un bref coup d'œil à ma montre me dit qu'il est déjà dix-huit heures trente. Il se gare à côté de moi, j'ôte les clefs du contact et descends de voiture, comme si je venais d'arriver.

« J'ai gagné ! dis-je en souriant.

— Tu as l'air d'avoir chaud, remarque-t-il en m'embrassant. Tu n'avais pas mis la climatisation ?

— Je n'ai été qu'à Browbury, je ne me suis pas embêtée à la mettre pour un court trajet.

— Tu es allée faire du shopping ?

— Oui.

— Tu as trouvé des trucs bien ?

— Non. »

Nous rejoignons la porte d'entrée qu'il ouvre avec sa clé.

« Et ton sac ? dit-il en désignant du menton mes mains vides.

— Dans la voiture. » J'entre vivement dans la maison. « Je vais le chercher dans une minute, j'ai besoin d'un verre d'eau d'abord.

— Attends, laisse-moi éteindre l'alarme, d'abord ! Ah, elle n'est pas allumée. » Derrière moi, je le sens froncer les sourcils. « Tu ne l'as pas mise en partant ?

— Non, je n'ai pas pensé que c'était utile puisque je n'avais pas l'intention de m'absenter longtemps.

— Bon, mais à l'avenir, je préférerais que tu la mettes. Maintenant qu'on a une alarme, autant l'utiliser. »

Pendant qu'il monte se changer, je fais du thé et l'emporte au jardin.

« Ne me dis pas que tu es sortie avec ces chaussures-là ! » dit-il en me rejoignant quelques minutes plus tard.

Je baisse les yeux sur mes pieds. Ne voulant pas lui donner plus de motifs d'inquiétude, je feins de rire. « Non, je viens de les mettre. »

Il sourit et s'assied à côté de moi, étire ses longues jambes. « Et qu'as-tu fait aujourd'hui, à part aller à Browbury ?

— J'ai préparé quelques leçons de plus, réponds-je en m'étonnant de ne pas mentionner que j'ai croisé John par hasard.

— Bien. » Il regarde sa montre. « Dix-neuf heures dix. Quand tu auras fini ton thé, change de chaussures, je t'emmène dîner. Autant bien commencer le week-end ! »

Le découragement me prend, parce que je n'ai pas du tout faim après ce déjeuner avec John.

« Tu es sûr ? Tu ne préfères pas rester à la maison ?

— Non, à moins qu'il ne reste du curry que tu as fait l'autre jour.

— Désolée, non.

— Alors allons en manger un dehors.

— D'accord », réponds-je, soulagée qu'il n'ait pas suggéré d'aller manger des pâtes chez Costello.

***

Je monte me changer et prends un petit sac dans mon armoire, le cache sous mon cardigan et pendant que Matthew met l'alarme, je vais à ma voiture et fais semblant de prendre le sac derrière le siège. Nous allons à Browbury, dans mon restaurant indien préféré.

« Tu connais notre nouveau voisin ? dis-je pendant que Matthew détaille la carte. Tu lui as déjà parlé ?

— Oui, hier, pendant que je scrutais la rue en attendant que tu rentres de Castle Wells. Il passait devant la maison et on s'est mis à discuter. Apparemment, sa femme l'a quitté juste avant qu'ils ne doivent emménager.

— Où allait-il ?

— Qu'est-ce que tu veux dire ?

— Tu as dit qu'il passait devant la maison.

— Oui, il rentrait chez lui. Il avait dû aller se promener. J'ai dit qu'on l'inviterait à dîner un de ces soirs. »

Mon cœur se met à battre plus fort. « Qu'est-ce qu'il en dit ?

— Que ça lui plairait beaucoup. J'ai bien fait, non ? »

Je baisse les yeux sur la carte, faisant mine de l'étudier. « Tant que ce n'est pas lui l'assassin. »

Matthew éclate de rire. « Tu plaisantes, bien sûr ?

— Mais oui. » Je me force à sourire. « Alors, à quoi ressemble-t-il ?

— Il avait l'air plutôt sympa.

— Jeune, vieux ?

— Je ne sais pas. La petite soixantaine, je dirais.

— Il n'avait pas l'air si vieux quand je l'ai vu.

— Il est pilote à la retraite. J'imagine qu'ils doivent se maintenir en forme.

— Tu lui as demandé pourquoi il était toujours devant notre maison ?

— Non, parce que je ne savais pas ça. Mais il m'a dit qu'il la trouvait très jolie, donc il est peut-être venu l'admirer. »

Matthew me regarde, le front soucieux. « Il reste vraiment tout le temps en face de chez nous ?

— Je l'y ai vu plusieurs fois.

— Pas un délit suffisant pour le faire arrêter, dit Matthew comme s'il avait deviné où mes questions me menaient et qu'il voulait me mettre en garde.

— Je n'ai rien dit de tel. »

Il m'adresse un sourire d'encouragement. « Choisissons nos plats, d'accord ? »

J'ai envie de lui dire qu'un pilote à la retraite d'une soixantaine d'années plutôt sympa peut quand même être un assassin mais je sais qu'il ne me suivra pas sur ce terrain-là, et qu'il n'en parlera jamais à la police.

Samedi 15 août

Le bruit sec du volet de la boîte aux lettres résonne dans la maison tandis que nous prenons notre petit-déjeuner. Matthew se lève, un morceau de toast beurré à demi-entamé à la bouche, va dans l'entrée et revient un instant plus tard avec deux lettres et un petit paquet.

« Tiens, dit-il en me le tendant. C'est pour toi. »

J'observe le paquet avec appréhension. Hier, la lettre était d'Alex mais il y a peu de chances qu'il m'envoie un paquet. « Qu'est-ce que c'est ?

— Je ne sais pas. » Il étudie l'emballage blanc anonyme. « Tu as commandé quelque chose ?

— Non, je n'ai rien commandé. » Nerveuse, je le pose sur la table de la cuisine, presque effrayée de le toucher. Est-ce qu'il pourrait provenir de mon correspondant anonyme ?

« Tu es sûre ? » Matthew pose la main sur mon épaule.

« Absolument sûre.

— Tu veux que je l'ouvre ?

— Non, je vais le faire », réponds-je vivement. Même si je peux facilement le déchirer pour l'ouvrir, je l'emporte dans le bureau. Je prends une paire de ciseaux dans le tiroir et fends l'adhésif qui l'entoure. À l'intérieur, il y a une petite boîte. Je sors la boîte, soulève le couvercle, le cœur battant. Une paire d'exquises boucles d'oreille reposent sur un coussin de velours noir et quand je les reconnais, je me détends instantanément.

« Très jolies », dit Matthew qui les admire par-dessus mon épaule.

Je ne l'avais pas entendu venir. « C'est pour Rachel, dis-je en refermant la boîte. Je ne m'attendais pas à ce qu'elles soient livrées si vite.

— Pour son anniversaire ? »

Je songe au cottage de l'île de Ré. « Oui. »

Souriant d'approbation, Matthew s'en va tondre la pelouse. Je glisse les boucles d'oreille dans un tiroir et je reste là un moment, à regarder par la fenêtre du bureau le champ qui est de l'autre côté de la route. Je me sentais tellement en sûreté ici avant. Comme si rien ne pouvait nous atteindre.

Le téléphone de la maison se met à sonner. Je me fige, avant de me rappeler que nous sommes en week-end. Mon correspondant silencieux n'a encore jamais téléphoné un samedi. Même ainsi, je laisse le répondeur s'enclencher. C'est Mary, qui demande si j'ai bien reçu les différents messages qu'elle m'a laissés à propos de la journée d'intégration. Tout courage m'abandonne. Les vacances seront bientôt terminées et je n'ai toujours pas fait le travail que je suis censée avoir terminé. Mary continue de parler et ajoute en plaisantant qu'elle espère que je n'ai pas perdu mon portable parce qu'elle m'a aussi envoyé quelques SMS. Après la fin du message de Mary, le téléphone sonne de nouveau, presque immédiatement. Je vérifie le numéro, me demandant si Mary va devenir aussi insistante que mon correspondant silencieux. Mais c'est Rachel, et je décroche.

« Salut, dis-je gaiement.

— Alors, comment vas-tu ? »

J'ai envie de lui répondre que je deviens folle. « Je suis occupée à préparer mes cours, réponds-je plutôt.

— Tu as reçu d'autres coups de fil ? »

Je mens. « Non, pas récemment. Et toi ? C'est comment, Sienne ?

— Magnifique. Je m'amuse beaucoup, malgré Alfie. » Son rire de gorge me parvient à l'autre bout du fil. « J'ai hâte de tout te raconter sur lui, mais nous sommes sur le point de sortir.

— Pas de bouquet de mariée, alors ? dis-je, amusée.

— Définitivement non. De toute façon tu me connais, je ne suis pas du genre à me marier. Tu veux qu'on se retrouve pour déjeuner, le mardi qui suit mon retour ? Le lundi est un jour férié. Ça sera mon premier jour de reprise du travail, et ce serait chouette d'avoir un objectif agréable pour ce jour-là. Tu ne rentres pas à l'école avant le mercredi, si ?

— Non, donc un déjeuner mardi, c'est parfait. Au Sour Grapes ?

— Ça marche. »

En raccrochant, je réalise qu'il ne reste plus que deux semaines de vacances d'été. Un bien et un mal. J'ai hâte d'être loin de la maison, à l'abri de ces coups de fil. Mais tout le travail qui m'attend me donne l'impression que je ne pourrai jamais retourner à l'école.

« Tu es prête ? » Je lève les yeux sur Matthew, devant moi. Il s'est habillé avec élégance, en pantalon kaki et en polo, un petit sac de sport à la main.

« Prête ? » Je fronce les sourcils.

« Pour notre après-midi au spa. »

J'acquiesce et je me force à sourire mais je ne suis pas prête parce que j'avais complètement oublié qu'hier, au restaurant, il m'a fait la surprise d'une réservation pour un couple dans un centre de remise en forme près de Chichester. Nous y étions allés juste après nos fiançailles, et ce geste d'hier soir avait apaisé la tension qui flottait encore après notre conversation sur le nouveau voisin.

« Je n'ai plus qu'à mettre mes chaussures », dis-je en lissant la jupe de coton que j'ai mise ce matin au lieu du short que j'aurais porté habituellement. Peut-être que ce matin, je me suis souvenue du spa, après tout.

Je fonce à l'étage et fourre un bikini dans mon sac, en réfléchissant à ce qu'il pourrait bien me falloir d'autre.

« Il faut qu'on y aille, Cass !

— J'arrive ! » J'enlève la petite veste que je porte et j'ouvre mon armoire, à la recherche de quelque chose d'un peu plus élégant. J'en sors une chemise de coton blanc à petits boutons que j'enfile. Dans la salle de bains, je me donne un coup de brosse. Je m'apprête à me maquiller quand Matthew m'appelle à nouveau d'en bas.

« Cass, tu m'as entendu ? La réservation est pour quatorze heures ! »

Je jette un coup d'œil à la pendule et je vois qu'il ne nous reste que quarante-cinq minutes pour arriver à Chichester. « Désolée, dis-je en en dévalant l'escalier. Je cherchais mon bikini. »

Nous montons en voiture et tandis que nous démarrons dans l'allée, je pousse la nuque contre l'appuie-tête et je ferme les yeux. Je me sens vidée mais ici, dans la voiture avec Matthew où aucun danger ne peut m'atteindre, je me sens également en sûreté. Matthew prend un virage brusque et, jetée contre la portière, je cligne des yeux plusieurs fois, essayant de deviner où nous sommes. Tout à coup, je sais.

« Matthew ! » La peur s'entend dans ma voix. « On part dans le mauvais sens ! »

Il me jette un regard et fronce les sourcils. « On va à Chichester.

— Je sais, mais pourquoi passer par Blackwater Lane ?!? » Les mots pèsent lourd sur ma langue.

« Parce que comme ça, on gagne dix minutes de temps de trajet. Sinon on va être en retard. »

Mon cœur bat sourdement. Je ne veux pas passer par là – je ne peux pas ! Par le pare-brise, je vois la petite aire de stationnement s'avancer et mon cerveau part en vrille. Prise de panique, je me tourne vers la portière, les doigts sur la poignée.

« Cass, crie Matthew, la voix chargée d'inquiétude. Qu'est-ce que tu fais ? Tu ne peux pas descendre comme ça ! On roule à soixante-dix ! » Il enfonce le frein et la voiture a un sursaut, me projetant en avant. Matthew s'arrête brutalement, juste en face de la petite aire où Jane a été tuée. Quelqu'un y a déposé des fleurs, enveloppées dans un plastique qui volette au vent. Horrifiée d'être revenue là où mon cauchemar a commencé, j'éclate en pleurs.

« Non ! sangloté-je. S'il te plaît Matthew, on ne peut pas s'arrêter là !

— Oh, Seigneur ! » dit-il d'un ton las. Il embraye, s'apprête à repartir, puis s'arrête. « C'est dingue.

— Je suis désolée.

— Qu'est-ce que tu veux que je fasse ? On continue à rouler ? Ou tu veux rentrer à la maison ? » Il a l'air d'être à bout.

Je pleure si fort que je peux à peine respirer. Il tend le bras et essaie de le passer sur mon épaule mais je me dégage.

En soupirant, il entame un demi-tour au milieu de la route, et s'apprête à repartir dans l'autre sens.

« Non, dis-je, toujours en sanglotant. Je ne peux pas rentrer à la maison, Je ne peux pas, c'est tout. »

Il s'arrête au beau milieu de sa manœuvre, la voiture dangereusement en travers. « Mais qu'est-ce que ça veut dire ?

— Je ne veux pas rentrer à la maison, c'est tout.

— Pourquoi ça ? » Son ton est calme mais je sens la tension en dessous, qui masque quelque chose de plus sévère.

« Je ne m'y sens plus en sécurité. »

Matthew inspire profondément, pour se calmer. « C'est encore à propos de ce meurtre ? Enfin, Cass, l'assassin est loin de notre maison et il ne sait pas qui tu es. Je sais que le meurtre de Jane t'a perturbée, mais il faut que tu t'en remettes. »

Je m'en prends durement à lui. « Et comment puis-je m'en remettre alors que son assassin n'a toujours pas été pris ?

— Et qu'est-ce que tu veux que j'y fasse ? J'ai fait mettre toute la maison sous alarme pour toi. Tu veux que je te dépose à un hôtel quelque part ? C'est ça que tu veux ? Parce que si c'est ça, dis-le, et je le fais tout de suite !!! »

Le temps de rentrer à la maison, je suis dans un tel état que Matthew appelle le Dr Deakin, qui propose de passer. Même lorsqu'il arrive, je ne peux pas m'arrêter de pleurer. Il m'interroge sur le traitement que je prends et lorsque Matthew lui annonce que je ne le prends pas de manière régulière, le Dr Deakin fronce les sourcils et déclare que s'il l'a prescrit, c'est que j'en ai besoin. Sous son regard vigilant, j'avale deux de ses pilules avec reconnaissance, puis j'attends qu'elles m'emportent en un endroit où plus rien n'a d'importance. Pendant que j'attends, il me pose doucement des questions, veut savoir ce qui m'a fait craquer. J'entends Matthew lui expliquer comment je me suis barricadée dans le salon pendant qu'il était au travail et quand le Dr Deakin lui demande s'il y a eu d'autres comportements inquiétants de ma part, Matthew lui parle de la semaine où je suis devenue hystérique parce que j'ai cru voir un énorme couteau posé à plat dans la cuisine alors qu'en réalité, ça n'était qu'un petit couteau de cuisine. Je les sens échanger des regards entendus et ils se mettent à parler comme si je n'étais pas là. J'entends les mots « défaillances » et « dépression » mais je m'en moque, parce que la magie des pilules a déjà commencé à opérer.

Le Dr Deakin s'en va en demandant instamment à Matthew de m'obliger à me reposer, et de l'appeler si mon état s'aggrave. Je passe le reste de la soirée allongée sur le sofa, à demi endormie, tandis que Matthew regarde la télévision, ma main dans la sienne. Quand son émission se termine, il éteint la télévision et me demande s'il y a autre chose qui me perturbe.

« Il y a tout le travail que je suis censée faire avant de reprendre l'école, dis-je, les larmes me montant aux yeux malgré les pilules.

— Mais tu en as déjà fait un bon bout, non ? »

Mes mensonges me rattrapent. « Une partie, mais il m'en reste encore beaucoup et je ne suis pas sûre d'arriver à finir à temps.

— Tu peux peut-être demander à un collègue de t'aider ?

— Impossible. Ils ont déjà assez à faire de leur côté.

— Je peux t'aider, moi ?

— Non, pas vraiment. » Je le regarde, désespérée. « Qu'est-ce que je vais faire, Matthew ?

— Si tu ne peux trouver personne pour t'aider et que tu n'y arrives pas toute seule, je ne vois vraiment pas…

— Je me sens épuisée tout le temps. »

Il lisse mes cheveux en arrière. « Si tu sens que tu ne peux pas t'en sortir, pourquoi ne pas demander à travailler à temps partiel ?

— Je ne peux pas.

— Pourquoi pas ?

— Parce qu'il sera trop tard pour que l'école puisse trouver quelqu'un qui me remplace.

— N'importe quoi ! Si quelque chose t'arrivait, ils seraient bien obligés. »

Je le fixe. « Qu'est-ce que tu veux dire ?

— Simplement que personne n'est irremplaçable.

— Mais pourquoi as-tu dit que quelque chose pourrait m'arriver ? »

Matthew fronce les sourcils. « C'était un exemple, c'est tout. Du genre : si tu te casses une jambe, ou que tu te fais renverser par un bus, il faudra bien qu'ils te remplacent. »

J'insiste : « Mais tu as dit ça comme si tu savais que quelque chose allait m'arriver.

— Ne sois pas ridicule, Cass ! » Son ton agacé, cassant, me fait sursauter, parce qu'il élève rarement la voix. Il me voit sursauter et soupire. « C'est juste une façon de parler, OK ?

— Désolée », marmonné-je. Les pilules chassent la panique, qui fait place au sommeil.

Matthew passe son bras à mon cou et m'attire à lui, mais son geste est emprunté.

« Pense quand même à demander à Mary si tu peux repasser à temps partiel, dit-il.

— Ou ne pas y retourner du tout », m'entends-je dire.

« C'est ce que tu veux ? Arrêter complètement de travailler ? » Il s'écarte et baisse les yeux sur moi, interloqué. « Jeudi, tu as dit que tu avais hâte d'y retourner.

— C'est seulement que je ne sais pas si je vais être capable de faire tout ce qu'on attend de moi, pas quand je me sens comme ça. Je pourrais peut-être demander deux semaines de congé de plus et reprendre mi-septembre, une fois que je me sentirai mieux.

— Je ne crois pas qu'ils te permettent de faire ça, à moins que le Dr Deakin dise que tu n'es pas en état de reprendre maintenant.

— Il ferait ça, tu crois ? » dis-je, même si une partie de moi me presse d'arrêter, de me rappeler les coups de fil, de me rappeler Jane, de me rappeler que je ne suis pas en sûreté à la maison. Mais je ne peux retenir ces pensées assez longtemps pour me concentrer dessus.

« Peut-être que oui. Voyons comment tu vas aller avec les pilules. Il reste deux semaines avant la rentrée scolaire. En les prenant régulièrement, tu vas probablement te sentir beaucoup mieux. »

Vendredi 28 août

La porte d'entrée se referme sur Matthew. De la chambre, je l'entends faire démarrer sa voiture, passer le portail et disparaître au bout de la rue. Le silence s'installe dans la maison. Je me mets péniblement en position assise, tends la main vers les deux petites pilules couleur pêche posées sur mon plateau de petit-déjeuner et les mets dans ma bouche, puis je les fais descendre avec du jus d'orange. Dédaignant les deux tranches de pain bis toasté coupées en deux et artistiquement disposées plutôt que simplement empilées, ainsi que le petit bol de yaourt grec aux céréales, je me renfonce dans l'oreiller et ferme les yeux.

Matthew avait raison. Maintenant que je prends ces pilules régulièrement, je me sens beaucoup mieux. Ma vie s'est singulièrement améliorée depuis… une semaine ? Deux semaines ? Je rouvre les yeux, louche sur le réveil, en cherchant la date. Vendredi 28 août, c'est-à-dire treize jours. Je n'ai pas une très bonne mémoire, mais le 15 août est gravé dans mon esprit comme le jour où je me suis effondrée. C'était aussi le jour de l'anniversaire de maman. Je ne m'en suis souvenue qu'après le départ du Dr Deakin ce soir-là et, en réalisant que je n'avais pas été déposer de fleurs sur sa tombe, j'avais replongé dans l'égarement et reproché à Matthew de ne pas me l'avoir rappelé. Ce qui était totalement injuste puisque je ne lui avais jamais dit quand était l'anniversaire de ma mère, chose qu'il s'était bien gardé de souligner; il m'avait seulement dit que je pouvais toujours y aller le lendemain matin.

Je n'y suis toujours pas allée, parce que ça m'est physiquement impossible. Je prends deux pilules avant d'aller me coucher pour dormir toute la nuit et chaque matin avant d'aller travailler, Matthew – qui prend à cœur l'avertissement du Dr Deakin sur le repos dont j'ai besoin – m'en apporte deux autres sur mon plateau de petit-déjeuner. Ce qui veut dire que l'angoisse que je ressens toujours quand il part travailler s'est estompée au moment où j'ai pris ma douche et que je suis habillée. L'inconvénient, c'est qu'en milieu de matinée je me sens tellement molle que j'ai du mal à mettre un pied devant l'autre. Je passe la plus grande partie de mes journées à errer entre sommeil et veille, vautrée sur le sofa, la télévision allumée sur la chaîne de téléachat parce que je n'ai même pas assez d'énergie pour changer de chaîne. Parfois, en fond sonore, j'entends vaguement le téléphone qui sonne mais il parvient à peine à ma conscience et, comme je ne réponds jamais, les appels se font moins fréquents. Il appelle toujours, juste pour me faire savoir qu'il ne m'a pas oubliée, mais j'aime imaginer sa frustration à l'idée qu'il ne puisse plus me contacter.

Ma vie est simple. Les pilules, pour efficaces qu'elles soient, me permettent de fonctionner à un niveau ou à un autre parce que le linge se lave, le lave-vaisselle se charge et le ménage se fait dans la maison. Je ne me souviens jamais vraiment l'avoir fait, ce qui devrait m'inquiéter plus que ça, parce que ça signifie que ces pilules ravagent ma mémoire déjà défaillante. Si j'étais raisonnable, je diminuerais la dose de moitié. Mais si j'étais raisonnable je n'aurais pas eu besoin de ces pilules, pour commencer. Peut-être que si je mangeais plus, elles ne m'assommeraient pas autant, mais on dirait que j'ai perdu l'appétit en même temps que la tête. Le petit-déjeuner que m'apporte Matthew finit au fond de la poubelle et je saute toujours le déjeuner parce que je suis trop hébétée pour manger. Et donc mon seul repas de la journée est celui du soir que je prends avec Matthew.

Il ignore tout de la manière dont je passe mes journées. Parce que l'effet des pilules s'efface environ une heure avant son retour à la maison, j'ai le temps de m'éclaircir les idées, de me passer une brosse dans les cheveux, de me maquiller un peu et de préparer quelque chose pour le dîner. Et quand il me pose des questions, j'invente du travail que j'aurais fait ou des placards que j'aurais rangés.

Je voudrais me couper totalement du monde extérieur. J'ai reçu beaucoup de SMS – de Rachel, Mary ou Hannah, qui m'invitent boire un café, de John qui veut me parler du programme des cours. Je n'ai encore répondu à aucun parce que je n'ai envie de voir personne, et encore moins de discuter du programme des cours. La pression que je ressens déjà augmente encore d'un cran et je décide tout à coup que la meilleure solution serait d'égarer mon téléphone portable. Si je le perds, je n'aurais à rappeler personne. Et comme il y a très peu de réseau dans la maison, ce n'est pas comme s'il m'était d'un grand secours, de toute façon. Je vais chercher mon portable. Il y a deux messages vocaux et trois SMS de plus, mais je l'éteins sans en consulter aucun. Je redescends au salon et je cherche un endroit où le cacher. Je soulève une des orchidées de son pot, place mon téléphone au fond et repose la plante par-dessus.

Au cas où les pilules me feraient oublier que je suis atteinte de démence, il y a toujours quelque chose qui me rappelle que mon cerveau se désintègre lentement. Je ne sais plus comment faire fonctionner le micro-ondes – j'ai voulu me faire une tasse de chocolat chaud l'autre jour mais j'ai dû me servir d'une casserole parce que les différents boutons n'avaient plus aucun sens pour moi. Et des choses que je me rappelle avoir vues sur la chaîne de téléachat mais que je ne me souviens pas avoir commandées continuent à arriver par la poste.

Hier, on a livré un nouveau colis. Matthew l'a trouvé sur le seuil en rentrant du travail.

« C'était devant la porte, a-t-il dit calmement alors que c'était le second en trois jours. Tu as commandé quelque chose d'autre ? »

Je me suis détournée, pour qu'il ne lise pas le trouble dans mon regard, tandis que je regrettais de ne pas avoir commandé quelque chose qui entre dans la boîte aux lettres pour pouvoir le dissimuler avant son retour. Si peu de temps après le coupe-légumes à spirale arrivé mardi, c'était humiliant.

« Ouvre voir, ai-je répondu pour gagner du temps.

— Pourquoi, c'est pour moi ? » Il a secoué la boîte. « On dirait une sorte d'outil. »

Je l'ai regardé défaire le paquet tandis que mon cerveau cherchait désespérément à se rappeler ce que j'avais commandé.

— Un coupe-patates ? » Il m'a jeté un regard interrogateur.

« Il avait l'air rigolo. » Je hausse les épaules, en me rappelant comment ça transformait une pomme de terre en frite en quelques secondes.

« Ne me dis pas qu'il va avec le spiralisateur-truc de légumes qui est arrivé mardi. Mais d'où tu peux bien sortir ces trucs-là ? »

Je lui ai dit que je les avais vus dans une publicité des suppléments qui accompagnent les journaux du dimanche, parce que ça me paraissait moins idiot que d'admettre que je les trouvais sur une chaîne de téléachat. À l'avenir, pour éviter toute tentation, il faudra que je laisse mon sac dans la chambre. J'ai pris l'habitude de descendre avec le matin, au cas où j'aie besoin de fuir rapidement, ce qui me permet d'avoir ma carte bancaire sous la main. Mais même si mon correspondant silencieux se montrait vraiment, je serais incapable d'aller bien loin. À cause des pilules, il est hors de question que je conduise ; je ne dépasserais pas le jardin, ce qui ne me servirait pas à grand-chose.

Parfois, je pense qu'il est là. Je me réveille en sursaut, le cœur battant furieusement, persuadée qu'il m'épie par la fenêtre. Comme mon instinct me dit de fuir, je me lève à demi de mon fauteuil, puis m'y renfonce, sans plus m'en inquiéter, en me disant que s'il est là, au moins, c'en sera fini. Je suis assez lucide pour savoir que si les pilules me sauvent, elles signent aussi mon arrêt de mort, d'une manière ou d'une autre. Ou, à tout le moins, l'arrêt de mort de mon mariage : combien de temps puis-je espérer que Matthew supporte mon comportement de plus en plus étrange ?

Consciente que les pilules que je viens d'avaler me rendent déjà les idées confuses, je prends une douche rapide et enfile ce qui est devenu mon uniforme, un jean et un T-shirt flottants, parce que j'ai découvert qu'ils avaient encore l'air présentables après une journée passée sur le sofa. Un jour, j'ai mis une robe et elle était tellement froissée à la fin de la journée que j'avais passée à somnoler que Matthew en a plaisanté, en disant que j'avais dû passer la journée à ramper sous les buissons du jardin.

Laissant mon sac là où il est, je descends le plateau, j'émiette le toast et l'emporte dans le jardin, pour les oiseaux. J'aimerais m'asseoir un moment et profiter du soleil, mais je ne me sens en sûreté que dans la maison, les portes verrouillées. Je ne suis pas sortie depuis que j'ai commencé à prendre régulièrement mes pilules. J'ai compté sur ce qu'il y avait dans le congélateur pour les repas du soir, et je me suis résignée à utiliser les briques de lait longue conservation que nous gardions en cas d'urgence. Matthew a remarqué hier soir que le frigidaire était presque vide, et j'espère qu'il va proposer d'aller faire des courses demain.

J'ai les membres lourds en rentrant dans la maison. En fouillant dans le congélateur, je trouve quelques saucisses, puis je fouille mon cerveau à la recherche de ce que je pourrais faire pour les transformer en repas du soir. Je sais qu'il reste un ou deux oignons qui traînent quelque part et il doit bien y avoir une boîte de tomates dans le placard. Le problème du dîner réglé, je me rends soulagée au salon et m'enfonce dans le sofa.

Les présentateurs du téléachat sont de vieux amis à présent. Aujourd'hui, ils me proposent des montres avec des incrustations de petits cristaux, et je suis contente d'être trop fatiguée pour aller chercher mon sac dans la chambre. Le téléphone de la maison se met à sonner. Je ferme les yeux et laisse le sommeil me gagner. J'aime la sensation de m'enfoncer lentement vers le néant et, quand les pilules cessent d'agir quelques heures plus tard, celle de la réalité qui me tire à elle gentiment, par petits à-coups.

Aujourd'hui, tandis que j'erre dans ce no man's land entre sommeil et veille, je prends conscience d'une présence, de quelqu'un près de moi. C'est comme s'il était dans la pièce, penché sur moi, et non de l'autre côté de la fenêtre. Je reste étendue sans bouger, mes sens s'aiguisant à chaque seconde qui passe, le souffle de plus en plus court, le corps de plus en plus tendu. Et quand l'attente devient insupportable, j'ouvre les yeux d'un coup, m'attendant à le voir au-dessus de moi un couteau à la main. Mon cœur bat si fort que je l'entends cogner dans ma poitrine. Mais il n'y a personne, et personne non plus quand je me tourne vers la fenêtre.

Quand Matthew rentre, une heure plus tard, les saucisses en cassolette sont au four, la table est mise et pour compenser l'absence de garniture avec les saucisses, j'ai ouvert une bouteille de vin.

« Ça a l'air bon, dit-il, mais j'ai d'abord envie d'une bière. Tu veux quelque chose ? » Il va au réfrigérateur, ouvre la porte. Même moi, j'ai un mouvement de recul en le voyant vide. « Ah. Tu n'as pas été faire de courses aujourd'hui ?

— J'ai pensé qu'on pourrait peut-être y aller demain, réponds-je.

— Tu as dit que tu ferais les courses en rentrant de ta réunion, dit-il en prenant une bière et en refermant le frigo. Comment ça s'est passé, au fait ? »

Je jette un bref coup d'œil au calendrier mural et vois les mots JOURNÉE D'INTÉGRATION écrits à la date d'aujourd'hui. L'accablement me saisit d'un coup. « J'ai décidé de ne pas y aller. Ça n'aurait pas servi à grand-chose puisque je ne retourne pas travailler. »

Il me regarde, ébahi. « Quand as-tu décidé ça ?

— On en a discuté, tu te souviens ? J'ai dit que je ne me sentais pas capable d'y retourner et tu as dit qu'on pouvait en parler au Dr Deakin.

— On a aussi dit qu'on attendrait de voir comment tu te sentais après deux semaines de traitement. Mais si c'est ce que tu souhaites… » Il prend un ouvre-bouteilles dans le tiroir et décapsule sa bière. « Est-ce que Mary pense pouvoir trouver quelqu'un pour te remplacer dans un délai aussi court ? »

Je me détourne pour qu'il ne voie pas mon visage. « Je ne sais pas. »

Matthew boit une gorgée, directement au goulot. « Mais qu'est-ce qu'elle a dit quand tu lui as annoncé que tu ne retournais pas travailler ? »

Je marmonne : « Je ne sais pas.

— Mais elle a bien dit quelque chose, insiste-t-il.

— Je ne le lui ai pas encore dit. Je ne me suis vraiment décidée qu'aujourd'hui.

— Mais elle a bien dû vouloir savoir pourquoi tu n'allais pas à la réunion. »

La sonnette d'entrée qui retentit m'épargne d'avoir à répondre. Laissant Matthew aller ouvrir, je m'assieds à la table, la tête dans les mains, en me demandant comment j'ai bien pu oublier la journée d'intégration. Ce n'est qu'en entendant Matthew à la porte qui s'excuse platement que je comprends que c'est Mary qui a sonné et, horrifiée, je prie pour qu'il ne la laisse pas entrer.

« C'était Mary. » Je lève la tête et le vois debout devant moi. Il attend que je réagisse, que je dise quelque chose, mais j'en suis incapable, je ne sais même plus comment faire. « Elle est partie », ajoute-t-il. Pour la première fois depuis notre mariage, il a l'air en colère. « Tu ne lui as rien dit du tout, hein ? Pourquoi n'as-tu pas répondu à ses messages ?

— Je ne les ai pas eus, j'ai perdu mon portable, réponds-je d'un ton inquiet. Je ne le trouve nulle part.

— La dernière fois que tu l'as vu, c'était quand ?

— Je crois que c'est le soir où on est sortis dîner. Je ne m'en sers pas beaucoup ces temps-ci, donc je ne m'en suis aperçue que maintenant.

— Il est sûrement quelque part dans la maison. »

Je fais non de la tête. « J'ai regardé partout, et même dans la voiture. J'ai essayé d'appeler le restaurant mais ils ne l'ont pas non plus.

— Bon et ton ordinateur, tu l'as perdu aussi ? Et pourquoi tu ne réponds pas au téléphone fixe ? Apparemment, tous ceux de l'école ont essayé de t'appeler : Mary, Connie, John. Au début, ils ont cru qu'on était partis en vacances à la dernière minute, mais comme tu n'es pas allée à la réunion aujourd'hui, Mary s'est dit qu'elle ferait mieux de venir vérifier que tout allait bien. »

Je marmonne à nouveau : « Ce sont les pilules. Elles me mettent K.-O.

— Alors on devrait demander au Dr Deakin de réduire la dose. »

Je secoue la tête. « Non. Je ne veux pas.

— Si tu es capable de commander des objets sur un magazine, tu dois être capable de répondre à tes collègues, et surtout à ta directrice. Mary a été très compréhensive, mais elle doit être en colère.

— Arrête de me crier dessus !

— Te crier dessus ? Je viens de te sauver la mise, Cass ! »

Sachant qu'il a raison, je me radoucis. « Qu'a dit Mary ? »

Matthew reprend sa bière sur le comptoir, où il l'avait laissée pour aller répondre. « Elle ne pouvait pas dire grand-chose. Je lui ai dit que tu avais eu quelques ennuis de santé durant l'été, que tu suivais un traitement, et elle n'a pas paru trop surprise. Apparemment, elle s'inquiétait déjà pour toi au semestre précédent.

— Oh ! dis-je, découragée.

— Elle n'a rien dit sur le moment parce qu'elle pensait que c'était simplement la fatigue qui te faisait oublier des choses et que tu serais à nouveau en forme après les vacances d'été. »

Je laisse échapper un rire creux. « Alors elle est sûrement soulagée que je ne revienne pas, dis-je, mortifiée à l'idée que Mary ait remarqué mes trous de mémoire.

— Au contraire, elle a dit que tu allais leur manquer, et veut que tu lui dises dès que tu te sentiras capable d'y retourner.

— C'est gentil de sa part, dis-je, coupable.

— Tout le monde te soutient, Cass. On veut tous que tu ailles mieux. »

Mes yeux se brouillent de larmes. « Je sais.

— Il va falloir que le Dr Deakin te fasse un certificat médical.

— Tu le lui demanderais pour moi ? »

Je sens ses yeux posés sur moi. « D'accord.

— Et est-ce que tu peux m'emmener au supermarché ? Je ne veux pas conduire pendant mon traitement et on a besoin de faire les courses.

— Ces pilules t'affectent tant que ça ? »

J'hésite parce que si je lui dis que oui, il va demander au Dr Deakin de réduire la dose.

« Je préfère ne pas prendre le risque de conduire, c'est tout.
— Tu n'as pas tort. On ira demain.
— Ça ne t'embête pas ?
— Bien sûr que non, ça ne m'embête pas. Demande-moi tout ce que tu veux, si ça peut te faciliter la vie, je le ferai.
— Je sais, dis-je avec reconnaissance. Je sais. »

Mardi 1er septembre

J'ai hâte que Matthew m'apporte mon plateau de petit-déjeuner pour pouvoir reprendre mes pilules. J'ai oublié qu'hier était un jour férié donc je n'ai pas pris de pilules depuis trois jours. Je n'en prends jamais le week-end pour que Matthew ne se rende pas compte à quel point elles me font de l'effet, je les cache dans mon tiroir. Et puis quand il est là, je n'en ai pas vraiment besoin pour supporter la journée. Il me les faut la nuit, en revanche, sinon je reste éveillée à penser à Jane, à son assassinat, à son meurtrier qui n'a toujours pas été pris. Et qui continue de m'appeler.

Je me suis surprise deux fois ce week-end à lorgner mes pilules, me demandant si je pouvais peut-être en prendre une, juste pour me détendre. La première fois, ç'a été le samedi matin en revenant avec la voiture pleine de provisions. Nous avions pris un café dehors et le retour dans le monde réel m'avait fait du bien, ne serait-ce qu'un instant. À la maison, je rangeais les courses en m'émerveillant de ce qu'un frigidaire rempli de provisions suffise à me donner l'impression de reprendre le contrôle de ma vie quand Matthew avait pris une bière.

« Je peux bien commencer maintenant puisque je vais en boire d'autres », avait-il dit gaiement.

— Qu'est-ce que tu veux dire ? » avais-je demandé, songeuse. Est-ce qu'il avait besoin de se soûler simplement pour supporter mes exigences toujours plus nombreuses à son égard ?

« Hé bien, si Andy fait un de ses curries ce soir, on va sûrement boire de la bière avec. »

J'avais mis très longtemps à ranger les fromages que nous avions achetés dans le frigidaire, jouant la montre. « Tu es sûr que c'est ce soir qu'on va chez Hannah et Andy ?

— Le samedi du week-end prolongé, c'est toi qui me l'as dit. Tu veux que je les appelle pour vérifier ? »

La chose ne m'avait rien évoqué du tout mais je ne voulais pas que Matthew pense que j'avais oublié. « Non, non, ça va. » Il avait bu une gorgée de bière et sorti son portable de sa poche. « Je vais quand même vérifier. Ça ne peut pas faire de mal. »

Il avait appelé Hannah, qui avait confirmé qu'ils nous attendaient bien.

« Apparemment, c'est toi qui apportes le dessert, avait dit Matthew après avoir raccroché.

— Ah, oui, avais-je répondu, luttant contre la panique, en espérant avoir assez d'ingrédients pour pouvoir faire au moins un gâteau quelconque.

— Je peux aller acheter quelque chose chez Bertrand's, si ça te dit.

— Une de leurs tartes aux fraises, peut-être, si ça ne te dérange pas ? avais-je répondu avec reconnaissance.

— Non, bien sûr que non. »

Même si j'avais évité une autre situation embarrassante, mon moral était descendu au plus bas. J'avais jeté un coup d'œil au calendrier mural et vu quelque chose écrit à la case du samedi. J'avais attendu que Matthew quitte la pièce pour aller voir ce que c'était. Ça disait : HANNAH ET ANDY, 19H. J'avais essayé de ne pas me démoraliser, mais sans trop de succès.

Et puis, durant le dîner, Hannah avait demandé si j'avais hâte de retrouver l'école. Je n'avais pas réfléchi à ce que j'allais pouvoir annoncer aux gens, et il y avait eu un silence gêné jusqu'à ce que Matthew intervienne.

« Cass a décidé de prendre un congé », avait-il expliqué.

Hannah avait été trop polie pour en demander la raison mais, pendant le café, je l'avais vue discuter gravement avec Matthew pendant qu'Andy m'occupait avec les photos des vacances qu'ils venaient de prendre.

« De quoi parlais-tu avec Hannah ? avais-je demandé à Matthew dans la voiture en rentrant.

— C'est normal qu'elle s'inquiète pour toi. C'est ton amie. »

J'ai été contente d'aller me coucher dès notre retour, et d'avoir une raison officielle de prendre mes pilules.

J'entends les pas de Matthew dans l'escalier et je ferme les yeux, feignant de dormir. S'il sait que je suis réveillée, il va vouloir discuter, mais tout ce que je veux, ce sont mes pilules. Il pose le plateau et m'embrasse doucement le front. Je fais mine de bouger un peu.

« Rendors-toi, dit-il gentiment. On se verra ce soir. »

J'ai les pilules dans la bouche avant même qu'il atteigne le pied de l'escalier. Puis, épuisée par l'effort que j'ai dû faire ces trois derniers jours, je décide de rester au lit au lieu de m'habiller et de descendre au salon, comme je le fais d'habitude.

L'instant d'après, une sonnerie persistante me tire d'un sommeil profond. Au début, je pense que c'est le téléphone, mais elle continue bien après le moment où le répondeur aurait dû s'enclencher, et je comprends que c'est quelqu'un qui presse sans relâche le bouton de la sonnette de l'entrée.

Je reste allongée, imperturbable malgré le fait qu'il y ait quelqu'un à la porte. Je suis trop droguée pour m'en soucier, premièrement, et en outre, il y a peu de chances que le meurtrier sonne à la porte avant de venir m'assassiner ; ce doit donc être le facteur qui livre d'autres paquets que je ne me rappelle pas avoir commandés. Ce n'est qu'en l'entendant crier par la fente de la boîte aux lettres que je réalise que c'est Rachel.

Après avoir enfilé un peignoir, je descends ouvrir.

« Ah, enfin, dit Rachel, l'air soulagé.

— Qu'est-ce que tu fais là ? marmonné-je, consciente d'avoir du mal à articuler.

— On avait rendez-vous aujourd'hui pour déjeuner au Sour Grapes. »

Je la regarde, désemparée. « Quelle heure est-il ?

— Attends deux secondes. » Elle sort son téléphone. « Treize heures vingt.

— Je me suis rendormie, dis-je, parce que ça me semble plus poli que de dire que j'ai oublié.

— Comme à une heure moins le quart tu n'étais toujours pas là, j'ai essayé de te joindre sur ton portable. Comme tu ne répondais pas, j'ai essayé d'appeler ici et comme tu ne décrochais pas non plus, je me suis demandé si tu avais eu une panne ou un accident, explique-t-elle. Parce que je savais que tu me préviendrais si tu devais être en retard.

Donc j'ai préféré venir ici et vérifier que tu allais bien. Tu ne peux pas savoir combien j'ai été soulagée en voyant ta voiture dans l'allée !

— Je suis désolée de t'avoir fait venir jusqu'ici, réponds-je, coupable.

— Je peux entrer ? » Sans attendre la réponse, Rachel s'avance dans l'entrée. « Ça t'embête si je fais un sandwich ? »

Je la suis dans la cuisine et m'assieds à la table. « Sers-toi.

— C'est pour toi, pas pour moi. On dirait que tu n'as pas mangé depuis plusieurs jours. » Elle prend du pain dans le placard, ouvre le réfrigérateur. « Qu'est-ce qui se passe, Cass ? Je pars trois semaines à Sienne et quand je rentre, tu ressembles à quelqu'un d'autre.

— Ça a été un peu dur. »

Rachel pose un pot de mayonnaise, une tomate et du fromage sur la table, et trouve une assiette. « Tu as été malade ? » demande-t-elle. Elle est si belle avec son magnifique bronzage et sa robe droite blanche que je me sens gênée en pyjama. Je resserre mon peignoir sur moi.

« Mentalement, seulement.

— Ne dis pas ça. En tout cas tu n'as pas l'air bien du tout et ta voix est bizarre.

— Ce sont les médicaments », dis-je en posant la tête sur la table. Le bois est frais contre ma joue.

« Quels médicaments ?

— Ceux que le Dr Deakin m'a prescrits. »

Rachel plisse le front. « Pourquoi prends-tu des médicaments ?

— Pour m'aider à tenir le coup.

— Pourquoi, il s'est passé quelque chose ? »

Je décolle la tête de la table. « Seulement le meurtre. »

Rachel me fixe sans comprendre. « Tu veux dire le meurtre de Jane ?

— Pourquoi, il y en a eu un autre ?

— Mais Cass, c'était il y a des semaines ! »

Rachel a l'air un peu de guingois ; je cligne rapidement des yeux, mais elle est toujours de guingois, donc ça doit être moi. « Oui, je sais, et son assassin court toujours », dis-je, pointant le doigt en l'air.

Elle fronce les sourcils. « Tu ne continues pas à croire qu'il est à tes trousses, si ?

— Hmmm, dis-je en hochant la tête.

— Mais pourquoi ? »

Je m'affale à nouveau sur la table. « Je continue à recevoir des coups de fil.

— Tu m'as dit que c'était fini ?

— Je sais. Mais ça ne m'embête plus maintenant, grâce aux pilules. Je ne réponds plus au téléphone. »

Du coin de l'œil, je la vois étaler la mayonnaise sur le pain, couper la tomate et le fromage. « Et comment sais-tu que c'est lui qui appelle ?

— Je le sais, c'est tout. »

Elle hoche négativement la tête, abattue. « Tu sais que ton angoisse n'a aucun fondement, quand même ? Tu m'inquiètes, Cass. Et ton travail ? Ça n'est pas demain, la rentrée ?

— Je n'y retourne pas. »

Rachel s'arrête de découper le fromage. « Avant combien de temps ?

— Je ne sais pas.

— C'est si grave que ça ?

— Pire. »

Rachel termine le sandwich et pousse l'assiette devant moi. « Mange ça, on discutera après.

— Il vaudrait mieux attendre dix-huit heures.

— Pourquoi ?

— Parce que l'effet des pilules aura cessé et que je serai peut-être moins incohérente. »

Rachel me fixe, incrédule. « Tu es en train de me dire que tu passes toute la journée dans cet état ? Mais qu'est-ce que tu prends, bon sang ? Des antidépresseurs ? »

Je hausse les épaules. « Je dirais plutôt des suppresseurs d'imagination.

— Et qu'est-ce qu'en pense Matthew ?

— Ça ne lui plaisait pas trop au début mais il s'est fait à l'idée. »

Rachel s'assoit à côté de moi, s'empare de l'assiette et me tend le sandwich, parce que je n'ai fait aucun geste pour le prendre. « Mange ! » ordonne-t-elle.

Après en avoir mangé les deux moitiés, je lui raconte tout ce qui s'est passé ces dernières semaines, le couteau que j'ai vu dans la cuisine, le jardin où j'ai cru qu'il y avait quelqu'un, la fois où je me suis barricadée dans le salon, celle où j'ai égaré ma voiture, celle où j'ai commandé un landau, les choses que je commande sur la chaîne de téléachat et, arrivée à la fin, je vois bien qu'elle ne sait pas quoi dire parce qu'elle ne peut plus continuer à prétendre que je souffre de burnout.

« Je suis vraiment désolée, dit-elle, bouleversée. Comment Matthew voit-il tout ça ? J'espère qu'il te soutient.

— Oui, beaucoup. Mais il me soutiendrait peut-être moins s'il savait combien ça va être dur pour lui plus tard si je suis vraiment atteinte de démence, comme maman.

— Tu n'es pas atteinte de démence. » Sa voix est ferme, autoritaire même.

« J'espère que tu as raison », dis-je, regrettant de ne pas avoir la même certitude.

Rachel part peu après, en promettant de revenir me voir après un nouveau déplacement professionnel à New York.

« Tu as vraiment de la chance, dis-je sur le seuil de la maison. J'aimerais pouvoir partir.

— Pourquoi ne viens-tu pas avec moi ? dit-elle de manière impulsive.

— Je ne crois pas que je serais une bonne compagne de voyage.

— Mais ça te ferait énormément de bien ! Tu pourrais te détendre à l'hôtel pendant que je suis à la conférence et on se retrouverait le soir pour dîner. » Elle me prend la main, les yeux brillants d'excitation. « S'il te plaît, dis oui, Cass, ça va être tellement amusant ! Et je prends quelques jours de congés juste après pour qu'on puisse les passer ensemble. »

Un minuscule instant, son excitation me gagne, j'ai l'impression que je pourrais vraiment le faire. Puis la réalité revient m'écraser et je sais que je n'y arriverai jamais.

« Je ne peux pas », dis-je doucement.

Elle me regarde avec détermination. « Tu sais très bien que ces mots-là n'existent pas.

— Je suis désolée, Rachel, je ne peux vraiment pas. Une autre fois, peut-être. »

En refermant la porte derrière elle, je me sens encore plus misérable que d'habitude. Il n'y a pas si longtemps, j'aurais sauté sur l'occasion de passer une semaine à New York avec Rachel. Maintenant, la seule idée de prendre un avion ou même de quitter la maison me dépasse totalement.

Avide de replonger dans le néant, je vais à la cuisine prendre une autre pilule. Elle m'assomme si vite que je ne me réveille qu'en entendant Matthew m'appeler dans la maison.

« Désolée, dis-je en marmonnant, mortifiée qu'il m'ait trouvée sur le sofa, à demi-comateuse. J'ai dû m'endormir.

— Ça ne fait rien. Je commence à préparer le dîner pendant que tu vas te doucher pour te réveiller ?

— Bonne idée. »

Je me remets péniblement debout, je monte à l'étage prendre une douche froide, j'enfile des vêtements et redescends dans la cuisine.

« Tu sens bon, dit Matthew en levant les yeux tandis qu'il est en train de vider le lave-vaisselle.

— Désolée, je n'ai pas trouvé le temps de le vider.

— Ce n'est rien. Mais tu as mis en route le lave-linge ? J'ai besoin de ma chemise blanche demain. »

Je fais rapidement demi-tour. « J'y vais maintenant.

— On a passé une journée à paresser ? plaisante-t-il.

— Oui, un peu », admets-je.

Je traverse l'arrière-cuisine, sépare les chemises du reste du linge sale et les charge dans le lave-linge. Mais au moment de l'allumer, mes doigts effleurent en hésitant la rangée de boutons, et je tente de me rappeler lesquels je dois enfoncer. C'est effrayant, mais je ne m'en souviens plus.

« Tu pourrais aussi y ajouter celle-là. » Surprise, je fais volte-face et je vois Matthew torse nu, sa chemise à la main. « Désolé. Je t'ai fait peur ?

— Non, pas vraiment, réponds-je, troublée.

— Tu avais l'air complètement ailleurs.

— Non, ça va. »

Je lui prends sa chemise et l'ajoute dans la machine. Je ferme le hublot et je reste là, l'esprit vide.

« Est-ce que ça va ?

— Non, dis-je d'une voix blanche.

— C'est parce que j'ai dit que tu avais paressé aujourd'hui ? dit-il d'un air contrit. Je plaisantais seulement.

— Non, ce n'est pas ça.

— Alors, quoi ? »

Mon visage me brûle. « Je ne sais plus comment on met la machine en marche. »

Le silence ne dure que quelques secondes, mais il semble s'étirer bien plus. « Tout va bien, je m'en occupe, dit Matthew vivement, en tendant le bras vers moi. Ça n'a rien de grave.

— Mais si, c'est grave ! » Je suis outrée. « Si je ne sais plus comment faire tourner un lave-linge, c'est que mon cerveau ne fonctionne pas comme il faut !

— Hé, dit-il gentiment. Ça va. »

Il essaye de me prendre dans ses bras mais je me dégage et me mets à crier. « Non ! J'en ai marre de faire semblant que tout va bien alors que c'est faux ! »

En le repoussant, je repasse dans la cuisine et je sors dans le jardin. L'air frais me calme mais la détérioration de plus en plus rapide de ma mémoire me terrifie.

Matthew me laisse seule un moment, puis me rejoint dehors.

« Il faut que tu lises la lettre du Dr Deakin, dit-il doucement. »

Je me fige. « Quelle lettre du Dr Deakin ?

— Celle qui est arrivée la semaine dernière.

— Je ne l'ai pas vue. » Mais en disant ces mots, un vague souvenir d'avoir vu une lettre avec le tampon de son cabinet sur l'enveloppe me revient.

« Tu l'as forcément vue, elle était posée avec toutes les autres que tu n'as pas encore ouvertes. »

Je pense à la pile de lettres adressées à mon nom qui se sont accumulées ces dernières semaines parce que je n'ai pas eu le courage de m'en occuper.

« Je les trierai demain, dis-je, épouvantée tout à coup.

— C'est ce que tu m'as déjà dit il y a deux jours quand je t'ai posé la question. Le truc, c'est que... » Il s'arrête, l'air gêné.

« Quoi ?

— J'ai ouvert celle du cabinet médical. »

Je reste bouché bée. « Tu as ouvert mon courrier ?

— Seulement la lettre du cabinet médical, répond Matthew vivement. Et seulement parce que tu n'avais pas l'air de vouloir t'en occuper. J'ai cru que ça pouvait être important, que peut-être le Dr Deakin voulait te voir, ou modifier ton traitement, ou quelque chose comme ça.

— Tu n'en avais pas le droit, dis-je en le fusillant du regard. Où est-elle ?

— Là où tu l'as laissée. » Dissimulant ma peur derrière la colère, je me rends d'un pas martial dans la cuisine et détaille la pile de lettres jusqu'à trouver celle du Dr Deakin. Mes doigts tremblent en extrayant l'unique feuille de papier de l'enveloppe déjà ouverte et en la dépliant. Les mots dansent devant mes yeux : « *parlé à un spécialiste de vos symptômes... j'aimerais vous soumettre à des tests... démence précoce... prenez rendez-vous dès que possible.* »

La lettre me tombe des mains. Démence précoce. Je fais rouler les mots dans ma bouche, comme pour en éprouver la dimension, voir s'ils me vont. Par la porte ouverte, un oiseau s'en empare et se met à pépier : « *Démence précoce, démence précoce, démence précoce.* »

Matthew m'entoure de ses bras mais la peur me raidit. « Hé bien maintenant tu sais, dis-je la voix chevrotante. Tu es content ?

— Mais bien sûr que non ! Comment peux-tu dire ça ? Je suis seulement triste. Et en colère.

— De m'avoir épousée ?

— Non, jamais de la vie.

— Si tu veux me quitter, tu peux. Ce n'est pas comme si je n'avais pas assez d'argent pour me payer la meilleure maison de santé qui soit. »

Il me secoue gentiment. « Hé, ne dis pas des choses comme ça. Je viens de te le dire, je n'ai pas l'intention de te quitter. Jamais. Et le Dr Deakin veut seulement te faire passer des tests.

— Mais s'il se trouve que je l'ai vraiment ? Je sais ce que ça va être, je sais combien ça va être insupportablement frustrant pour toi.

— Si ça arrive un jour, on y fera face ensemble. On a encore des années devant nous, Cass, qui peuvent être de très belles années, même s'il s'avère que tu es atteinte de démence. De toute façon, il y a des médicaments que tu pourras prendre pour la ralentir. Je t'en prie, ne commence pas à t'inquiéter avant qu'il y ait de quoi. Je sais que c'est dur, mais il faut que tu restes positive. »

La suite de la soirée se déroule tant bien que mal, mais j'ai si peur. Comment pourrais-je demeurer positive alors que je ne me rappelle pas comment fonctionnent le micro-ondes ou le lave-linge ? Je me souviens de maman et de sa bouilloire, et je me remets à pleurer à chaudes larmes. Combien de temps avant que je ne sache même plus me faire une simple tasse de thé ? Combien de temps avant que je sois incapable de m'habiller seule ? Matthew, me voyant si abattue, me dit que les choses pourraient être pires, et quand je lui demande ce qu'il peut m'arriver de pire que de perdre la tête et qu'il ne parvient pas à répondre, je me sens coupable de le mettre en difficulté. Je sais que ce n'est pas bien de me mettre en colère contre lui alors qu'il fait de son mieux pour rester positif. Mais c'est comme faire exécuter le porteur des mauvaises nouvelles : j'ai du mal à lui être reconnaissante alors qu'il vient de m'ôter mon dernier espoir, l'espoir que mes défaillances de mémoire viennent d'autre chose que la démence.

Dimanche 20 septembre

Je suis dans la cuisine, remuant lentement le risotto que j'ai préparé pour le déjeuner, les yeux posés sur Matthew qui désherbe les plates-bandes du jardin. Je ne le regarde pas, j'ai seulement les yeux posés sur lui pendant que mon esprit part en tourbillons, réaction au week-end et à l'absence de médicaments.

Ça fait deux mois que Jane a été assassinée et je n'ai aucune idée d'où ont bien pu filer les dernières semaines. Grâce aux pilules, elles sont passées dans un flou indolore. Avec difficulté, je reviens en arrière, essayant de savoir quand j'ai reçu la lettre du Dr Deakin qui voulait me soumettre à des tests, et j'en conclus que c'était il y a trois semaines. Trois semaines, et je n'ai toujours pas accepté l'idée que je suis peut-être atteinte de démence précoce. Peut-être qu'un jour, j'arriverai à y faire face – mes tests sont programmés pour la fin du mois prochain – mais pour le moment, je ne veux pas y être obligée.

J'ai Jane dans la tête. Son visage flotte dans mon esprit, l'expression aussi floue que le jour où je l'ai croisée dans la forêt, et être à peine capable de me rappeler à quoi elle ressemble m'attriste. Tout ça semble être arrivé il y a si longtemps. Mon correspondant anonyme est toujours là, lui. En semaine, quand je suis seule à la maison, j'ai conscience que le téléphone sonne à intervalles réguliers, toute la journée. Parfois, dans le brouillard de mon cerveau, j'entends Hannah, Connie ou John laisser un message sur le répondeur. Mais quand l'appel cesse avant que le répondeur s'enclenche, je sais que c'est lui.

Je continue à commander des choses sur la chaîne de téléachat, sauf que je suis montée d'un cran et que je commande maintenant des bijoux au lieu de gadgets de cuisine. Vendredi, Matthew est rentré du travail avec dans les mains un nouveau colis déposé par le facteur et mon cœur s'est serré à l'idée de devoir rejouer aux devinettes quant à son contenu.

« Je sens mon plat préféré, a-t-il dit en souriant, avant de venir m'embrasser pendant que j'essayais de savoir ce que j'avais bien pu commander.

— J'ai pensé que ça serait un bon début pour le week-end.

— Super ! » Il a levé le paquet en l'air. « Un autre gadget pour la cuisine ?

— Non, ai-je dit, en espérant ne pas me tromper.

— Qu'est-ce que c'est alors ?

— Un cadeau.

— Pour moi ?

— Non.

— Je peux regarder ?

— Si tu veux. »

Il a pris une paire de ciseaux et a ouvert l'emballage.

« Des couteaux ? a-t-il demandé en sortant deux étuis plats en cuir noir.

— Pourquoi tu n'ouvres pas pour voir ? » ai-je suggéré. Et tout à coup, j'ai su ce que c'était. « Des perles, ai-je dit. Ce sont des perles. »

Il a soulevé le couvercle d'un des étuis. « Très jolies.

— Elles sont pour Rachel, ai-je dit avec assurance.

— Je croyais que tu lui avais déjà acheté des boucles d'oreille ?

— Celles-là sont pour Noël.

— On n'est qu'en septembre, Cass.

— Il n'y a pas de mal à s'y prendre tôt, si ?

— Non, je suppose que non. » En sortant la facture il a sifflé doucement. « Depuis quand dépenses-tu quatre cents livres pour tes amies ?

— Je fais ce qui me plaît avec mon argent », ai-je rétorqué, sur la défensive, me disant que j'avais eu raison de ne pas lui parler du cottage de l'île de Ré que j'avais acheté pour Rachel.

« Mais oui, évidemment. Alors pour qui sont les autres ? »

Je ne peux que penser que j'ai dû oublier que je les avais commandées et que j'en ai commandé une autre paire. « Je me disais que tu pourrais me les offrir pour mon anniversaire. »

Il a froncé les sourcils, moins enclin à jouer à faire semblant qu'auparavant. « Tu n'en as pas déjà quelques-unes ?

— Pas comme celles-là, ai-je dit en priant pour qu'une troisième paire ne surgisse pas.

— D'accord. » Je sentais qu'il me regardait curieusement. Ça lui arrive souvent, ces temps-ci.

***

Le risotto prêt, j'appelle Matthew et nous nous asseyons à table. Au moment où nous finissons de déjeuner, quelqu'un sonne à la porte. Matthew va ouvrir.

« Tu ne m'avais pas dit que Rachel venait », me dit-il en la précédant dans la cuisine. Bien qu'il ait le sourire, je sais qu'il n'est pas des plus heureux de la voir. Moi si, mais je suis également prise au dépourvu, parce que je ne sais pas du tout si j'ai oublié qu'elle devait venir ou si elle est passée comme ça à l'improviste.

« Cass n'était pas prévenue, je me suis simplement dit que je passerais bavarder un peu, dit-elle, volant à mon secours. Mais si je vous dérange, je peux toujours repartir. » Elle me lance un regard interrogateur.

« Non, non, c'est parfait, dis-je vivement, tout en regrettant le mauvais accueil que Matthew lui fait à chaque fois. Nous finissons de déjeuner à l'instant. Tu as déjà mangé ou je te sers quelque chose ?

— Un expresso, ce serait super. »

Bien que Matthew soit debout, il ne fait pas un geste ; je me lève donc pour prendre des tasses dans le buffet.

« Tu en veux un aussi, Matthew ?

— Oui, s'il te plaît. »

Je pose une tasse sous le verseur de la machine à café et prends une capsule dans l'étagère.

« Alors, comment vas-tu ? demande Rachel.

— Bien. Et toi ? Ton voyage s'est bien passé ? » poursuis-je en restant volontairement vague, parce que je ne me rappelle plus où elle est allée.

« Comme d'habitude. Devine ce que j'ai acheté à l'aéroport au retour. »

J'insère la capsule dans son logement mais au lieu de s'y glisser, elle reste coincée.

« Quoi ? demandé-je, en essayant de pousser la capsule.

— Une montre Oméga. »

Je sors la capsule et je réessaie, consciente que Matthew a les yeux fixés sur moi. « Woohoo ! Elle doit être magnifique », dis-je. La capsule refuse toujours de glisser.

« Magnifique, c'est le mot. Je me suis dit que j'allais me faire plaisir. »

J'appuie sur la capsule, essaie de la faire rentrer en force.

« Tu as bien raison, dis-je. Tu le mérites bien.

— Il faut que tu lèves le levier d'abord », dit doucement Matthew.

Le visage brûlant, je fais ce qu'il me dit et la capsule se glisse dans son logement.

« Pourquoi ne me laisses-tu pas faire ? suggère Matthew. Rachel et toi pourriez vous asseoir dans le jardin. Je vous apporterai le café.

— Merci », dis-je, reconnaissante.

Une fois sur la terrasse, Rachel me demande : « Est-ce que tout va bien ? J'aurais peut-être dû te téléphoner avant de passer, mais j'étais à Browbury ce matin et je suis venue sur un coup de tête.

— Ne t'inquiète pas, ce n'est pas ta faute, c'est moi, dis-je. Je n'ai pas réussi à faire marcher la machine à café. D'abord ça a été le micro-ondes, puis le lave-linge. Et maintenant la machine à café. La prochaine fois, je vais oublier comment m'habiller. » Je me tais un moment, pour me préparer à faire ma grande annonce. « Je crois qu'il est possible que je sois atteinte de démence précoce.

— Oui, tu me l'as dit il y a deux semaines.

— Ah, dis-je, découragée.

— Tu n'as pas passé les tests, si ?

— Non, pas encore.

— Et tes médicaments ? Tu les prends encore ?

— Oui. » Je baisse la voix. « Mais je ne les prends jamais le week-end parce que je ne veux pas que Matthew voie à quel point ils me font de l'effet. Je fais semblant de les prendre et je les cache dans mon tiroir. »

Elle fronce les sourcils en entendant cela. « Cass ! S'ils te font tant d'effet, tu ne devrais peut-être pas tous les prendre ! Ou au moins les prendre à plus petite dose.

— Peut-être, mais je n'en ai pas envie. Sans eux, je ne supporterais pas la semaine. Ils me font oublier que je suis seule à la maison, ils me font oublier les coups de téléphone.

— Tu en reçois toujours ?

— De temps en temps. »

Rachel pose la main sur mon bras. « Tu dois avertir la police, Cass. »

Je lève les yeux vers elle. « À quoi bon ? Je ne crois pas qu'ils pourraient y faire quelque chose.

— Tu n'en sais rien. Ils peuvent peut-être retrouver d'où proviennent les appels que tu reçois. Qu'en pense Matthew ?

— Il pense que je ne reçois plus de coups de fil.

— Ah, voilà Matthew avec notre café », dit-elle d'une voix forte, pour me prévenir qu'il arrive. Il pose une tasse devant elle et elle le regarde avec gentillesse. « Merci.

— Appelez-moi si vous en voulez un autre.

— D'accord. »

Rachel repart une heure plus tard, en proposant de venir me prendre le vendredi suivant pour qu'on passe la soirée ensemble. Elle sait que je ne me sens pas capable de conduire et ça m'agace beaucoup de devoir compter sur les gens pour aller quelque part. Le regret que j'ai de ma vie d'avant est comme une douleur physique. Mais ce n'est pas la démence qui m'a privée de mon indépendance, même si ce jour finira peut-être par arriver. Ce sont la culpabilité et la peur qui m'accablent à chaque minute depuis que je suis passée juste à côté de la voiture de Jane, il y a deux mois. Ce sont la culpabilité et la peur qui m'ont handicapée. Si Jane n'avait pas existé, si je ne l'avais pas rencontrée, si elle n'avait pas été assassinée, j'aurais pu supporter l'annonce de la démence précoce qui me frappe, je l'aurais affrontée de face et, en ce moment même, je serais en train d'évaluer les options possibles au lieu de passer mes journées endormie sur le sofa.

Comprendre soudain ce que je suis devenue, et pourquoi je suis devenue ainsi, agit comme un énorme signal d'alarme. Ça m'oblige à sortir de ma léthargie et je prends la ferme résolution de faire quelque chose de concret. Je réfléchis à ce que je peux faire pour réorienter ma vie, ou tout au moins pour la remettre sur les bons rails, et je décide de retourner à Heston. Si quelqu'un peut m'aider à retrouver la paix de l'esprit, c'est forcément Alex, le mari de Jane. Je ne m'attends pas à ce qu'il me soulage de ma culpabilité car je la porterai toujours. Mais il m'avait paru gentil et compatissant, et s'il voit que je suis sincèrement désolée de ne pas m'être arrêtée pour aider Jane cette nuit-là, il trouvera peut-être au fond de son cœur la force de me pardonner. Et peut-être, peut-être seulement, pourrai-je commencer à me pardonner à moi-même. Je serai même peut-être capable d'affronter ma peur, nourrie avec tant de soin par mon correspondant silencieux. Je ne suis pas assez naïve pour croire qu'une expédition à Heston va résoudre tous mes problèmes. Mais c'est au moins un début.

Lundi 21 septembre

J'ajoute les pilules que Matthew m'a apportées ce matin au petit tas qui est déjà dans mon tiroir, parce que si je veux aller à Heston en voiture aujourd'hui, il faut que j'aie les idées claires. Je reste longtemps sous la douche, laissant l'eau couler sur mon corps, et quand je finis par en sortir, je me sens mentalement plus forte que je ne l'ai été depuis longtemps. Je renais presque. C'est peut-être pour ça que, quand le téléphone se met à sonner aux alentours de dix heures, je décide d'y répondre. Pour commencer, je veux vérifier que ces appels ne sont pas un pur produit de mon imagination et ensuite, j'ai un peu de mal à croire qu'il persiste à appeler alors que je ne réponds plus au téléphone depuis Dieu sait quand.

La très brève inspiration que j'entends quand je décroche me dit que je l'ai pris par surprise et, ravie de l'avoir pris à contre-pied, j'affronte le silence qui suit à l'autre bout du fil mieux armée que jamais. Ma respiration, qui tremble normalement de peur, reste calme.

« *Tu m'as manqué.* » Ces mots chuchotés glissent comme de la soie depuis l'autre bout du fil, me frappent comme une force invisible. La peur refait surface, me donne la chair de poule, m'étouffe de son venin. Je repose brutalement le téléphone. *Ça ne veut pas dire qu'il est tout près*, me dis-je, essayant de recouvrer le calme qui était le mien un peu plus tôt. *Ce n'est pas parce qu'il vient de te parler qu'il est en train de t'espionner.* J'inspire plusieurs fois, m'obligeant à me rappeler que s'il ne s'attendait pas à ce que je décroche, c'est la preuve qu'il ne connaît pas le moindre de mes mouvements. Mais c'est dur de ne pas céder totalement à la panique, une fois de plus. Et s'il décidait de me rendre visite, maintenant qu'il sait que je suis de retour au pays des vivants ?

Je me rends dans la cuisine, mon regard vérifiant d'instinct d'abord la fenêtre, puis la porte du jardin. J'essaie la poignée : d'une manière rassurante, elle ne peut pas bouger. Personne ne peut entrer à moins que je ne le décide.

Je m'apprête à me faire un café mais au souvenir des difficultés que j'ai eues hier avec la machine, je préfère me servir un verre de lait, en me demandant pourquoi mon correspondant a décidé de me parler cette fois-ci alors qu'il ne l'a jamais fait auparavant. Peut-être voulait-il me déstabiliser parce que, pour la première fois, il n'a pas pu sentir que j'avais peur. Avoir réussi à changer quelque chose de fondamental entre nous m'emplit de triomphe. Je ne l'ai pas vraiment débusqué mais je l'ai obligé à divulguer un peu de lui-même, même si ça n'a été qu'un murmure.

Je ne veux pas aller trop tôt à Heston, donc je fais un peu de ménage pour ne pas trop penser au fait que je suis seule dans la maison. Mais mon esprit refuse de se calmer. Je me prépare une tasse de thé à la menthe, espérant qu'elle va me détendre, et je m'assieds dans la cuisine pour la boire. Le temps passe lentement, mais avec beaucoup de volonté je parviens à tenir jusqu'à onze heures avant de partir sans oublier d'enclencher l'alarme. En traversant Browbury, je repense à la dernière fois que j'y suis venue, le jour où j'ai croisé John par hasard, et je calcule que ce devait être il y a cinq semaines. En me souvenant combien j'étais terrorisée ce jour-là, parce que j'avais cru que le meurtrier était dans le jardin, je sens une vraie colère me prendre à l'idée que quelqu'un puisse instiller une telle peur en moi. Et où ont bien pu filer ces cinq semaines ? Où l'été s'est-il enfui ?

J'arrive à Heston, je laisse ma voiture dans la même rue et je traverse jusqu'au parc. Il n'y a aucun signe du mari de Jane ni des enfants mais je ne m'attendais pas à ce que ce soit si facile. Je ne veux pas penser à l'éventualité qu'il ne vienne pas du tout au parc, ni à ce que je ferai s'il refuse de m'écouter. Je reste donc assise un moment sur un banc libre, à savourer le soleil de fin septembre sur mon visage.

Vers midi trente, je me dirige vers le pub, en m'arrêtant au passage à la boutique du village pour acheter un journal. Je commande un café au comptoir, et l'emporte dans le jardin. Étonnamment, il y a déjà pas mal de gens qui y sont attablés pour déjeuner et je me sens tout à coup gênée, non seulement parce que je suis seule mais aussi parce que tous les autres semblent se connaître, ou en tout cas être des clients réguliers.

Je trouve une petite table sous un arbre, un peu à l'écart, et j'ouvre le journal. Les gros titres n'ont rien de passionnant et je tourne la page. Un article intitulé POURQUOI PERSONNE N'A-T-IL ENCORE ÉTÉ ARRÊTÉ ? me saute aux yeux. Pas besoin de lire pour savoir que c'est au sujet du meurtre de Jane.

À côté de l'article, il y a la photo d'une jeune femme, une amie de Jane qui semble aussi frustrée que moi par la lenteur de l'enquête de police. « *Quelqu'un sait forcément qui est le meurtrier* », dit le journal en la citant, sentiment repris et remâché à l'envie par le journaliste. L'article se termine sur ces mots: «*Il y a deux mois, une jeune femme a été sauvagement assassinée. Quelqu'un, quelque part, sait forcément quelque chose.*»

Je referme le journal, l'estomac chaviré. Pour autant que je sache, les policiers ont cessé d'appeler la personne ayant vu Jane vivante dans sa voiture cette nuit-là à les recontacter, mais ce dernier article pourrait remuer un peu les choses. Je suis trop tendue pour rester assise, je quitte donc le pub et commence à longer la rue à la recherche du mari de Jane parce que, maintenant plus que jamais, je ne veux pas repartir les mains vides. J'ai oublié son adresse et je ne sais plus s'il habite dans le hameau même ou dans le nouveau lotissement qu'on a construit à la lisière mais, en passant devant une rangée de cottages en pierre, je vois deux tricycles identiques laissés dans un des jardinets sur le devant. Sans me laisser le temps de changer d'avis, je traverse le jardinet et je frappe à la porte.

Je vois qu'il m'observe par la fenêtre et il prend tant de temps à venir à la porte que je crois qu'il ne va jamais m'ouvrir.

Il m'observe du haut du perron.

«La dame au mouchoir, dit-il d'une voix ni amicale, ni hostile.

— Oui, dis-je, toute heureuse qu'il s'en soit souvenu. Je suis désolée de vous déranger, mais pourrais-je vous parler quelques minutes?

— Pas si vous êtes journaliste, non.»

Je nie vivement de la tête. «Je ne suis pas journaliste.

— Si vous êtes médium ou quelque chose de ce genre, je ne suis pas intéressé non plus.»

Je souris légèrement, en souhaitant presque que ce soit la raison de ma venue ici. « Non, rien de tout ça.

— Laissez-moi deviner : vous connaissiez Jane depuis longtemps et vous voulez me dire combien vous êtes peinée de ne plus avoir de contact avec elle. »

Je nie à nouveau de la tête. « Pas exactement.

— Alors pourquoi voulez-vous me parler ?

— Je m'appelle Cass.

— Cass ?

— Oui. Je vous ai écrit il y a quelques semaines. Jane et moi avions déjeuné ensemble juste avant… » Ma phrase se perd, parce que je ne sais que dire d'autre.

« Mais bien sûr ! » Il plisse le front. « Pourquoi ne m'avez-vous pas dit qui vous étiez quand nous nous sommes croisés au parc ?

— Je ne sais pas. Peut-être parce que je ne voulais pas que vous me jugiez indiscrète. Je traversais Heston ce jour-là et je me souviens avoir entendu Jane parler du parc donc j'ai décidé de m'y arrêter. Il ne m'était pas venu à l'idée que je puisse vous y trouver.

— J'ai l'impression d'y passer presque toute ma vie, dit-il en faisant la grimace. Les filles ne s'en lassent jamais. Elles veulent y aller tous les jours, même quand il pleut.

— Comment vont-elles ?

— Elles s'en sortent vraiment bien. » Il ouvre plus grand la porte. « Entrez, les filles dorment et j'ai quelques minutes. »

Je le suis dans son salon, où des jouets jonchent le sol et où Jane me contemple depuis d'innombrables photos de famille. « Voudriez-vous une tasse de thé ?

— Non, merci, réponds-je, nerveuse tout à coup.

— Vous disiez que vous vouliez me parler ?

— Oui. » Mes yeux s'emplissent soudain de larmes et je tâtonne dans mon sac à la recherche d'un mouchoir, en colère contre moi-même.

« Asseyez-vous, je vous en prie. Vous aviez visiblement quelque chose de précis à me dire.

— Oui », redis-je en m'asseyant sur le sofa.

Il tire une chaise et s'assied face à moi. « Prenez votre temps.

— J'ai vu Jane ce soir-là, commencé-je en entortillant le mouchoir sur mes doigts.

— Oui, je sais, à une fête. Je me souviens que Jane m'en avait parlé.

— Non, pas ce soir-là. La nuit où elle a… » Les mots « été assassinée » se coincent dans ma gorge. « La nuit où elle est morte. J'ai pris Blackwater Lane et je suis passée devant la petite aire où était sa voiture. »

Il ne dit rien pendant si longtemps que je crois qu'il est en état de choc.

« Vous en avez parlé aux policiers ? finit-il par dire.

— Oui. Je suis la personne qui les a contactés pour dire qu'elle était vivante au moment où je l'ai vue.

— Et vous avez vu autre chose ?

— Non, seulement Jane. Mais je ne savais pas que c'était elle, il pleuvait trop pour que je puisse la reconnaître, j'ai pu voir que c'était une femme, mais c'est tout. Je n'ai su qu'après que c'était Jane. »

Il expire lourdement, et son souffle flotte dans l'air entre nous. « Vous n'avez vu personne dans la voiture avec elle ?

— Non. Si j'avais vu quelqu'un, je l'aurais dit à la police.

— Donc vous ne vous êtes pas arrêtée ? »

Incapable de soutenir son regard, je baisse la tête. « J'ai cru qu'elle était en panne alors je me suis rangée devant elle. Je me suis dit qu'elle descendrait de voiture mais elle n'a pas bougé – il pleuvait à torrents. Donc j'ai attendu un appel de phares ou un coup de klaxon qui m'indique qu'elle avait besoin d'aide et comme il ne s'est rien passé, j'ai supposé qu'elle avait appelé quelqu'un qui était déjà en route. Je sais que j'aurais dû sortir et courir voir si tout allait bien mais j'avais trop peur, j'ai cru que ça pouvait être une sorte de piège, alors j'ai décidé que le mieux à faire était d'appeler la police ou un service de dépannage tout de suite en rentrant chez moi, parce que je n'habitais qu'à quelques minutes, et de leur demander d'aller vérifier. Mais quand je suis rentrée, il s'est passé quelque chose et j'ai oublié de leur téléphoner. Et puis le lendemain matin, quand j'ai entendu qu'une jeune femme s'était fait tuer, je me suis sentie… – oh, c'est indescriptible… Je n'arrivais pas à croire que j'aie pu oublier de passer ce coup de fil… Je n'arrêtais pas de penser que si j'avais téléphoné, elle serait encore en vie. Je me suis sentie tellement coupable que je n'ai pu en parler à personne, même pas à mon mari, parce que je pensais que si ça se savait, tout le monde me montrerait du doigt en disant que j'étais responsable de sa mort parce que je n'avais rien fait pour l'aider. Et qu'on aurait affreusement raison. Et puis, quand j'ai entendu que c'était Jane, je me suis sentie horriblement mal. » Je ravale mes larmes. « Je ne suis peut-être pas son meurtrier mais je me sens aussi coupable que lui. »

Je me prépare à subir sa colère mais il se contente de hocher négativement la tête.

« Il ne faut pas penser comme ça, dit-il.

— Et vous savez le pire ? reprends-je. Après, je me suis mise à croire que si j'étais descendue de voiture, je me serais peut-être aussi fait tuer. Et je me suis réjouie de ne pas l'avoir fait. Quel genre de personne cela fait-il de moi ?

— Ça ne fait pas de vous quelqu'un de mauvais. C'est humain, simplement.

— Pourquoi êtes-vous si gentil ? Pourquoi n'êtes vous pas en colère contre moi ? »

Il se lève. « C'est ce que vous voulez ? dit-il en baissant les yeux sur moi. C'est pour ça que vous êtes venue ? Vous voulez que je vous dise que vous êtes responsable de la mort de Jane et que vous êtes une horrible personne ? Mais si c'est ça, vous vous êtes trompée de porte. »

Je fais non de la tête. « Ce n'est pas pour ça que je suis venue.

— Alors qu'est-ce que vous voulez ?

— Je ne sais pas combien de temps je pourrai encore vivre avec la culpabilité qui m'habite.

— Vous devez arrêter de vous en vouloir.

— Je n'y arriverai jamais.

— Écoutez Cass, si vous voulez que je vous pardonne, je le fais bien volontiers. Je ne vous reproche pas de ne pas vous être arrêtée ; si les rôles avaient été inversés, je doute que Jane se soit arrêtée pour vous aider. Elle aussi aurait eu trop peur, tout comme vous.

— Mais au moins elle se serait peut-être souvenue d'appeler quelqu'un pour vérifier que je n'avais pas de problèmes. »

Il se saisit d'une photographie des jumelles, tout en sourires et en boucles blondes. « Trop de vies ont été gâchées avec la mort de Jane, dit-il doucement. Ne lui laissez pas gâcher la vôtre.

— Merci, dis-je, les yeux à nouveau pleins de larmes. Merci beaucoup.

— Je suis vraiment désolé que vous ayez à traverser de telles angoisses. Puis-je au moins vous faire une tasse de thé, à présent ?

— Je ne veux pas vous déranger.

— J'allais en faire lorsque vous avez frappé, donc ça ne me dérange pas du tout. »

Le temps qu'il revienne avec le thé, j'ai réussi à me reprendre. Il me pose des questions sur moi, je lui dis donc que je suis enseignante, sans avouer que je ne travaille pas en ce moment. Nous parlons de ses petites filles et il admet que c'est dur pour lui d'être père à plein temps, surtout parce que son travail lui manque, en ajoutant que quand ses collègues lui ont offert de venir déjeuner avec eux la semaine dernière, ç'a été la première fois qu'il a eu envie de revoir du monde depuis la mort de Jane.

« Et comment cela s'est-il passé ?

— Je n'y suis pas allé parce que je n'avais personne pour garder les filles. Leurs grands-parents habitent trop loin pour pouvoir venir sans le prévoir à l'avance, même s'ils viennent parfois le week-end. Mais c'est encore très dur pour les parents de Jane, vous savez, de voir leurs petites-filles. Elles lui ressemblent tellement.

— Vous n'avez personne dans le coin qui puisse vous aider ?

— Non, pas vraiment.

— Je serais ravie de les garder, quand vous voulez », dis-je. Il paraît interloqué. « Je suis désolée, ce que je dis est idiot – vous ne me connaissez pas, donc bien sûr vous n'allez pas me confier vos filles.

— C'est gentil de le proposer, en tout cas. »

Je vide ma tasse, consciente de la gêne qui s'est installée entre nous. « Je ferais mieux d'y aller, dis-je en me levant. Merci d'avoir accepté de me parler.

— Si cela vous a aidée à vous sentir mieux…

— Oui. Vraiment. »

Il me raccompagne à la porte et je sens tout à coup le besoin de lui parler des coups de téléphone que je reçois.

« Vous vouliez me dire autre chose ? demande-t-il.

— Non, c'est tout, dis-je parce que je ne peux pas le déranger plus longtemps.

— Alors au revoir.

— Au revoir. »

Je me dirige lentement vers le portillon, en me demandant si j'ai raté une occasion, parce qu'il n'y a aucune chance que je puisse revenir chez lui sans y être invitée.

« Nous nous verrons peut-être un jour au parc, me dit-il depuis la porte.

— Peut-être, dis-je en réalisant qu'il m'observe. Au revoir. »

Il est près de seize heures quand je reviens à la maison. La journée est trop avancée pour que je prenne une pilule, je décide donc de ne pas entrer et de m'asseoir au jardin jusqu'au retour de Matthew. Je ne vais pas lui dire que je suis sortie aujourd'hui, parce que si je le lui dis, je vais devoir mentir sur l'endroit où je suis allée et si je lui mens, cela pourrait se retourner contre moi au cas où je ne me souvienne plus de ce que je lui ai dit. La chaleur me donne soif et à regret, j'entre dans la maison, sans oublier de désactiver l'alarme en passant, et je vais dans la cuisine. J'ouvre la porte et m'immobilise sur le seuil. J'inspecte la pièce des yeux, et un frisson de malaise me parcourt l'échine. Tout paraît être comme il le devrait mais je sais que non, je sais que depuis mon départ ce matin, quelque chose a changé.

Je retourne lentement dans l'entrée et me tiens aussi immobile que possible, épiant le moindre son. Je n'entends rien, seulement le silence, mais je sais que ça ne veut pas dire qu'il n'y a personne dans la maison. Je décroche le téléphone de son socle et je sors sans bruit par la porte d'entrée en la refermant derrière moi. Je m'écarte de la maison sans franchir le portail, pour être sûre que le téléphone porte toujours et, les doigts tremblants, je compose le numéro de Matthew.

« Je peux te rappeler ? dit-il en décrochant. Je suis en réunion.

— Je crois qu'il y a quelqu'un dans la maison, dis-je avec précaution.

— Attends une minute. »

Je l'entends s'excuser, faire racler sa chaise en se levant et reprendre la communication quelques secondes plus tard.

« Qu'est-ce qui se passe ?

— Quelqu'un est entré dans la maison, dis-je en essayant de masquer mon agitation. Je suis allée me promener et quand je suis rentrée, j'ai su que quelqu'un était entré dans la cuisine.

— Comment ça ?

— Je n'en sais rien, dis-je, agacée de passer à nouveau pour une folle.

— Est-ce que quelque chose manque ? On a été cambriolés ? C'est ce que tu essayes de me dire ?

— Je ne sais pas si on a été cambriolés. Tout ce que je sais, c'est que quelqu'un est entré dans la maison. Est-ce que tu peux rentrer, Matthew ? Je ne sais pas quoi faire.

— Tu as branché l'alarme en partant ?

— Oui.

— Alors comment aurait-on pu entrer sans la déclencher ?

— Je ne sais pas.

— Il y a des traces d'effraction ?

— Je ne sais pas. Je ne suis pas restée assez longtemps à l'intérieur pour le savoir. Écoute, on perd du temps ! Et s'il était encore là ? Tu ne crois pas qu'on devrait appeler la police ? » J'hésite un instant. « Le meurtrier de Jane court toujours. »

Il ne répond pas, et je sais que j'ai été idiote de parler de ça.

« Tu es vraiment sûre que quelqu'un est entré dans la maison ?

— Mais oui, je suis sûre. Je ne l'inventerais pas. Et il est peut-être encore à l'intérieur.

— Alors on ferait mieux d'appeler la police. » Je sens qu'il le dit à contrecœur. « Elle sera là bien avant moi.

— Mais tu vas venir ?

— Oui, je pars maintenant.

— Merci. »

Il rappelle une minute plus tard pour me dire que la police sera là très vite. Et si elle arrive effectivement très vite, elle arrive aussi très calmement, je sais donc que Matthew n'a pas fait mention de l'assassin. La voiture de police s'arrête devant le portail et je reconnais la policière qui est venue le jour où j'ai déclenché l'alarme.

« Madame Anderson ? dit-elle en remontant l'allée jusqu'à moi. Je suis l'agent Lawson. Votre mari m'a demandé de venir vous voir. On m'a dit que vous pensiez qu'il y avait peut-être quelqu'un dans votre maison ?

— Oui, réponds-je vivement. Je suis allée me promener et quand je suis rentrée, j'ai vu que quelqu'un était entré dans la cuisine.

— Avez-vous vu la moindre trace d'effraction ? Du verre brisé au sol, ce genre de choses…

— Je ne suis allée que jusqu'à la cuisine donc je ne sais pas.

— Et vous pensez qu'il y a encore quelqu'un chez vous ?

— Je ne sais pas. Je ne suis pas restée assez longtemps pour savoir. Je suis sortie directement ici pour appeler mon mari.

— Puis-je entrer par la porte de devant ? Vous avez une clé ?

— Voilà, dis-je en lui tendant.

— Restez ici, s'il vous plaît, madame Anderson. Je vous avertirai quand vous pourrez entrer sans danger. »

Elle entre dans la maison et je l'entends appeler, demander s'il y a quelqu'un puis, pendant cinq minutes environ, tout redevient silencieux. Elle finit par ressortir.

« J'ai fouillé entièrement la maison et je n'ai rien trouvé qui indique une intrusion, dit-elle. Il n'y a aucune trace d'effraction, toutes les fenêtres sont intactes et tout semble en ordre.

— Vous êtes sûre ? dis-je avec anxiété.

— Vous voulez peut-être entrer et faire le tour, propose-t-elle. Vérifier que rien ne manque. »

Je la suis dans la maison et passe dans toutes les pièces, mais même si je ne vois rien qui ne soit pas à sa place, je sais que quelqu'un est entré.

« Je le sens, c'est tout », dis-je, impuissante quand elle me demande d'expliquer comment je peux le savoir.

Nous redescendons à la cuisine.

« Nous pourrions peut-être prendre une tasse de thé », suggère l'agent Lawson en s'asseyant à la table de la cuisine.

Je m'apprête à allumer la bouilloire quand je me fige sur place. « Ma tasse, dis-je en me tournant vers elle. J'ai laissé ma tasse sur le côté de la table en partant et elle n'est plus là. Voilà comment je sais que quelqu'un est entré. Ma tasse n'est plus là où je l'ai laissée.

— Elle est peut-être au lave-vaisselle. »

J'ouvre le lave-vaisselle et découvre ma tasse, dans le tiroir du haut.

« Je savais bien que je n'étais pas folle ! » dis-je, triomphante. Lawson me jette un regard dubitatif et je lui explique. « Je ne l'ai pas mise là. Elle était sur la table. »

La porte s'ouvre sur Matthew.

« Tout va bien ? » demande-t-il en me jetant un regard nerveux.

Je laisse l'agent Lawson lui parler tandis que mon cerveau tourne à plein régime, me demandant s'il est possible que je me sois trompée en croyant avoir laissé ma tasse sur la table. Mais je sais que non.

Je reporte mon attention sur l'agent Lawson, qui vient de finir d'expliquer à Matthew qu'elle n'a trouvé aucune trace d'effraction ni personne dans la maison.

J'insiste. « Mais quelqu'un est venu. Ma tasse n'est pas allée toute seule dans le lave-vaisselle.

— Qu'est-ce que tu veux dire ? demande Matthew.

— Avant que je sorte, j'ai laissé ma tasse sur le côté, là, et quand je suis rentrée, elle était dans le lave-vaisselle », expliqué-je à nouveau.

Il me regarde d'un air résigné. « Tu ne te souviens probablement pas de l'avoir mise au lave-vaisselle, c'est tout. »

Il se tourne vers l'agent Lawson. « Ma femme a parfois des problèmes de mémoire, et elle oublie des choses.

— Ah, d'accord », dit-elle en me regardant avec commisération.

Agacée, je rétorque : « Mais ça n'a rien à voir avec ma mémoire ! Je ne suis pas idiote. Je sais ce que j'ai fait et ce que je n'ai pas fait !

— Mais parfois, tu ne sais plus », dit doucement Matthew.

J'ouvre la bouche pour me défendre, mais la referme rapidement. S'il le voulait, il pourrait dérouler une longue liste de moments où j'ai été incapable de me souvenir de ce que j'avais fait. Dans le silence qui suit, je sais que même en le leur répétant jusqu'à ce que mort s'ensuive, ils ne croiront jamais que j'ai laissé ma tasse sur le côté de la table.

« Je suis désolée de vous avoir fait venir sans raison, dis-je avec raideur.

— Aucun problème. Deux précautions valent mieux qu'une, répond gentiment l'agent Lawson.

— Je crois que je vais aller m'allonger.

— Bonne idée. » Matthew me lance un sourire d'encouragement. « Je monte dans un moment. »

Après le départ de l'agent Lawson, j'attends que Matthew monte me rejoindre. Comme il ne vient pas, c'est moi qui finis par descendre le retrouver. Il est au jardin, sirotant un verre de vin comme s'il n'avait pas le moindre souci. Un éclair de colère me saisit.

« Je suis contente de voir que ça ne t'inquiète pas plus que ça que quelqu'un soit entré dans la maison ! dis-je, stupéfaite, en le voyant.

— Enfin, Cass, si on s'est contenté de mettre une tasse au lave-vaisselle, ça n'a rien de menaçant, si ? »

Je n'arrive pas à savoir si c'est du sarcasme parce que je ne l'ai jamais vu sous ce jour-là avant. En dedans, une voix m'avertit : *Fais attention, ne le pousse pas à bout !* Mais je ne peux pas retenir ma colère.

« J'imagine que tu ne me croiras que le jour où tu vas rentrer à la maison pour me trouver avec la gorge tranchée ! »

Il repose son verre de vin sur la table. « Tu crois vraiment que c'est ce qui va arriver ? Que quelqu'un va entrer dans la maison et t'assassiner ? »

Quelque chose cède en moi. « Ce que je crois n'a aucune importance, parce que personne ne fait attention à ce que je dis, de toute façon !

— Et c'est la faute des autres ? Toutes tes angoisses n'ont absolument aucun fondement, aucun !

— Il m'a parlé !

— Qui ça ?

— Le meurtrier ! »

Matthew gémit : « Cass…

— Mais si, il m'a parlé ! Et il est entré dans la maison ! Tu ne comprends pas, Matthew ? Tout est différent ! »

Il secoue la tête de désespoir. « Tu es malade, Cass. Tu es atteinte de démence précoce et tu es paranoïaque. Tu ne peux pas te contenter de le reconnaître ? »

La cruauté de ses paroles m'abasourdit. Je ne trouve rien à répondre, alors je lui tourne le dos et je rentre dans la maison. Dans la cuisine, je m'arrête pour avaler deux de mes pilules et lui laisser le temps de me rejoindre. Comme il ne vient pas, je monte dans la chambre, me débarrasse de mes vêtements et me mets au lit.

Mardi 22 septembre

Quand je rouvre les yeux, c'est le matin et les événements de la soirée précédente me reviennent en force, d'un seul coup. Je tourne la tête du côté de Matthew en me demandant s'il a essayé de me réveiller et de s'excuser pour ses paroles blessantes en montant se coucher, mais son côté du lit est vide. Je regarde le réveil : huit heures trente. Mon plateau de petit-déjeuner est sur la table, ce qui signifie qu'il est déjà parti travailler.

Je m'assieds, espérant un petit mot posé à côté de mon verre de jus de fruit, mais il n'y a qu'un bol de céréales, un petit pot de lait et mes deux pilules. Je suis malade d'appréhension. Il a beau me répéter tant et plus qu'il ne me quittera jamais, qu'il restera auprès de moi, ce nouvel aspect plus dur de sa personnalité m'a déstabilisée. Je comprends que ce doit être terrifiant pour lui d'avoir une femme qui persiste à claironner qu'un assassin la harcèle, mais ne devrait-il pas essayer de découvrir les vraies raisons de mes angoisses au lieu de les écarter si brutalement ? En y repensant, il n'a jamais vraiment pris le temps de me demander sérieusement pourquoi je pensais que le meurtrier me harcelait. S'il l'avait fait, j'aurais peut-être fini par lui avouer que j'avais vu la voiture de Jane cette nuit-là.

Des larmes de solitude me coulent sur les joues et je tends la main vers mes pilules et le verre de jus de fruit pour les faire passer, tant je veux arrêter de souffrir. Mais je ne peux pas m'empêcher de pleurer, même quand le sommeil me gagne à nouveau, parce que je ne ressens qu'un immense désespoir et que j'ai peur de ce que l'avenir me réserve. Si j'ai la maladie d'Alzheimer et que Matthew me quitte, je n'aurai devant moi que des années dans une maison de santé où de rares amis viendront parfois me rendre visite, par obligation, obligation qui cessera à l'instant même où je ne me rappellerai plus qui ils sont. Mes larmes enflent, deviennent d'énormes sanglots de détresse et quand, quelque temps après, un horrible mugissement me réveille, j'ai la tête qui est au bord d'exploser, comme si ma souffrance émotionnelle se traduisait par une douleur physique. J'essaie d'ouvrir les yeux et je me rends compte que c'est impossible. Mon corps me donne l'impression d'être en feu et quand je porte la main à mon front, il est couvert de sueur.

Consciente que quelque chose ne va pas du tout, j'essaie de sortir du lit mais mes jambes ne me portent pas et je tombe à terre. Je sens le sommeil me tirer en arrière mais une sorte de sixième sens me dit que je ne dois pas y céder et je mets toutes mes forces à essayer de bouger. Mais je n'y arrive pas et tout ce que je parviens à me dire, dans mon cerveau embrumé, c'est que je viens d'avoir une attaque. Mon instinct de survie se réveille et je sais que ma seule chance est d'obtenir du secours le plus rapidement possible. En me mettant péniblement à quatre pattes, je parviens au sommet de l'escalier dans lequel je dégringole à demi pour arriver en roulant dans l'entrée, en bas. La douleur me fait presque perdre connaissance mais d'un effort surhumain, je tire sur mes bras pour ramper sur le sol jusqu'à la table où est posé le téléphone. Je voudrais appeler Matthew mais je sais que je dois d'abord appeler les urgences et je compose le 999. Quand une femme répond, je lui dis que j'ai besoin d'aide. Je bafouille tellement que j'ai peur qu'elle ne comprenne pas ce que je dis. Elle me demande mon nom et je lui réponds que je m'appelle Cass. Elle demande alors d'où j'appelle et je parviens tout juste à lui donner notre adresse avant que le téléphone ne m'échappe et tombe au sol en cliquetant.

***

« Cass, Cass, vous m'entendez ? » La voix est si ténue que je pourrais facilement l'ignorer. Mais elle revient avec insistance et je finis par ouvrir les yeux.

« Elle revient à elle, dit quelqu'un, elle se réveille.

— Cass, je m'appelle Pat. Je veux que vous restiez avec moi, d'accord ? » Un visage de femme apparaît dans mon champ de vision quelque part au-dessus de moi.

« Nous allons vous emmener à l'hôpital dans une minute mais est-ce que vous pouvez me dire si c'est bien ce que vous avez pris ? » Elle me montre la boîte de pilules que le Dr Deakin m'a prescrites et, la reconnaissant, je hoche légèrement la tête.

Je sens des mains me saisir, me soulever et, pendant quelques secondes, un air frais sur ma figure pendant qu'ils m'emportent jusqu'à l'ambulance.

Je demande d'une voix faible : « Matthew ?

— Vous le verrez à l'hôpital, me répond quelqu'un. Pouvez-vous me dire combien vous en avez pris, Cass ? »

Je m'apprête à lui demander de quoi elle parle quand je me mets à vomir violemment. Le temps d'arriver à l'hôpital, je suis si faible que je ne peux même pas sourire à Matthew quand je le vois debout devant moi, le visage blanc d'inquiétude.

« Vous la verrez plus tard, lui dit un infirmier avec brusquerie.

— Mais elle va s'en sortir, oui ? » demande-t-il, affolé. Je me sens plus mal pour lui que pour moi.

On me fait passer tout un tas d'examens et ce n'est que quand le médecin commence à me poser des questions que je comprends qu'elle suppose que j'ai fait une surdose.

Je la fixe, épouvantée. « Une surdose ?

— Oui. »

Je secoue la tête. « Non, je ne ferais jamais ça. »

Le regard qu'elle me lance me dit qu'elle ne me croit pas et, perplexe, je demande à voir Matthew.

« Dieu merci tu vas bien », dit-il en me prenant la main. Il me regarde, angoissé. « C'est à cause de moi, Cass ? À cause de ce que j'ai dit ? Si c'est ça, je suis vraiment désolé. Si j'avais pensé une minute que tu en arriverais à un tel geste, je n'aurais jamais été si rude.

— Je n'ai pas fait de surdose, dis-je, en larmes. Pourquoi est-ce que tout le monde persiste à dire que si ?

— Mais tu as dit aux ambulanciers que c'était ce que tu avais fait.

— Non, je n'ai rien dit. » J'essaie de m'asseoir. « Pourquoi dirais-je ce qui n'est pas vrai ?

— Essayez de rester calme, madame Anderson. » Le médecin me toise sévèrement. « Vous êtes encore très faible. Heureusement, nous n'avons pas eu à vous vider l'estomac parce que vous avez vomi la plupart des pilules dans l'ambulance, mais vous allez quand même devoir rester sous surveillance pendant vingt-quatre heures. »

J'agrippe le bras de Matthew. « Elle a dû mal comprendre. L'ambulancier m'a montré les pilules que m'a prescrites le Dr Deakin et m'a demandé si c'était celles que j'avais prises, alors j'ai dit oui, parce que c'est le traitement que je suis. Je ne voulais pas dire que j'en avais pris trop.

— Nos examens indiquent que si, j'en ai peur », dit le médecin.

Je me tourne vers Matthew d'un air suppliant. « J'ai pris les deux que tu m'as apportées avec mon petit-déjeuner, mais je n'en ai pas pris d'autres ensuite, je le jure. Je ne suis même pas descendue.

— Voilà les boîtes que les ambulanciers ont retrouvées dans la maison, dit le médecin en tendant un sachet de plastique à Matthew. Pourriez-vous dire s'il en manque ? Nous ne pensons pas qu'elle en ait pris beaucoup, peut-être une douzaine environ. »

Matthew ouvre la première des deux boîtes. « Elle n'a commencé celle-là qu'il y a deux jours et il en manque huit, ce qui est normal puisqu'elle en prend quatre par jour, deux le matin et deux le soir, répond-il en la montrant au médecin. Quant à l'autre boîte, reprend-il en l'ouvrant et en en vérifiant le contenu, elle est pleine, comme il se doit. Donc je ne sais pas où elle a pu les obtenir.

— Est-il possible que votre femme en ait stocké quelques-unes ? »

Agacée d'être exclue de la conversation, je m'apprête à leur rappeler que je suis présente quand je me souviens tout à coup du petit tas de pilules dans mon tiroir.

« Non, s'il avait manqué des pilules, je l'aurais remarqué, dit Matthew. D'habitude, c'est moi qui les lui donne, vous comprenez, le matin avant que je parte travailler. Comme ça, je sais qu'elle ne va pas oublier de les prendre. » Il hésite un instant. « Je ne sais pas si vous le savez… j'en ai parlé à une des infirmières… mais ma femme est peut-être atteinte de démence précoce. »

Pendant qu'ils discutent de ma possible démence, j'essaie de déterminer si j'ai pu prendre des pilules dans mon tiroir sans savoir ce que je faisais. Je ne veux pas croire que j'aie pu faire ça, mais en me rappelant combien j'étais malheureuse, désespérée, et combien je voulais me réfugier dans le néant, peut-être, après avoir pris les pilules que Matthew m'avait apportées, ai-je été jusqu'au tiroir pour en prendre d'autres. Ai-je inconsciemment voulu mettre fin à mes jours qui devenaient tout à coup insupportables ?

Déjà affaiblie par ce que je viens de traverser, le peu d'énergie qui me reste s'évanouit. Épuisée, je repose la tête sur l'oreiller et referme les yeux, malgré les larmes qui perlent au coin.

« Cass, ça va ?

— Je suis fatiguée, réponds-je en murmurant.

— Je crois que vous feriez mieux de la laisser dormir », dit le médecin.

Je sens les lèvres de Matthew se poser sur ma joue. « Je reviendrai demain », promet-il.

Lundi 28 septembre

Finalement, j'ai dû reconnaître que j'avais pris ces pilules, car la preuve était là, dans mon sang. J'ai admis que j'avais gardé quelques pilules cachées dans mon tiroir mais nié farouchement que je les stockais dans l'intention de me suicider, en expliquant que je les avais simplement mises là parce que les jours où Matthew était avec moi à la maison, je ne ressentais pas le besoin de les prendre. Quand ils m'ont demandé pourquoi je n'avais pas pu en parler à Matthew, je me suis retrouvée à expliquer que je ne voulais pas qu'il sache que les pilules m'assommaient au point que j'étais incapable de faire quoi que ce soit. Matthew, l'air sceptique, a souligné que ce que je disais n'était pas tout à fait vrai parce que, pour autant qu'il sache, j'étais capable de me comporter à peu près normalement. J'ai donc amendé mon explication : elles m'assommaient au point que je savais à peine ce que je faisais. Le seul bon côté, c'est que comme j'en ai pris assez peu, ils ont interprété ça comme un appel au secours plutôt qu'une vraie tentative de suicide.

Quand Matthew m'a ramenée à la maison le lendemain soir, la première chose que j'ai faite a été de monter dans la chambre et d'aller voir dans le tiroir. Les pilules avaient disparu. Je sais que Matthew ne croit pas que je les ai prises par accident, même s'il ne l'a pas formulé à voix haute.

Mais c'est un clou de plus dans le cercueil de notre mariage. Ce n'est pas la faute de Matthew ; je n'imagine même pas ce que ça doit être pour lui de passer d'une femme qui, au début de l'été, avait quelques absences, à une femme qui, à la fin de l'été, se retrouve folle, paranoïaque et suicidaire.

Il a insisté pour prendre un congé jusqu'à la fin de la semaine, bien que je lui aie répété qu'il n'y était pas obligé. En réalité, j'aurais préféré qu'il retourne travailler parce que je voulais pouvoir réfléchir à ce qui m'arrivait. Ma surdose accidentelle m'a fait comprendre à quel point la vie est précieuse, et j'étais résolue à reprendre le contrôle de la mienne tant que je le pouvais encore. J'ai commencé par refuser les nouvelles pilules bleues qu'on m'a prescrites, en disant à Matthew que je préférais essayer de me débrouiller sans parce que j'avais besoin de revenir à la réalité.

Avec tout ce qui s'est passé, j'ai oublié que je devais sortir avec Rachel – ou je l'aurais peut-être oublié quoi qu'il arrive – donc j'étais tout sauf prête lorsqu'elle s'est montrée à la porte, vendredi soir.

« Laisse-moi seulement dix minutes… ai-je dit, heureuse de la voir. Je suis sûre que Matthew va te faire une tasse de thé en attendant. »

Matthew m'a regardée, interloqué. « Tu n'as pas vraiment l'intention de sortir, si ? »

J'ai froncé les sourcils. « Pourquoi pas ? Je ne suis pas invalide.

— Oui, mais après ce qui s'est passé… » Il s'est tourné vers Rachel. « Tu sais que Cass a été à l'hôpital, n'est-ce pas ?

— Non, je n'en savais rien. » Rachel est choquée. « Pourquoi ? Que s'est-il passé ?

— Je te dirai ça au restaurant », ai-je coupé vivement. J'ai fixé Matthew, le défiant de me dire de ne pas y aller. « Ça ne te dérange pas de te débrouiller tout seul ce soir, si ?

— Non, pas du tout, c'est seulement…

— Je vais bien, ai-je insisté.

— Tu es sûre, Cass ? a dit Rachel, hésitante. Si tu as été malade…

— Sortir ce soir, c'est exactement ce dont j'ai besoin », ai-je affirmé.

Dix minutes plus tard, nous étions en route et j'ai profité du trajet jusqu'à Browbury pour lui raconter ma surdose accidentelle. Elle a été horrifiée d'apprendre que les pilules pouvaient me faire faire inconsciemment une chose aussi dangereuse, mais a paru satisfaite quand je l'ai rassurée en disant que j'avais l'intention de ne plus prendre de médicaments. Heureusement, elle a compris que je ne voulais plus parler de ce qui s'était passé et nous avons discuté d'autre chose toute la soirée.

Et puis samedi – dix semaines après que ma vie s'est brisée –, Matthew m'a apporté mon thé dans la tasse qui avait causé toute cette histoire le lundi après-midi, et je me suis reprise à penser à toute l'affaire. Dans mon esprit, je voyais la tasse posée nettement sur le côté et, même si je ne peux pas toujours me fier à ma mémoire, j'étais absolument sûre de ne pas l'avoir mise au lave-vaisselle avant de quitter la cuisine. Alors qui ? La seule personne à avoir la clé de la maison à part moi, c'est Matthew, mais je sais que ce n'est pas lui car, méthodique comme il l'est, il commence toujours à charger le lave-vaisselle par le fond et le lave-vaisselle était presque vide. De toute façon, s'il était revenu comme ça au beau milieu de l'après-midi, il me l'aurait dit. À dire vrai, c'est moi qui charge le lave-vaisselle en commençant par le devant. Et si je peux faire une surdose de médicaments sans en avoir conscience, il n'est pas très difficile de penser que je peux mettre ma tasse dans un lave-vaisselle sans m'en souvenir.

Le week-end s'est passé tant bien que mal, et Matthew a marché sur des œufs avec moi, comme si j'étais une bombe à retardement prête à exploser à tout moment. Il n'a pas véritablement poussé un soupir de soulagement ce matin quand il a pu s'échapper pour repartir travailler mais je sais qu'il trouve pénible de s'occuper de moi comme d'une enfant, même si je suis bien plus cohérente sans les pilules. Ma surdose accidentelle l'a laissé à cran et la pensée que je puisse faire quelque chose d'idiot pendant qu'il est à la maison l'empêche d'être détendu avec moi.

Dès qu'il est parti travailler, je me lève, parce que je veux avoir quitté la maison avant que mon correspondant silencieux ne téléphone. Je pourrais me contenter de ne pas répondre mais je suis sûre que si je fais ça, il rappellera encore et encore, jusqu'à ce que je décroche, et ça va finir par me déstabiliser. Et aujourd'hui, j'ai besoin de rester calme, car je vais à Heston voir le mari de Jane.

Je projette d'y arriver en début d'après-midi, quand les jumelles dormiront presque à coup sûr ; je m'arrête donc à Browbury en chemin, pour y traîner devant un petit-déjeuner, et je passe le reste de la matinée à acheter de nouveaux vêtements, parce que plus rien ne semble m'aller.

Alex ne paraît pas très surpris de me voir à nouveau sur le pas de sa porte.

« Je me disais bien que vous pourriez revenir, dit-il en me faisant entrer. Je savais que vous aviez autre chose en tête.

— Vous pouvez me demander de partir, si vous le souhaitez. Mais j'espère que non, parce que si vous ne pouvez pas m'aider, je ne sais pas qui peut le faire. »

Il me propose une tasse de thé mais, nerveuse tout à coup à cause de ce que je vais dire, je refuse.

« Alors, que puis-je faire pour vous ? » demande-t-il en me faisant entrer au salon.

Je le préviens en m'asseyant sur le sofa : « Vous allez croire que je suis folle. » Comme il ne répond pas, j'inspire profondément. « Bon. Voilà. Le jour où j'ai appelé la police pour leur dire que j'avais vu Jane vivante, ils ont lancé publiquement un appel demandant à la personne qui leur avait téléphoné un peu plus tôt de les recontacter. Le lendemain, j'ai reçu un coup de téléphone muet. Je n'y ai pas trop réfléchi mais quand j'en ai reçu un autre le surlendemain, puis deux autres encore plus tard, j'ai commencé à paniquer. Ça ne ressemblait pas à des coups de fils de maniaque sexuel, où le type respire lourdement – ça, j'aurais pu m'en débrouiller. Le silence était total à l'autre bout du fil, sauf que je savais qu'il y avait quelqu'un. Quand j'en ai parlé à mon mari, il a dit que c'était sûrement une centrale d'appels qui essayait de me contacter, mais j'ai commencé à vivre dans la terreur de la sonnerie du téléphone, parce que… hé bien, je soupçonnais que ces appels provenaient de la personne qui a tué Jane. »

Alex émet un son, un grognement de surprise, mais comme il ne dit rien, je poursuis.

« Il n'aurait eu aucun mal à me retrouver d'après ma plaque d'immatriculation. Quand je me suis garée devant la voiture de Jane, j'y suis restée plusieurs minutes, donc il est possible qu'il ait pu déchiffrer ma plaque, malgré la pluie. Et plus il téléphonait, plus j'étais traumatisée. J'ai supposé qu'il pensait que je l'avais vu, d'une manière ou d'une autre, et qu'il m'avertissait ainsi de ne rien dire à la police. Mais la seule personne que j'ai aperçue, c'est Jane. J'ai essayé d'ignorer ces coups de fil mais si je ne répondais pas, il rappelait encore et encore jusqu'à ce que je décroche, et j'ai commencé à comprendre qu'il n'appelait jamais quand mon mari était là, ce qui m'a laissé penser qu'il surveillait la maison.

« J'étais tellement terrorisée que j'ai insisté pour faire poser une alarme mais il a quand même réussi à entrer et à laisser une carte de visite dans la cuisine, un énorme couteau de cuisine, exactement comme celui qui apparaît sur les photos publiées par la police. Le lendemain, j'ai cru qu'il était dans le jardin et je me suis barricadée dans notre salon. On m'a mise sous traitement médical, ce qui a fait de moi une épave, physiquement et mentalement, mais c'était la seule façon pour moi de supporter ces coups de fil. Et puis, lundi dernier, en rentrant après vous avoir rendu visite, j'ai su qu'il était entré dans la maison pendant que j'étais sortie. Rien n'avait disparu, rien n'avait été abîmé mais je sentais qu'il était entré. J'en étais si sûre que j'ai appelé la police mais elle n'a pu trouver aucune trace d'effraction, et quand j'ai réalisé que la tasse que j'avais laissée de côté sur la table s'était retrouvée dans le lave-vaisselle, j'ai eu un instant de triomphe. C'était la preuve que quelqu'un était entré dans la maison – sauf que quand j'en ai parlé, tout le monde m'a regardée comme si j'étais folle. » Je m'arrête pour reprendre mon souffle. « À la vérité, je suis atteinte de démence précoce et j'oublie tellement de choses que les gens ne me croient plus.

Mais je sais qu'il est entré dans la maison lundi dernier. Et maintenant, je suis terrifiée à l'idée d'être sa prochaine victime. Donc ce que je veux savoir, c'est : que dois-je faire ? Les policiers pensent déjà que j'invente des choses, donc si je leur dis que le meurtrier en a après moi, ils ne vont pas me croire, surtout quand je ne peux même pas leur prouver que ces coups de téléphone sont bien réels, pour commencer. J'ai l'air d'une folle, non ? » ajouté-je, désespérée.

Il ne répond rien pendant un moment, et je me dis qu'il essaye de trouver un moyen de se débarrasser de moi en douceur.

« Ces appels sont bien réels », dis-je. Je lève les yeux sur lui, debout, adossé à la bibliothèque, considérant avec attention ce que je viens de lui dire. « Il faut vraiment que vous me croyiez.

— Je vous crois, vraiment. »

Je l'observe, soupçonneuse, en me demandant s'il dit ça simplement pour me faire plaisir. « Pourquoi ? Enfin, je veux dire, personne d'autre ne m'a crue.

— L'instinct, je suppose. Et de toute façon, pourquoi inventeriez-vous une histoire pareille ? Vous ne m'avez pas l'air de quelqu'un qui cherche désespérément à attirer l'attention. Si c'était le cas, vous auriez déjà été voir la police et les journalistes.

— Ce pourrait être un produit de mon imagination.

— Le fait que vous me disiez que c'est possible rend la chose très improbable.

— Alors vous croyez vraiment que je reçois des coups de fil de celui qui a tué Jane ? lui demandé-je, parce que j'ai besoin qu'il le confirme.

— Non. Je crois que vous recevez des coups de fil, mais pas qu'ils proviennent de l'assassin de Jane.

— Ne me dites pas que c'est une centrale d'appels, dis-je sans chercher à cacher ma déception.

— Non, il est évident que c'est plus que ça. Quelqu'un vous harcèle, c'est sûr.

— Alors pourquoi ça ne serait pas le meurtrier ?

— Parce que c'est illogique. Écoutez, qu'avez-vous vu exactement quand vous êtes passée devant la voiture de Jane ? Si vous aviez pu la voir nettement, vous l'auriez reconnue. Et pourtant vous m'avez dit que non. »

Je lui confirme : « Je n'ai pas pu distinguer son visage. J'ai eu l'impression qu'elle était blonde, mais c'est tout.

— Donc si vous aviez vu quelqu'un assis à côté d'elle dans la voiture, le mieux que vous auriez pu dire, c'est si ce quelqu'un était blond ou brun.

— Oui, mais le tueur ne le sait pas, lui. Il croit peut-être que je l'ai vu clairement. »

Il se détache de la bibliothèque et vient s'asseoir près de moi. « Même s'il était assis à côté de Jane, sur le siège passager ? La police croit qu'elle l'a pris dans sa voiture avant de se garer sur la petite aire. Si c'est le cas, il y a très peu de chances qu'il se soit assis à l'arrière, non ?

— Non, c'est vrai, dis-je en me demandant quel effet ont pu lui faire toutes ces rumeurs sur le fait que sa femme ait pu avoir un amant.

— Et il y a un autre défaut à votre raisonnement. S'il pense vraiment que vous pourriez donner à la police des renseignements cruciaux sur lui, pourquoi vous laisse-t-il vivre ? Pourquoi ne pas vous tuer tout bonnement ? Il a déjà tué une fois, pourquoi pas deux ?

— Mais si ce n'est pas lui qui me téléphone, dis-je, interloquée, alors qui est-ce ?

— Ça, c'est à vous de le découvrir. Mais je vous promets que ce n'est pas la personne qui a tué Jane. » Il s'empare de ma main. « Vous devez me croire.

— Vous n'avez pas idée à quel point je le voudrais. » Mes yeux s'embuent de larmes. « Vous savez ce que j'ai fait mardi matin ? Une surdose. Je ne l'ai pas faite intentionnellement, je n'ai même pas eu conscience d'avaler un tas de pilules ; mais je suppose que j'ai fait ça parce que, dans mon subconscient, la vie est devenue insupportable.

— Si j'avais pu vous épargner tout ça, je l'aurais fait, dit-il doucement. Mais j'ignorais totalement que le meurtre de Jane pouvait avoir un impact sur quelqu'un d'autre que notre famille.

— C'est étrange, dis-je avec lenteur. Je devrais être soulagée que ce ne soit pas le meurtrier qui me téléphone. Mais au moins je pensais savoir qui c'était. Maintenant, ce peut être n'importe qui.

— Je sais que ça va vous être désagréable à entendre, mais il est probable que c'est quelqu'un que vous connaissez. »

Je le regarde horrifiée. « Quelqu'un que je connais ?

— Papa ? »

Une de ses petites filles se tient sur le seuil, vêtue d'un T-shirt et d'une couche, un lapin en peluche à la main.

Alex se lève et la prend dans ses bras tandis que je sèche hâtivement mes larmes.

« Louise dort encore ? demande-t-il en l'embrassant.

— Loulou dormir, dit-elle en hochant la tête.

— Tu te souviens de la dame du mouchoir, dans le parc ?

— Ton genou va mieux ? » demandé-je. Elle tend la jambe pour que je constate par moi-même. « Super, dis-je en lui souriant. Plus une trace. » Je lève les yeux sur le mari de Jane. « Je vais vous laisser. Merci encore.

— J'espère que j'ai pu vous être utile.

— Oui. Merci. » Je me tourne vers sa petite fille. « Au revoir, Charlotte.

— Vous vous rappelez son prénom », dit-il agréablement surpris.

Il me raccompagne à la porte. « Réfléchissez à ce que je vous ai dit, je vous en prie.

— Je n'y manquerai pas.

— Rentrez bien. »

Je suis traversée par tant d'émotions qu'il m'est impossible de conduire, et que je vais m'asseoir un moment sur un banc. Une partie de la peur qui m'accompagne en permanence depuis dix semaines s'est dissipée. Même si Matthew et Rachel m'ont dit tous les deux qu'il n'était pas logique que ce soit le meurtrier qui me téléphone, ils ne savent pas que j'ai vu Jane ce soir-là, donc ils ne pouvaient pas comprendre mon anxiété. Mais le mari de Jane sait tout et quand je passe au crible son raisonnement – pourquoi les appels ne peuvent pas provenir de l'assassin –, il est difficile à prendre en défaut. Mais, et son autre raisonnement, celui qui veut que les coups de fil soient l'œuvre de quelqu'un de proche ?

La peur revient, deux fois plus forte, s'installe en moi, me comprime les poumons pour se faire une plus grande place à l'intérieur. Elle m'assèche la bouche, fait ricocher des noms dans ma boîte crânienne. Ce peut être n'importe qui. Le mari d'une de mes amies, le gentil monsieur qui passe plusieurs fois par an laver les carreaux, le type de la société d'alarme, le nouveau voisin au bout de la rue, un parent d'élève. Je passe en revue tous les hommes que je connais et je finis par tous les soupçonner. Je ne me demande pas pourquoi l'un d'entre eux voudrait faire une chose pareille, je me demande : pourquoi pas ? Et l'un d'entre eux pourrait être un psychopathe.

Comme je ne veux pas qu'Alex vienne ici avec ses petites filles et m'y trouve assise, comme si je le harcelais, je quitte le parc. Je devrais rentrer chez moi, mais si je découvrais que quelqu'un est à nouveau entré dans la maison ? On a déjà réussi à entrer une fois malgré l'alarme, mais comment ? C'est quelqu'un qui a les connaissances techniques pour le faire. Le type de Superior Security Systems ? Je me rappelle la fenêtre que j'ai trouvée ouverte après son départ, ce jour-là. Il l'a peut-être truquée pour pouvoir entrer et sortir à sa guise. Est-ce lui, mon correspondant silencieux ?

Réticente à l'idée de rentrer, je repars vers Browbury et trouve un coiffeur qui peut me prendre sans rendez-vous. Ce n'est qu'une fois assise devant la glace, sans rien d'autre à faire que de m'examiner dans le miroir, que je comprends ce que ces deux derniers mois m'ont coûté. J'ai l'air hâve, et la coiffeuse me demande si j'ai été malade récemment, car mes cheveux montrent des signes de stress. Je choisis de ne pas lui dire que je suis atteinte de démence précoce ni que j'ai fait une surdose il y a quelques jours à peine.

Je reste si longtemps chez la coiffeuse que la voiture de Matthew est déjà dans l'allée quand je rentre. Je suis à peine garée devant la porte qu'elle s'ouvre à la volée.

« Merci, Seigneur ! Où étais-tu passée ? demande-t-il, affolé. Je m'inquiétais.

— Je suis allée à Browbury faire quelques courses et me faire couper les cheveux, dis-je avec douceur.

— Hé bien la prochaine fois, laisse-moi un mot ou appelle-moi pour me prévenir que tu sors. Tu ne peux pas disparaître comme ça, Cass. »

Je me sens piquée au vif. « Je n'ai pas "disparu comme ça" !

— Tu comprends ce que je veux dire.

— Pas vraiment, non. Je ne vais pas commencer à te prévenir du moindre de mes mouvements, Matthew. Je ne l'ai jamais fait, et je ne vais pas commencer maintenant.

— Avant, tu n'étais pas atteinte de démence précoce. Je t'aime, Cass, donc bien sûr que je m'inquiète pour toi. Achète-toi au moins un autre portable pour que je puisse te contacter.

— D'accord, dis-je en me mettant à sa place. J'en achèterai un demain, c'est promis. »

Mardi 29 septembre

Quand le téléphone sonne le lendemain matin, je repense à ce que m'a dit Alex : ces appels proviennent de quelqu'un que je connais et je décroche.

« Qui êtes-vous, demandé-je, plus intéressée qu'effrayée. Vous n'êtes pas celui que je croyais que vous étiez, alors qui êtes-vous ? »

Je repose le combiné avec un étrange sentiment de victoire, mais à mon grand désarroi, il rappelle aussitôt. Je reste là, hésitant à répondre, sachant que si je ne décroche pas, il va rappeler jusqu'à ce que je le fasse. Mais je ne veux pas lui donner ce qu'il veut, je ne veux pas rester silencieuse et soumise, plus maintenant. J'ai déjà ruiné trop de semaines de ma vie. Je ne veux pas en gâcher plus, il faut que je commence à lui tenir tête.

Inquiète de finir par craquer, je sors dans le jardin pour échapper à la sonnerie. Je pense à laisser le téléphone décroché mais je ne veux pas l'irriter plus avant. L'autre solution, c'est de partir toute la journée et de ne rentrer qu'une fois que Matthew sera là. Mais j'en ai assez de devoir fuir ma maison. Ce qu'il me faut, c'est trouver quelque chose qui me maintienne occupée.

Mon regard tombe sur mon sécateur, qui gît là où je l'ai laissé deux mois plus tôt, la veille du jour où Hannah et

Andy sont venus pour le barbecue, sur l'appui de fenêtre à côté de mes gants, et je décide de tailler un peu mes plantes. Il me faut près d'une heure pour donner forme à mes rosiers, puis je désherbe méthodiquement jusqu'à l'heure du déjeuner, épatée que celui qui m'appelle ait tant de temps à perdre dans cet exercice futile, parce qu'il a dû deviner à présent que je ne vais pas répondre au téléphone. J'essaie de comprendre quel genre d'homme il peut être, mais je sais que le cataloguer comme un solitaire qui aurait du mal à nouer des liens serait une erreur. Ce peut être quelqu'un que tout le monde connaît, un père de famille, un homme qui a beaucoup d'amis et de centres d'intérêt. La seule chose dont je sois désormais sûre, c'est que c'est quelqu'un que je connais, et ça m'effraie peut-être moins que je ne le devrais.

Réaliser que sans le meurtre je n'aurais jamais eu à faire face à ses coups de téléphone me donne à réfléchir. Je lui aurais ri au nez, l'aurais traité de minable, je lui aurais dit que s'il n'arrêtait pas de me harceler, j'allais appeler la police. L'unique raison pour laquelle je n'en ai rien fait, c'est que je pensais que c'était lui le meurtrier et j'étais tellement paralysée de peur que je ne pouvais rien faire. L'idée qu'il ait pu s'en tirer comme ça pendant si longtemps renforce ma détermination à le débusquer.

Vers treize heures, les appels, qui se faisaient de plus en plus espacés, cessent tout à fait, comme s'il avait décidé de faire une pause déjeuner. Ou il a peut-être des troubles musculo-squelettiques à force de composer mon numéro. Pour suivre son exemple, je me prépare un déjeuner, heureuse d'avoir réussi à rester si longtemps toute seule à la maison. Mais quand sonnent quatorze heures trente et qu'il n'a toujours pas rappelé, je commence à me sentir mal à l'aise. Si je suis résolue à le faire sortir de sa cachette, je ne suis pas encore prête à l'affronter.

Comme je veux pouvoir me protéger au cas où il choisisse de me rendre visite, je vais prendre dans l'abri de jardin une binette, un râteau et – plus utile – un taille-haie, avant d'aller dans la partie du jardin qui est devant la maison, où je me sens plus en sûreté. Tandis que je coupe les têtes fanées d'une plate-bande, l'homme du bout de la rue, l'ex-pilote, passe devant la maison et me dit bonjour, cette fois. Je lève les yeux vers lui, cherchant à le jauger. Je me sens infiniment mieux après avoir parlé à Alex hier, l'homme a l'air triste plutôt que sinistre, et je lui rends son salut.

Je jardine encore près d'une heure, une oreille tendue vers le téléphone, et quand j'en ai terminé, je tire une des chaises longues sur le côté de la maison pour me reposer jusqu'au retour de Matthew. Mais je n'arrive pas à me détendre. Je veux reprendre ma vie en main et je sais que je n'y arriverai pas tant que je n'aurai pas découvert qui est mon tortionnaire. Et pour ça je vais avoir besoin d'aide.

Je vais dans l'entrée et j'appelle Rachel.

« Tu penses qu'il serait possible qu'on se retrouve après ta journée de travail, par hasard ?

— Tout va bien ? demande-t-elle.

— Oui, tout va bien. J'ai juste besoin que tu m'aides à quelque chose.

— Tu m'intrigues ! Je peux te retrouver à Castle Wells si tu veux, mais je ne pourrai pas y être avant dix-huit heures trente. Ça t'irait ? »

J'hésite, parce que je ne suis pas retournée à Castle Wells depuis le jour où j'ai égaré ma voiture au parking.

Mais je ne peux pas demander à Rachel de venir à chaque fois à Browbury alors qu'elle travaille à dix minutes seulement de Castle Wells.

« Au Spotted Cow ?

— Ça marche. »

Je laisse un mot à Matthew, lui disant que je suis partie m'acheter un nouveau téléphone et je prends la voiture jusqu'à Castle Wells. Je ne veux pas prendre le risque de me garer dans le grand parking à étages et je trouve une place dans un des plus petits parkings puis me dirige vers le secteur commerçant. En passant devant le Spotted Cow, je jette un œil par la fenêtre pour voir s'il y a déjà du monde et je vois Rachel assise à une table au milieu de la salle. Alors que je me demande pourquoi elle est déjà là une heure avant le rendez-vous fixé, quelqu'un s'avance vers sa table et s'y assoit. Et je m'aperçois que c'est John.

Interloquée, je m'écarte vivement de la fenêtre et reviens sur mes pas, m'éloignant du Spotted Cow, toute heureuse que ni lui ni elle ne m'aient vue. Rachel et John. La tête me tourne, mais c'est seulement que je ne les aurais jamais imaginés sortir ensemble. Est-ce bien cela, d'ailleurs ? Ils sortent ensemble ? J'essaie de me rappeler l'attitude qu'ils avaient : ils paraissaient tout à fait familiers. Mais de là à former un couple ? Et pourtant plus j'y pense, plus ça paraît logique. Ils sont tous deux intelligents, beaux et drôles. Je les imagine passer des soirées dehors, pleines de rires et de vin, et une vague de tristesse m'envahit. Pourquoi ne m'ont-ils rien dit ? Tout particulièrement Rachel.

Je ralentis le pas, en comprenant que les imaginer ensemble n'a rien de plaisant. Si j'aime sincèrement Rachel, John me paraît être une personne trop douce pour être vraiment heureux avec elle. Et trop jeune. Je me reproche ce sentiment de désapprobation mais je suis contente d'être prévenue, au cas où Rachel décide de m'annoncer tout à l'heure quand je la verrai qu'elle sort avec John. Ils ne sont peut-être pas ensemble, bien sûr. Ils se voient peut-être en tant qu'ex, auquel cas Rachel ne me le dira jamais. Quand j'y pense, elle ne m'a jamais beaucoup parlé des hommes avec qui elle sortait, probablement parce qu'elle ne reste jamais avec eux très longtemps.

Je réalise soudain que je n'ai presque aucune chance de trouver une boutique de téléphonie mobile dans la direction où je vais ; je traverse donc la rue et repars vers le centre sans avoir à repasser devant le Spotted Cow. Un peu plus loin, je vois Baby Boutique, et je rougis de honte en me rappelant comment j'avais fait semblant d'être enceinte, ce jour-là. En arrivant à la hauteur du magasin, je me retrouve à en pousser la porte, sans vraiment croire que je vais réellement avouer que j'ai menti en affirmant attendre un bébé. Mais si je dois reprendre ma vie en main, il faut que je la remette en ordre et je m'avance donc vers le comptoir, soulagée de voir qu'il n'y a pas de clients et que c'est la même jeune femme à la caisse.

Je commence : « Je ne sais pas si vous vous souvenez de moi… » Elle lève sur moi un regard interrogateur. « Je suis venue il y a près de deux mois pour acheter une grenouillère.

— Oui bien sûr, je me souviens de vous, dit-elle en souriant. Nous attendons un bébé à peu près en même temps, c'est bien ça ? » Elle baisse les yeux sur mon ventre et en voyant qu'il est plat, me regarde, désemparée.

« Je suis désolée, bredouille-t-elle.

— Tout va bien, dis-je vivement. Je n'étais pas réellement enceinte. J'ai cru l'être, mais c'était faux. »

Elle me regarde avec sympathie. « Vous avez fait une grossesse nerveuse ? » demande-t-elle. Comme je pense avoir gagné le droit de préserver un peu de mon intimité, je lui réponds seulement que je prenais probablement beaucoup mes désirs pour une réalité.

« Mais je suis sûre que vous allez être enceinte bientôt.

— Je l'espère.

— Si vous me le permettez, j'ai bien pensé sur le moment qu'acheter le landau était un peu prématuré. Je ne sais pas exactement ce que nous pouvons faire mais si je demande à la gérante, je suis sûre qu'elle serait d'accord pour le reprendre à un prix légèrement inférieur. »

Comprenant qu'elle pense que je suis venue pour ça, je la rassure : « Oh, je ne suis pas venue pour essayer de vous revendre le landau. Je suis très heureuse de le garder. Je venais juste dire bonjour.

— Hé bien j'en suis ravie. »

Je lui dis au revoir et me dirige vers la porte, surprise de me sentir aussi bien.

« Au fait, c'était le bon landau, n'est-ce pas ? Le bleu marine ?

— Oui, réponds-je en souriant.

— Dieu merci. Votre amie m'aurait tuée si je m'étais trompée de landau. »

Ses paroles résonnent encore quand je sors dans la rue. *Votre amie.* Ai-je mal compris ? Parlait-elle du couple qui était dans la boutique en même temps que moi ? Peut-être, après mon départ ce jour-là, a-t-elle eu un doute sur celui que j'aurais choisi à leur place et leur a-t-elle demandé si c'était bien le landau bleu marine que je préférais. Mais elle a dit "votre amie" – ou "votre ami" –, pas "vos amis". Et de toute façon, elle savait que ce n'étaient que des gens qui étaient dans la boutique en même temps que moi, pas des amis. Alors de qui parle-t-elle ?

Même si j'ai la vérité en face, je refuse de la voir. La seule personne qui sache que je suis entrée dans cette boutique ce jour-là, c'est John, et je ne veux pas croire qu'il ait fait livrer le landau chez moi parce qu'alors, je devrais me demander pourquoi. Prise à nouveau de vertige, je retraverse la rue et me dirige chez Costas, où nous sommes allés après que je suis tombée sur lui par hasard en sortant de Baby Boutique. Je commande un café et je m'assieds près de la fenêtre, le regard fixé sur la boutique de l'autre côté de la rue, en essayant de comprendre ce qui aurait pu se passer.

Ce pourrait être tout à fait innocent. John a toujours eu un faible pour moi, et peut-être que, quand il est entré dans la boutique et qu'il a dit en passant que je lui avais suggéré d'acheter une grenouillère pour le bébé de son ami, la vendeuse a parlé tout naturellement de ma prétendue grossesse. Heureux de me savoir enceinte, il aurait décidé de m'offrir un cadeau. Mais il n'aurait sûrement pas choisi quelque chose d'aussi cher qu'un landau, et puis si c'était un cadeau, pourquoi le faire livrer anonymement ? Et pourquoi, quand nous nous sommes croisés à Browbury, n'a-t-il fait mention ni du fait que j'étais enceinte, ni du landau ? Aurait-il été gêné de me l'avoir fait livrer ? Cela n'a aucun sens.

L'autre possibilité, où tout ça n'aurait rien d'innocent, me fait palpiter le cœur. John m'a-t-il suivie ce jour-là, m'a-t-il suivie le jour où il a frappé à la vitre de ma voiture à Browbury ? En y repensant à présent, le croiser par hasard deux fois de suite en moins de dix jours était plutôt inhabituel. M'a-t-il fait livrer le landau anonymement pour m'effrayer ? Il ne pouvait pas savoir que je croyais l'avoir fait livrer moi-même parce qu'à cette date, il ne savait pas que j'avais peut-être la maladie d'Alzheimer. Je ne le lui ai dit que quand nous avons déjeuné ensemble à Browbury. Et pourquoi ferait-il tout ça ? *Parce qu'il est amoureux de toi*, répond une petite voix dans ma tête et mon cœur se met à tambouriner douloureusement. Est-il assez amoureux de moi pour me haïr ?

Quand je comprends que tout indique que John est mon correspondant anonyme, j'en ai la nausée. Il sait combien je suis nerveuse depuis le meurtre de Jane et quand je lui ai parlé de l'isolement de notre maison, il a souligné qu'il y avait d'autres maisons à proximité. Mais il n'est jamais venu chez moi, alors comment le sait-il ? Je suis tout à coup tellement en colère contre lui que je dois m'empêcher de foncer au Spotted Cow pour le confondre devant Rachel. Parce qu'avant de faire ça, je dois être absolument sûre de tout.

Je retourne l'idée dans ma tête, l'examine sous tous les angles, mais j'ai beau vouloir que ce soit faux, tous les faits me hurlent que j'ai trouvé mon tortionnaire. Je repense à juillet, quand j'ai hurlé à ce mystérieux correspondant de me laisser tranquille, et que John a repris son véritable personnage pour imiter la surprise. Depuis le début, c'est lui ! Et je m'étais excusée en lui disant que je recevais des coups de fil importuns d'une centrale d'appels ! Comme il a dû rire sous cape en faisant semblant de m'inviter boire un verre avec Connie et les autres collègues. Je lui avais dit que je n'étais pas sûre que je pourrais en être parce que Matthew avait pris deux jours de congé. Et ces deux jours-là, il n'y avait pas eu d'appels. Même l'emploi du temps correspond : l'école fermée, il a pu consacrer tout son été à me terroriser. Mais ça paraît tellement fou. Si quelqu'un m'avait dit ce matin que John était mon harceleur silencieux, je lui aurais ri au nez.

Puis quelque chose me traverse l'esprit et j'ai l'impression de recevoir un grand coup sur la tête. Le soir du meurtre de Jane, John n'est pas retourné chez Connie. Lui et Jane ont joué au tennis ensemble par le passé, il me l'a dit lui-même. Est-il possible qu'ils aient été amants ? A-t-il été la retrouver cette nuit-là ? Est-il possible qu'il ait assassiné Jane ? La réponse est forcément non. Et puis il me revient qu'il m'a dit que sa petite amie, qu'aucun de nous n'a jamais rencontrée, « n'était plus d'actualité ».

Et Rachel ? Si elle sort avec John, elle court peut-être un terrible danger. Mais si elle et John sont ensemble, elle sait peut-être ce qu'il a fait. J'ai soudain le souffle coupé. Tant de scénarios s'échafaudent sous mon crâne que je suis tentée de rentrer tout droit à la maison sans même m'approcher du Spotted Cow. Je consulte ma montre : j'ai cinq minutes pour me décider.

Finalement, je décide de voir Rachel. Le temps mis pour m'y rendre à pied me sert à me préparer à toute éventualité : que John sera avec elle, qu'il n'y sera pas, que Rachel va me parler d'elle et de John, qu'elle n'en parlera pas du tout. Si elle ne dit rien, dois-je lui parler de mes craintes à l'endroit de John ? Mais même à mes yeux elles n'ont aucun sens et sont tirées par les cheveux.

Le temps que j'y arrive, le pub est si bondé que ça n'est pas plus mal que Rachel y soit allée une heure plus tôt, sinon nous n'aurions pas trouvé de place.

« Tu n'as pas pu trouver une table plus au calme ? » Je tente de plaisanter parce qu'on dirait que nous sommes envahies par un groupe de jeunes étudiants français.

« Je viens juste d'arriver, dit-elle en m'embrassant. On a même de la chance d'avoir simplement une table. »

Le mensonge ne m'échappe pas et quelque chose s'éveille en moi.

« Je vais commander à boire. Qu'est-ce qui te ferait plaisir ?

— Juste un petit verre de vin, parce que je conduis, s'il te plaît. »

L'attente au bar me laisse le temps de réfléchir à ce que je vais dire quand elle va me demander pourquoi je voulais la voir, parce que je n'ai plus besoin de son aide pour démasquer mon correspondant silencieux. À moins que ce ne soit pas John, à moins que j'aie brodé toute une histoire compliquée à partir de ce que m'a dit la vendeuse.

« Alors, de quoi voulais-tu qu'on parle ? me demande-t-elle une fois que je me suis assise.

— Matthew.

— Pourquoi, il y a un problème ?

— Aucun problème, mais Noël approche. Je voudrais faire quelque chose de vraiment spécial pour lui. Il a dû endurer beaucoup de choses ces derniers temps, d'une manière ou d'une autre, et je voudrais me faire pardonner. Je me demandais seulement si tu avais une idée de ce que je pourrais faire. Tu es très douée dans ces cas-là. »

Rachel fronce les sourcils. « Il reste encore plus de deux mois.

— Je sais, mais je ne brille pas par ma maîtrise des choses, en ce moment. Je me suis dit que si tu pouvais m'aider à imaginer quelque chose, au moins tu pourras me rappeler ce que c'est. »

Rachel rit. « D'accord. À quel genre de cadeau pensais-tu ? Une escapade d'un week-end ? Un vol en montgolfière ? Un baptême de chute libre ? Un cours de cuisine ?

— N'importe. Tout ça m'a l'air génial, sauf peut-être le cours de cuisine », dis-je. Pendant une demi-heure, Rachel aligne une idée après l'autre, que j'approuve toutes parce que j'ai la tête ailleurs.

« Tu ne vas pas pouvoir lui offrir tout ça, conclut-elle exaspérée, même si j'imagine que tu en as les moyens, puisque tu me dis que l'argent n'entre pas en ligne de compte.

— Bon, en tout cas tu m'as donné beaucoup d'idées à explorer, dis-je, reconnaissante. Et toi ? Quoi de neuf depuis dimanche ?

— Rien, que du vieux, dit-elle avec une grimace.

— Tu ne t'es jamais décidée à me parler du type de Sienne, tu sais, le frère...

— Alfie, dit-elle en se levant. Désolée, il faut que j'aille aux toilettes. Je n'en ai pas pour longtemps. »

Pendant qu'elle s'éloigne, je décide qu'il va falloir que je mentionne John dans la conversation et improviser à partir de là. Mais quand elle revient, elle reste debout sans se rasseoir.

« Tu ne m'en veux pas si je t'abandonne, si ? Mais j'ai une grosse journée demain et il faut que je rentre.

— Non, non, vas-y, dis-je, surprise qu'elle s'en aille si tôt. Je partirais bien en même temps que toi mais il me faut un café avant de rentrer. »

Elle se penche pour me dire au revoir. « On se revoit un peu plus tard dans la semaine », promet-elle.

Je la regarde avec curiosité partir en jouant des coudes pour se frayer un chemin parmi le groupe d'étudiants français, parce que je ne l'ai encore jamais vue s'en aller aussi précipitamment. Part-elle retrouver John ? Il l'attend peut-être quelque part, dans un autre pub. Quand elle arrive à la porte, une des étudiantes françaises crie et je comprends qu'elle essaie de rappeler Rachel.

« *Madame, madame !* » Mais Rachel est sortie. L'étudiante se débat avec un des garçons assis à côté d'elle et, m'en désintéressant, je me tourne vers une serveuse qui passe pour lui demander un café.

« Excusez-moi… » L'étudiante française est debout devant moi, un petit téléphone noir à la main. « Je suis désolée, mais mon ami a pris ceci dans le sac de votre amie.

— Non, ce n'est pas le sien, dis-je en regardant le téléphone. Elle a un iPhone. »

L'étudiante insiste. « *Si* ! Mon ami, là... » Elle se tourne vers le garçon avec qui elle se chamaillait « … l'a pris dans son sac.

— Pourquoi aurait-il fait ça ?

— C'était un défi. Un pari. C'était très vilain de sa part. J'ai essayé de le lui rendre mais lui ne voulait pas. Comme maintenant c'est moi qui l'ai, je vous le rends. »

Je jette un œil vers le garçon qu'elle désigne. Il me sourit et, les mains jointes, me fait une petite révérence.

« C'est vraiment méchant, non ? »

J'acquiesce. « Oui. Mais je ne crois pas que ce téléphone appartienne à mon amie. Il l'a peut-être pris à quelqu'un d'autre. »

Elle l'appelle et après une brève conversation en français, où tout le monde autour d'eux semble être d'accord, elle se retourne vers moi.

« Si, répète-t-elle. Oui. Elle est passée juste à côté de lui et il l'a pris dans son sac. » Elle me jette un regard anxieux. « Si vous préférez, je le laisse au barman.

— Non, ça va, dis-je en le prenant. Merci. Je lui rendrai sans faute. J'espère que votre ami ne m'a rien pris à moi, ajouté-je en fronçant les sourcils.

— Oh non, non, dit-elle vivement.

— Bon, merci. »

L'étudiante repart vers ses amis et je retourne le téléphone dans ma main, doutant toujours qu'il appartienne à Rachel. Ce doit être un des modèles prépayés les plus basiques du marché. Est-ce John qui le lui a donné ? J'ai l'impression que tout s'écroule autour de moi et je ne sais plus à qui me fier, pas même à moi. J'ouvre le téléphone et j'inspecte la liste des contacts. Il n'y a qu'un seul numéro d'enregistré. J'hésite un instant, me demandant si je vais vraiment appeler ce numéro. J'ai l'impression d'être perverse mais je ne suis même pas sûre que ce soit le téléphone de Rachel et, de toute façon, je n'ai pas besoin de parler. Il me suffit d'entendre la voix à l'autre bout.

Malade d'appréhension, j'appelle le numéro. On répond immédiatement.

« Pourquoi tu m'appelles bon Dieu ?!? Je croyais qu'on avait dit seulement des SMS. »

Même si j'avais voulu parler, je serais restée muette. Parce que tout à coup, il m'est impossible de respirer.

C'est le brouhaha des étudiants français qui se lèvent pour partir qui me ramène à la réalité. Je baisse les yeux sur le téléphone et comprends que, sous le choc, j'ai oublié de raccrocher. La durée de l'appel a été minutée de toute façon et, réfléchissant à toute vitesse, j'essaie de savoir si, durant ces deux minutes de communication, on a pu entendre quelque chose de compromettant. Mais de l'autre bout du fil, on n'a pu entendre que des voix autour de moi, pas le battement frénétique de mon cœur. Et de toute façon, il avait peut-être raccroché depuis longtemps parce qu'il a dû comprendre que quelque chose n'allait pas.

Mon café arrive et je l'avale rapidement, consciente que Matthew va se demander où je suis parce que dans mon mot, je n'ai pas parlé du rendez-vous avec Rachel, j'ai seulement écrit que j'allais acheter un nouveau téléphone. Je me hâte jusqu'à ma voiture et je cache le téléphone de Rachel au fond de la boîte à gants. Je veux rentrer aussi vite que possible mais rien au monde ne me fera repasser par Blackwater Lane. J'accélère donc en pensant à ce que je vais dire à Rachel quand elle appellera, ce qu'elle fera sûrement.

« Je sais que tu m'as laissé un mot mais je ne pensais pas que tu rentrerais si tard », grommelle Matthew quand j'entre dans la cuisine. Il me donne un baiser.

« Désolée, j'ai bu un verre vite fait avec Rachel. » La pièce est fraîche en venant du dehors, et il y flotte une légère odeur de pain grillé.

« Ah, je comprends. Tu t'es trouvé un nouveau téléphone ?

— Non, je ne savais pas lequel choisir mais je te promets que j'en aurai un demain.

— On peut regarder les différents modèles sur Internet, si tu veux, propose-t-il. Ah au fait, Rachel a téléphoné. Elle demande si tu peux la rappeler. »

Mon cœur bondit. « Je la rappelle dans une minute. J'ai d'abord besoin d'une douche, il fait trop chaud dehors.

— Ça avait l'air urgent.

— Bon, je ferais mieux de l'appeler tout de suite alors. »

Je vais chercher le téléphone de l'entrée et l'emporte dans la cuisine.

« Du vin ? » me demande Matthew tandis que je compose le numéro. La bouteille étant déjà ouverte, j'acquiesce, le téléphone collé à l'oreille.

« Salut Cass. » C'est la première fois que j'entends Rachel si nerveuse, même si elle fait de son mieux pour le dissimuler.

« Matthew m'a dit que tu avais appelé.

— Oui. Écoute, tu sais si quelqu'un a trouvé un portable après mon départ du pub ? Je crois que je l'ai laissé tombé quelque part.

— Ça n'est pas possible puisque c'est sur ton portable que je t'appelle, dis-je d'un ton raisonnable.

— Ça n'est pas mon téléphone, c'est celui d'une amie que je gardais. Il a dû tomber de mon sac, j'imagine. »

Une amie. Le mot s'imprime lourdement dans mon esprit. « Tu as téléphoné au Spotted Cow pour savoir si quelqu'un l'avait retrouvé ?

— Oui mais ils ne l'ont pas.

— Attends une seconde… C'était un petit portable noir ?

— Oui, c'est ça. Tu sais où il est ?

— Probablement au milieu de la Manche à cette heure-ci. Tu te souviens de ce groupe d'étudiants français assis à côté de nous ? Bon, après ton départ, ils ont chahuté avec ce petit téléphone. Ils se le lançaient, essayaient de se le chiper. Je n'y ai pas vraiment prêté attention parce que je pensais qu'il était à l'un d'eux. »

Il y a un silence consterné. « Tu es sûre ?

— Oui. Il les faisait rire parce que c'était un de ces modèles vraiment simplistes. C'est pour ça que je ne suis pas sûre que ce soit celui que tu gardais pour ton amie, dis-je, dubitative. Personne ne se sert plus de ces trucs.

— Tu sais s'ils sont toujours au pub ? Les étudiants français ? »

L'idée que Rachel reparte en courant à Castle Wells me procure une joie féroce. « Ils y étaient encore quand je suis rentrée. Ils avaient l'air partis pour passer la soirée là-bas », dis-je, sûre qu'ils auraient quitté le pub longtemps avant qu'elle n'y arrive puisqu'ils s'apprêtaient à le faire quand j'en étais sortie.

« Alors je ferais mieux d'y aller pour voir si je peux le récupérer.

— Je croise les doigts. J'espère que tu vas le retrouver. »

Je raccroche, soulagée d'avoir réussi à m'en tirer.

« Qu'est-ce qu'elle voulait ? demande Matthew, front plissé.

— Rachel a perdu un téléphone au pub et des étudiants français l'ont récupéré. Elle y retourne pour essayer de le retrouver. »

Matthew hoche la tête. « Ah, d'accord.

— Qu'est-ce que tu as envie de manger ce soir ? Et si on se faisait un steak ?

— En fait, Andy a appelé pour me demander si ça me disait de boire une pinte au pub. Ça ne t'embête pas, si ?

— Non, non, vas-y. Tu mangeras là-bas ?

— Oui, ne t'inquiète pas. »

Je m'étire en bâillant. « Dans ce cas, je vais sûrement me mettre au lit de bonne heure.

— J'essaierai de ne pas te déranger en rentrant », promet-il en sortant sa clé de voiture de sa poche.

Je le suis des yeux tandis qu'il sort.

« Je t'aime.

— Pas autant que moi », dit-il en se retournant pour me sourire.

J'attends que sa voiture quitte l'allée, puis j'attends un moment de plus, pour être sûre. Et je fonce jusqu'à ma voiture chercher le portable, celui dont Rachel m'a dit qu'elle le gardait pour son amie.

Revenue dans la maison, je vais au salon et m'assois. Je tremble tellement que j'arrive à peine à ouvrir le téléphone. J'ouvre le dossier des SMS et je vois le dernier qu'elle a reçu, juste avant de quitter le Spotted Cow.

Mar 19:51

Tiens bon

Fin en vue, je le jure

Je descends jusqu'au message précédent, le dernier que Rachel a envoyé, probablement des toilettes du pub.

Mar 19:50

Fausse alerte, elle n'avait rien d'intéressant à dire

Je pars maintenant, j'en ai marre

Commence à me demander si ça finira un jour ☹

Je continue avec les SMS envoyés plus tôt dans la soirée.

Mar 18:25
Tu me raconteras

Mar 18:24
C'est fait. Discrédit semé
Je lui ai demandé d'en parler à la directrice, espérons que ça prendra. J'attends qu'elle arrive

Et puis le reste des messages de la journée, en commençant par le premier, ce matin.

Mar 10:09
Il y a un pb
Quand j'ai appelé ce matin, elle a dit qu'elle savait que je ne suis pas l'assassin

Mar 10:10
Quoi ?!?

Mar 10:10
Et elle n'avait pas l'air d'avoir peur

Mar 10:10
Tu vas faire quoi ?

Mar 10:10
Rappeler
L'user, comme d'hab

Mar 10:52
Alors ?

Mar 10:53
Elle refuse de décrocher

Mar 10:53
Sûr qu'elle n'est pas sortie ?

Mar 10:53
Certain

Mar 10:53
Essaie encore

Mar 10:54
Promis

Mar 16:17
Devine ? Elle vient d'appeler, veut parler
Une idée ?

Mar 16:19
Peut-être à cause de mes coups de fil ce matin
Essaie d'en savoir plus

Mar 16:21
Me suis débrouillée pour rdv à CW
J'y serai déjà pour voir J. D'une pierre deux coups

Et puis je réalise que j'irai bien plus vite si je repars du tout début des messages. Je vois qu'ils commencent le 17 juillet, la nuit où je suis rentrée par Blackwater Lane et où j'ai vu Jane dans sa voiture.

17 juil 21:11
Tu me reçois ?

17 juil 21:11
Oui ☺

17 juil 21:11
Bon. N'oublie pas, SMS seulement, au travail ou quand tu sais qu'elle n'est pas là. Garde ce tél sur toi tout le temps
Je te contacterai tous les soirs quand elle dormira

17 juil 21:18
Ça va être dur de ne pas se voir les prochains mois

17 juil 21:18
Pense à l'argent. Si elle t'en avait laissé un peu, on n'en serait pas là
Comme ça on aura tout

17 juil 21:18
Ça va marcher, tu es sûr ?

17 juil 21:19
Mais oui. Regarde comment ça a déjà bien fonctionné
Elle croit déjà qu'elle oublie des trucs
Et ce n'est que le début, attends qu'on se mette vraiment à la rendre dingue

17 juil 21:19
J'espère que tu as raison. Je lui enverrai le sms pour le cadeau de Susie plus tard
Si ça marche, on est tirés d'affaire

***

18 juil 10:46

Coucou !

Juste pour te dire qu'elle est en route pour te voir

18 juil 10:46

L'attends de pied ferme

Elle a dit quelque chose pour le cadeau de Susie ?

18 juil 10:47

Non mais elle avait l'air tendue

18 juil 10:47

Espérons que mon SMS a marché

Tu as entendu parler de la femme assassinée dans le coin ?

18 juil 10:47

Oui c'est moche

Tu me diras comment ça s'est passé

18 juil 12:56

Oh là là, trop facile !

Mais je te préviens,

elle rentre

18 juil 12:56

Déjà ? Je croyais que vous déj ensemble

18 juil 12:56

Elle n'a plus faim ☺

18 juil 12:57
Ça a été si bien que ça ?

18 juil 12:57
Pas possible faire mieux, elle a complètement craqué

18 juil 12:58
Elle croit vraiment qu'elle a oublié le kdo ?

18 juil 12:58
Je lui ai dit que c'est elle qui l'avait suggéré
Génial de la voir faire semblant de se rappeler
L'argent est prêt ? parce qu'elle va vérifier

18 juil 12:58
160 dans le tiroir

18 juil 12:59
Bingo !

Il me faut près d'une heure pour parcourir tous les messages et revenir là où j'ai commencé, avec le dernier message de Rachel envoyé depuis les toilettes des dames du Spotted Cow. Les larmes me brouillent les yeux pendant presque toute ma lecture, et certains messages restent marqués dans mon esprit longtemps après les avoir lus. Ils suffisent à me mettre face à la vérité, une vérité que je renâcle à affronter parce que je sais qu'elle va me tuer. Mais en me rappelant que je suis toujours debout malgré les trois mois que je viens de traverser, je me dis que je suis plus solide que je ne le crois.

Je ferme les yeux, en me demandant quand Matthew et Rachel sont devenus amants. Je repense à la première fois qu'ils se sont vus, un mois environ après que Matthew est entré dans ma vie. J'étais déjà amoureuse de lui, je voulais absolument que Rachel l'aime bien et pourtant ils ne s'étaient pas très bien entendus. En tout cas c'est ce qu'il m'avait semblé à l'époque. Leur attirance mutuelle avait peut-être été immédiate, et ils avaient été assez complices pour ne pas le montrer. Leur histoire avait peut-être commencé peu de temps après, avant même que Matthew ne m'épouse. L'idée que mon mariage avec Matthew ne soit qu'une comédie, un moyen pour que lui et Rachel mettent la main sur mon argent, me révulse.

J'ai envie de croire qu'il m'aimait vraiment et que son attirance pour mon argent n'est venue qu'après, que c'est Rachel qui lui a mis cette idée en tête. Mais pour l'instant, je n'en sais rien du tout.

Je me mets lentement debout, comme si j'avais vieilli de cent ans en deux heures. J'ai toujours le téléphone de Rachel à la main et je sais qu'il faut que je le cache avant le retour de Matthew. Il n'est pas sorti avec Andy, il est avec Rachel, il l'aide à chercher son petit téléphone noir qui contient tant de choses compromettantes. Je fouille la pièce du regard et tombe sur les orchidées alignées sur l'appui de fenêtre. Mon portable est toujours sous l'une d'elles. Je traverse la pièce, soulève une autre orchidée de son pot et glisse le téléphone au fond avant de replacer l'orchidée. Et puis je vais me coucher.

***

Ce n'est qu'en entendant la voiture de Matthew se garer dans l'allée que je comprends le danger que je cours. Si Rachel et Matthew ont réussi à retrouver les étudiants français, ils savent que c'est moi qui ai le téléphone. Je repousse les couvertures et je saute du lit. J'ai peine à croire que je suis montée me coucher au lieu d'apporter le téléphone à la police. J'étais tellement stupéfaite, tellement affolée que je ne réfléchissais pas correctement. Mais maintenant c'est trop tard. Sans mon portable, avec le téléphone fixe au rez-de-chaussée, je n'ai aucun moyen d'appeler la police.

Quand la portière de voiture claque, je me rue dans la salle de bains, à la recherche de quelque chose pour me défendre. J'ouvre grand l'armoire de toilette : je vois bien des ciseaux à ongles, mais ils n'ont rien d'une arme. J'entends la clé de Matthew cliqueter dans la serrure et, paniquée, j'attrape un spray de laque pour les cheveux et je fonce dans la chambre. Je me mets au lit, glisse le spray sous mon oreiller en en ôtant le capuchon. Puis, étendue face à la porte, je ferme les yeux et feins le sommeil, la main serrée sur le spray de laque. Comme une bande de téléscripteur qui se dévide dans sa machine, les SMS défilent à toute allure dans ma tête.

20 sept 11:45

Je m'ennuie

20 sept 11:51

Tu n'as qu'à passer voir la machine à café en action
La nouvelle est installée

20 sept 11:51

Vraiment ? Pensais que tu ne voulais pas qu'on se voie

20 sept 11:51

Prêt à faire exception. Et aussi il faut que tu cherches

20 sept 11:51

Quoi ?

20 sept 11:52

Pourquoi elle est OK le week-end mais qu'elle roupille toute la semaine

20 sept 11:52

OK, quelle heure ?

20 sept 11:53

14:00

20 sept 23:47

Très risqué le baiser dans l'entrée cet AM

20 sept 23:47

Ça valait la peine. Trouvé quelque chose ?

20 sept 23:47

Prend pas ses pilules le week-end
Elle ne veut pas que tu saches que ça l'assomme alors elle les cache dans 1 tiroir
Donc elle ne prend que les 2 que tu mets tous les matins dans son jus d'orange

20 sept 23:49
Elle a dit quel tiroir ?

20 sept 23:49
Côté lit

20 sept 23:49
Attends, vais voir

20 sept 23:53
Tu as raison. Trouvé 11. J'ai une bonne idée

20 sept 23:53
Tu m'intrigues

20 sept 23:54
Vais m'en servir pour surdose

20 sept 23:54
Non !!! Pas poss !!!

20 sept 23:54
Faire semblant tentative suicide, la faire croire instable

20 sept 23:55
Et si ça la tue ?

20 sept 23:55
Notre problème serait réglé
Mais ça la tuera pas. Vais me renseigner comme il faut, t'inquiète pas

J'entends ses pas feutrés dans l'escalier, et à chaque marche, mon cœur bat un peu plus fort. Comme un tambour qui annoncerait son arrivée. Quand Matthew s'arrête au pied du lit, les battements sont à leur paroxysme et j'ai du mal à croire qu'il ne les entend pas, qu'il ne voit pas mon corps trembler sous la couverture. À coup sûr, il sent ma peur, tout comme je sens qu'il reste là debout à me regarder. Sait-il que c'est moi qui ai le téléphone ? Ou suis-je en sûreté au moins pour cette nuit ? L'attente devient insupportable, puis tout à fait impossible. Je bouge un peu et j'ouvre à demi les yeux.

Je marmonne d'une voix ensommeillée : « Tu es rentré… Tu as passé un bon moment avec Andy ?

— Oui. Il t'embrasse. Rendors-toi, je vais prendre une douche. »

Obéissante, je ferme les yeux et il quitte la chambre. Tandis que ses pas s'éloignent dans le couloir, les messages reprennent leur défilé dans ma tête.

21 sept 16:11

Problème

Elle sait que tu es entrée dans la maison

21 sept 16:11

Comment ?

21 sept 16:11

Sais pas, on a appelé la police

21 sept 16:12

Quoi ? Pourquoi ?

21 sept 16:12
Parce qu'elle me l'a demandé
Aurais eu l'air suspect de refuser
Rentre à la maison maintenant, espère arranger l'histoire

21 sept 23:17
Réponds-moi dès que poss
M'inquiète vraiment,
besoin de savoir ce qui s'est passé cet AM

21 sept 23:30
Ne t'inquiète pas TVB

21 sept 23:30
Comment elle a su que j'étais venue ?

21 sept 23:30
Tu as mis sa tasse au lave-vaisselle
Elle a remarqué

21 sept 23:31
Ah bon ? me souviens pas

21 sept 23:31
Tu as Alzheimer aussi ?

21 sept 23:31
Tu as l'air bien gai alors qu'on a failli tout faire rater

21 sept 23:31
Tout s'est terminé au mieux

21 sept 23:32

Comment ça?

21 sept 23:32

Après départ police, lui ai dit qu'elle était parano et folle
Est montée furieuse, a pris 2 pilules

21 sept 23:33

Et alors?

21 sept 23:33

Alors vais ajouter 13 du tiroir dans jus d'orange demain matin
+ elle prend 2, total 15
plus 2 déjà dans le sang
devrait suffire

21 sept 23:34

Tu veux dire ça va vraiment arriver?

21 sept 23:34

Occasion parfaite
C'est maintenant ou jamais

21 sept 23:34

Ça va marcher?

21 sept 23:35

Je peux témoigner qu'on s'est disputés
Tu peux dire qu'elle était déprimée quand tu l'as vue hier AM
Dire qu'elle t'a parlé des pilules du tiroir mais que tu n'aurais jamais pensé qu'elle s'en servirait

21 sept 23:36
Elle ne va pas mourir pour 15 pilules, si ?

21 sept 23:36
Non, seulement très malade
Vais rentrer à la maison à midi pour faire semblant de faire la paix
Avec de la chance, vais la trouver inconsciente et appellerai l'ambulance

***

22 sept 08:08
C'est fait
Pars travailler mais reviendrai dans quelques heures

22 sept 08:09
Et si elle ne boit pas son jus ?

22 sept 08:09
Elle fera une autre tentative de suicide

22 sept 11:54
L'hôpital vient d'appeler
Je pars maintenant

22 sept 11:54
Tu veux dire ça a marché ?

22 sept 11:55
On dirait. Elle a appelé l'ambulance elle-même
Te raconterai

Je réalise tout à coup que la douche ne coule pas, que Matthew n'est pas dans la salle de bains. Mon cœur brûle de peur. Où est-il ? Dans le silence de la nuit, je tends l'oreille et j'entends sa voix qui murmure très bas, dans la chambre du devant. Lui et Rachel doivent paniquer à l'idée que le téléphone arrive entre les mains de la police et qu'ils soient démasqués. Paniquent-ils suffisamment pour me tuer ? Ou tout au moins pour me faire avaler assez de pilules et faire croire à une nouvelle tentative de suicide qui, cette fois-ci, réussirait ? Allongée dans le lit, attendant son retour, la main toujours serrée sur le spray de laque, je suis plus terrorisée que jamais. Surtout maintenant que je sais pour le couteau.

08 août 23:44

Ça a été impec chez le médecin aujourd'hui

08 août 23:44

Médicaments ?

08 août 23:44

Oui mais elle ne veut pas les prendre

Je dois arriver à la faire changer d'avis

08 août 23:45

Je crois que j'ai ce qu'il faut

08 août 23:45

Quoi ?

08 août 23:45

Un gros couteau de cuisine comme celui du meurtre

08 août 23:46

??? Où tu l'as trouvé ?

08 août 23:46

Londres. Je pourrais le mettre quelque part pour qu'elle le trouve
Lui foutre la trouille

08 août 23:46

Mauvaise idée, elle va appeler la police. Et les empreintes ?
Je ne crois pas que ça va marcher

08 août 23:47

Ça marchera si on prépare comme il faut

08 août 23:47

Vais y réfléchir

***

09 août 00:15

J'ai réfléchi

09 août 00:17

Tu es là ?

09 août 00:20

Oui, ça y est. Tu as un plan ?

09 août 00:20

Oui mais trop compliqué pour expliquer par SMS
Vais t'appeler

09 août 00:20
Je croyais qu'on avait dit que c'était trop risqué ?

09 août 00:21
Aux grands maux les grands remèdes,
etc.

09 août 20:32
J'ai laissé la porte du jardin ouverte
Fais exactement comme on a dit et repars tout de suite
J'espère qu'on ne fait pas une erreur

09 août 20:33
Fais-moi confiance, ça va aller ☺

09 août 23:49
Slt

09 août 23:49
Ouf ! L'ai entendue hurler, meurs d'envie de savoir ce qui s'est passé !

09 août 23:50
Incroyable que ça ait marché,
elle était hystérique

09 août 23:50
Heureusement police pas venue

09 août 23:51
Réussi à la convaincre qu'elle fantasmait

09 août 23:51

Te l'avais dit

Ai dû laisser le couteau dans l'abri - ça ira?

09 août 23:52

Pas de problème – On sait jamais, on en aura peut-être besoin un jour

Et si, en ce moment même, Rachel persuadait Matthew de descendre dans l'abri de jardin et de prendre le couteau pour me tuer? S'il me coupait la gorge, les gens penseraient que l'assassin de Jane a encore frappé. Matthew pourrait témoigner des coups de fil anonymes que je recevais et se tordre les mains en se lamentant de ne pas m'avoir crue quand je lui disais que le meurtrier me harcelait. Rachel lui fournirait un alibi pour ce soir, en disant qu'elle lui a demandé de passer la voir parce qu'après m'avoir vue au pub dans la journée, elle s'inquiétait pour moi. On ne retrouverait jamais le couteau utilisé pour me tuer, tout comme on n'a jamais retrouvé celui qui a servi à tuer Jane. Et je deviendrais Cass Anderson, la seconde victime du tueur de la forêt.

La porte de la chambre d'amis se rouvre avec un déclic. Je retiens ma respiration, pour savoir quelle direction il va prendre, descendre l'escalier et passer dans le jardin ou suivre le palier jusqu'à moi. S'il descend, aurai-je le temps de foncer jusqu'au salon, de prendre le portable de Rachel sous l'orchidée et de fuir la maison avant qu'il revienne? Dois-je fuir à pied ou en voiture? Si je prends la voiture, il se mettra à courir en entendant le bruit du moteur. Si je pars à pied, jusqu'où pourrai-je aller avant qu'il remarque

que je ne suis plus au lit ? En entendant ses pas longer le palier vers notre chambre, le soulagement de ne pas avoir à faire ces choix me laisse pantelante. À moins qu'il n'ait déjà le couteau, à moins qu'il ne l'ait pris dans l'abri de jardin en arrivant.

Matthew entre dans la chambre et il me faut toute ma volonté pour ne pas bondir du lit et lui asperger les yeux de laque, pour ne pas l'attaquer avant que lui ne m'attaque. Mon doigt sur le pulvérisateur tremble tellement que je doute de pouvoir viser correctement et seule la pensée de ne pas être capable de l'aveugler avant qu'il prenne le dessus me fait demeurer immobile. J'entends le froissement de ses vêtements quand il se déshabille et je me force à respirer régulièrement, comme quelqu'un qui dort profondément. S'il se glisse dans le lit pour découvrir que je tremble comme une feuille, il va soupçonner quelque chose. Et cette nuit, pour rester en vie, je dois rester calme.

Mercredi 30 septembre

Quand le matin survient, j'ai peine à croire que je suis toujours en vie. J'ai l'impression que Matthew prend un temps atrocement long avant d'aller travailler mais dès qu'il est parti, je m'habille en hâte et descends à la cuisine, attendant son coup de fil, avec la conscience aiguë qu'aujourd'hui, plus qu'aucun autre jour, je dois jouer parfaitement juste. Aujourd'hui, plus que jamais, je dois être celle qu'il veut que je sois.

J'ai cru que je n'aurais plus peur, maintenant que je sais qui est mon harceleur silencieux. Mais savoir de quoi il est capable m'effraie encore plus, ce qui tombe à pic quand le téléphone se met à sonner, vers neuf heures. Parce que je lui ai parlé hier, quand je lui ai demandé qui il était, je sais qu'il faut que je dise à nouveau quelque chose aujourd'hui, sinon il va se demander pourquoi mon assurance toute neuve a disparu du jour au lendemain. Donc, je lui redemande qui il est et, juste avant de raccrocher, je lui demande de me laisser tranquille en mettant dans ma voix ce que j'espère être la bonne dose de peur.

J'ai beaucoup à faire aujourd'hui si je veux démêler leur tissu de mensonges et de trahisons ; je fonce donc tout droit chez Hannah, en espérant qu'elle n'est pas sortie. Heureusement, sa voiture est dans l'allée.

Elle semble surprise de me voir et ce n'est que quand elle me demande, l'air gêné, si je me sens mieux que je soupçonne Matthew de lui avoir annoncé que j'avais tenté de me suicider. Je n'ai pas le temps de l'interroger sur ce qu'elle a entendu exactement et je lui dis que je suis presque comme avant, en espérant que ça suffira. Elle m'invite à entrer prendre un café et comme je refuse en lui disant que je suis pressée, je sais qu'elle se demande pourquoi je suis passée la voir.

« Hannah, tu te souviens de ce barbecue que nous avons fait chez nous, fin juillet ?

— Oui, bien sûr. On a mangé ces délicieux steaks marinés que Matthew a achetés à la coopérative. » Ses yeux brillent à ce souvenir.

« La question va te paraître idiote, mais est-ce que c'est quand nous nous sommes croisées par hasard à Browbury que je t'ai invitée ?

— Oui, tu as dit que tu voulais qu'on vienne chez vous pour faire un barbecue.

— Mais est-ce que je t'ai donné une date exacte à ce moment-là ? Je veux dire, est-ce que je t'ai dit de venir le dimanche ? »

Hannah réfléchit un moment, ses bras minces croisés sur la poitrine. « Ce n'est pas plutôt le lendemain que tu nous as invités ? Oui, c'est ça, je me souviens que Matthew a dit que tu lui avais demandé de nous téléphoner parce que tu étais occupée au jardin.

— Ah, je m'en souviens, maintenant, dis-je en prenant un ton de soulagement. En vérité, j'ai des problèmes de mémoire à court terme et il y a plusieurs choses dont je ne suis pas sûre, soit que je les ai vraiment oubliées, soit qu'elles ne se sont pas passées comme je le crois. Ça ne doit pas avoir grand sens pour toi, si ?

— Oui, ça me paraît un peu compliqué, dit-elle en souriant.

— Par exemple, je m'en veux à mort pour votre invitation à dîner d'il y a quelques semaines, parce que je ne me souvenais pas que tu nous avais invités...

— Ça, c'est parce que j'en ai parlé à Matthew, coupe-t-elle. J'ai laissé deux messages, un sur le téléphone de la maison et un sur ton portable et, comme tu ne me rappelais pas, j'ai appelé Matthew.

— Et puis il a oublié de me dire que tu voulais que j'apporte le dessert.

— Ce n'est pas moi qui l'ai demandé, proteste-t-elle, c'est Matthew qui l'a proposé. »

Pour donner un peu plus de substance aux questions que je viens de lui poser, je lui dis que j'ai peut-être une forme précoce de démence et lui demande de n'en parler à personne pour l'instant, tant que je ne me suis pas faite à cette idée. Puis je m'en vais.

24 juil 15:53

Elle veut qu'on se voie à Bb, elle a l'air tendue

Tu sais pkoi ?

24 juil 15:55

Le type de l'alarme l'a rendue nerveuse c'est peut-être ça

Tu peux y aller ?

24 juil 15:55

Oui, je lui ai dit rdv à 18h

24 juil 15:55
Tu me diras s'il y a qqch qu'on peut utiliser

24 juil 23:37
Coucou,
ça a été, ton rdv avec elle ?

24 juil 23:37
Bien,
rien à signaler,
elle a dit que le type de l'alarme lui avait fait peur

24 juil 23:37
Elle t'a dit qu'elle est tombée sur Hannah ?

24 juil 23:38
Oui

24 juil 23:38
Elle les a invités à un bbq sans dire quand
On pourrait s'en servir

24 juil 23:38
Comment ?

24 juil 23:38
Je sais pas trop
Au fait, je lui ai dit que j'allais à la plateforme

24 juil 23:39
Comment elle a réagi ?

24 juil 23:39
Pas contente. J'ai dit que je lui avais déjà dit, elle croit qu'elle a oublié
L'ai noté sur le calendrier, au cas où elle vérifie. J'imite bien son écriture

24 juil 23:39
Bon à savoir

***

25 juil 23:54
Coucou, tu as passé une bonne journée ?

25 juil 23:54
Oui, mais tu me manques. C'est dur ☹

25 juil 23:54
Ce n'est que quelques mois
J'ai une super idée pour le bbq avec H&A
Appelle à la maison à 10h demain, fais semblant d'être Andy

25 juil 23:54
?

25 juil 23:55
Fais comme je te dis

***

26 juil 10:35
Merci Andy !

26 juil 10:35
Haha. Ça a marché ?

26 juil 10:35
Je pars acheter des saucisses en ce moment même

26 juil 10:36
Elle croit vraiment qu'elle les a invités ?

26 juil 10:36
Ouais !

26 juil 10:37
Trop facile !

26 juil 10:37
☺

En partant de chez Hannah, je prends la direction de la société d'alarme, dans la zone industrielle, et je me rends à la réception. Une dame lève les yeux de derrière un bureau mal rangé.

« Puis-je vous aider ? demande-t-elle, tout sourire.

— Nous avons fait installer une alarme par votre société il y a deux mois environ. Serait-il possible d'avoir une photocopie de votre contrat ? J'ai peur d'avoir égaré le mien.

— Oui, bien sûr. » Elle me lance un coup d'œil interrogateur.

« Anderson », dis-je.

Elle entre mon nom dans son ordinateur. « Voilà. »

Une feuille de papier sort en ronronnant du photocopieur, elle tend la main et me la donne.

« Merci. » Je l'examine un instant, notant que la date d'installation est pour le samedi 1er août. Et c'est la signature de Matthew en bas de la page.

20 juil 23:33
Devine ? Elle m'a dit à dîner qu'elle voulait une alarme
Je me suis arrangé pour que quelqu'un passe vendredi

20 juil 23:33
Désolée ! C'est moi qui ai parlé de votre maison isolée
Lui ai dit qu'il vous fallait une alarme, sans penser qu'elle pousserait plus loin

20 juil 23:34
Si on en met une, ça va être plus difficile

20 juil 23:34
Pas si tu me donnes le code ☺

***

27 juil 08:39
Coucou !

27 juil 08:40
Je croyais que tu appellerais. Tu pars à la plateforme ?

27 juil 08:41
Non, zone industrielle, j'attends que la boîte d'alarme ouvre

27 juil 08:41
Prquoi ?

27 juil 08:41
Je vais commander l'alarme
et lui faire croire que c'est elle

27 juil 08:42
Comment tu vas faire ?

27 juil 08:42
Je vais imiter sa signature sur un faux contrat

27 juil 08:43
Tu sais faire ça ?

27 juil 08:44
Facile.
Je t'ai dit, j'imite bien son écriture
La boîte d'alarme va ouvrir, je te recontacte

27 juil 10:46
Suis dans le train pour Aberdeen
Vais faire installer l'alarme samedi matin
Je dois y être mais il faut qu'elle soit ailleurs
Une idée ?

27 juil 10:47
Vais réfléchir. Bon voyage

***

29 juil 09:36

Les coups de fil silencieux lui fichent vraiment la trouille
Elle ne veut pas rester seule donc lui ai suggéré d'aller à l'hôtel

29 juil 09:36

Il y en a qui ont les moyens

29 juil 09:37

On ira un jour tous les deux, promis
Ça tombe bien parce qu'elle sera partie samedi quand on installera l'alarme. Mais il faut que tu fasses qqch pour moi

29 juil 09:38

OK

29 juil 09:38

Téléphone à la maison tt à l'heure et laisse un message
Fais semblant d'être société d'alarme et confirme installation vendredi

29 juil 09:39

Tu ne veux pas dire samedi ?

29 juil 09:39

Non, vendredi. T'inquiète, je sais ce que je fais
Et passe le même coup de fil demain

29 juil 09:40

OK

***

31 juil 16:05
Coucou.
Tu es déjà revenu de la plateforme?

31 juil 16:34
Maintenant, oui. Suis à la maison, vais partir pour l'hôtel
Lui ai dit que j'avais trouvé le type de l'alarme à la porte
J'emporte le faux contrat pour prouver que c'est elle qui a commandé

31 juil 16:35
J'espère qu'elle va te croire

31 juil 16:35
Mais oui

31 juil 19:13
Elle m'a cru

31 juil 19:14
Elle doit croire qu'elle devient dingue!

31 juil 19:14
C'est bien ça, le but

Je repars de la société d'alarme jusqu'à Castle Wells. La vendeuse de Baby Boutique est occupée avec un client. J'attends, en essayant de contenir mon impatience.

« Ne me dites rien, fait-elle en me voyant là. Vous avez changé d'avis à propos du landau… »

Je la rassure. « Non, pas du tout. Mais il y a quelque chose que j'aimerais savoir. Quand je suis venue hier, vous avez dit que mon amie vous aurait tuée si vous aviez fait livrer le mauvais landau…

— Oui, c'est juste.

— Et comment ça ? Je suis curieuse parce que ça a été pour moi totalement inattendu. Le landau est comme tombé du ciel.

— J'ai bien suggéré de le faire livrer plus tard, plus près de la date de l'accouchement, parce que – hé bien on ne sait jamais. Mais elle a voulu le faire livrer tout de suite.

— Comment ça s'est-il passé ? Elle a dit qu'elle voulait me faire un cadeau et vous a demandé des idées ?

— Plus ou moins. Elle est entrée quelques minutes après vous et m'a dit que vous étiez amies. Elle m'a demandé si vous cherchiez quelque chose en particulier, alors je lui ai dit que vous aviez déjà acheté une grenouillère, et le jeune couple qui était là a ajouté en plaisantant que vous aviez aussi aimé le landau. Alors elle a dit que c'était parfait et l'a commandé sur l'instant. » Elle me regarde, inquiète. « Je me suis demandé si j'avais fait une gaffe parce qu'elle a paru choquée quand je lui ai dit que nous attendions nos bébés pour la même période, mais elle m'a rassurée en me disant que vous le lui aviez déjà annoncé, et qu'elle était simplement étonnée que vous me l'ayez dit à moi aussi.

— En fait, j'étais tellement excitée à l'idée d'être enceinte que j'en ai parlé à deux amies et je ne sais pas laquelle des deux m'a fait envoyer le landau, parce qu'il a été livré sans mot ni carte. Pourriez-vous me donner son nom ? Je voudrais la remercier.

— Oui, bien sûr. Si vous voulez bien patienter, je vérifie dans l'ordinateur. Vous pouvez me rappeler votre nom ?

— Cassandra Anderson.

— Ah oui, voilà. Oh, il n'y a pas de nom. Elle n'a pas rempli cette partie.

— Mais vous vous souvenez de l'allure qu'elle avait ? »

Elle réfléchit un moment. « Voyons... Plutôt grande avec des cheveux bouclés, bruns. Je suis désolée, je ne vous aide pas beaucoup.

— Si, au contraire, je sais exactement qui c'est. Parfait, je vais pouvoir la remercier. » J'hésite un instant. « Au fait, vous vous rappelez avoir parlé à mon mari ?

— Votre mari ? Non, je ne pense pas.

— Il a appelé ici le jour où on a livré le landau. Ça devait être le vendredi, parce qu'il a cru qu'on l'avait livré par erreur.

— Je regrette, je ne m'en souviens pas du tout. Vous êtes sûre qu'il m'a téléphoné ? Parce que je suis toute seule ici, en semaine.

— Je dois faire une erreur. » Je souris. « Merci beaucoup, vous m'avez rendu un grand service. »

04 août 11:43

Elle vient de me demander qu'on se voie à CW,
elle a l'air troublée

04 août 11:50

J'ai encore téléphoné sans rien dire
Tu vas y aller ?

04 août 11:51

Oui mais j'ai bcp de travail
j'espère que ça va être bref
Je te raconterai

04 août 14:28

Meilleure nouvelle du monde : elle croit que c'est le meurtrier qui lui téléphone

04 août 14:29

Quoi ???

Elle est peut-être vraiment folle

04 août 14:29

Ça nous facilitera le travail si elle devient folle toute seule

Ai aussi réussi à appuyer l'histoire du bbq

Lui ai fait croire qu'elle m'avait dit qu'elle avait invité H&A le dimanche

04 août 14:30

Bien joué

04 août 14:31

Dois retourner travailler, à plus tard

04 août 14:38

Devine quoi ?

04 août 14:39

Je croyais que tu repartais au boulot

04 août 14:39

En revenant au parking, je l'ai vue sortir de Baby Boutique

04 août 14:39

Baby Boutique ?

Qu'est-ce qu'elle fait là ?

04 août 14:40
J'en sais rien

04 août 14:40
Tu peux te renseigner ?

04 août 14:40
Pas vraiment le temps

04 août 14:40
Prends-le
Prkoi boutique de bébé ?
On peut peut-être s'en servir
Il faut se servir de tout ce qu'on peut contre elle

04 août 14:41
OK

04 août 15:01
Tu ne vas pas me croire

04 août 15:01
Ah enfin
Tu en as mis du temps

04 août 15:02
Ne râle pas
J'ai une bonne nouvelle à t'annoncer

04 août 15:02
Vas-y

04 août 15:02
Tu vas être papa !

04 août 15:03
Hein ?!?

04 août 15:03
Tu es sûr de ta vasectomie ?

04 août 15:03
Mais oui, suis sûr ! Qu'est-ce qui se passe ?

04 août 15:03
Mystère et boule de gomme !
Elle a dit à la vendeuse qu'elle était enceinte
Je vous ai commandé un landau

04 août 15:03
???

04 août 15:04
Elle en est tombée amoureuse, on dirait
Fais-lui croire qu'elle l'a commandé, comme l'alarme

04 août 15:04
Pas sûr que ça marche deux fois

04 août 15:04
Ça vaut le coup d'essayer
Sinon, dis que c'est la boutique qui s'est trompée
Mais tu devras être à la maison pour la livraison vendredi

04 août 15:05
OK vais prendre 2 jours de congé
Jouer les maris inquiets
Dois penser à comment faire pour le landau

04 août 15:06
J'aimerais que tu prennes deux jours avec moi ☹

04 août 15:06
Bientôt ça sera nous
Au fait suis rentré en douce à la maison
et changé le code alarme
Avec un peu de chance,
elle va la déclencher

04 août 15:07
Elle va avoir une journée pourrie

04 août 15:07
La première d'une longue série,
espérons ☺

04 août 23:37
Comment ça a été avec l'alarme ?

04 août 23:38
Tu aurais dû voir ça
La police est venue

04 août 23:38
Elle a vraiment cru faire un mauvais code ?

04 août 23:38

S'est même pas posé la question

04 août 23:38

Un jeu d'enfant, c'est le mot

04 août 23:39

Incroyable, non ?

***

06 août 23:45

Tout est prêt pour le landau qui arrive demain ?

06 août 23:47

☺

06 août 23:47

Tu vas te servir du fait qu'elle est « enceinte » ?

06 août 23:47

Si je peux

***

07 août 23:46

Merci pour le landau

07 août 23:46

Contente qu'il te plaise

Comment ça s'est passé ?

07 août 23:47
Trop drôle. Grosse confusion
Elle m'a commandé un abri de jardin, kdo surprise
A d'abord cru que le landau était l'abri donc quiproquo

07 août 23:47
?

07 août 23:47
T'inquiète, ça a été
Elle a dit qu'elle n'avait jamais commandé de landau donc j'ai fait semblant d'appeler la boutique
Puis lui ai balancé sa pseudo-grossesse, dit que la vendeuse m'avait félicité

07 août 23:48
Qu'est-ce qu'elle a répondu ?

07 août 23:48
Que la vendeuse avait supposé qu'elle l'était et qu'elle ne l'a pas détrompée

07 août 23:48
Bizarre. Et le landau ?

07 août 23:49
Elle croit qu'elle l'a commandé

07 août 23:49
Pas possible !
Elle est vraiment tarée

07 août 23:49

Le mieux c'est que j'ai réussi à la convaincre d'aller voir un médecin
RDV demain

07 août 23:50

Elle ne va pas être contente que tu lui aies déjà parlé d'elle
Et s'il ne lui donne pas de traitement ?

07 août 23:50

Il lui donnera. J'ai dit au médecin qu'elle était parano et hyper nerveuse
Avec de la chance, son attitude le confirmera

En sortant de Baby Boutique, je me rends à l'école où je travaillais et j'y arrive juste pendant la pause déjeuner. Je pense à John et je rougis de culpabilité à la pensée de l'avoir accusé si vite, au point de le soupçonner d'avoir tué Jane. Mais je ne sais toujours pas s'il est totalement innocent – il a été voir Rachel, après tout. Le visage de Jane m'envahit l'esprit, et la tristesse que je ressens toujours réapparaît. Mais je ne peux pas me permettre de penser à elle, pas encore.

Je pousse la porte du hall d'entrée de l'école. Les couloirs sont vides et en les parcourant, je réalise à quel point l'école me manque. J'arrive devant la salle des professeurs, j'inspire une bonne fois et j'entre.

« Cass ! » Connie se lève d'un coup, en renversant sa salade, et accourt pour me serrer fort dans ses bras. « Oh mon Dieu que c'est bon de te voir ! Tu sais que tu nous as manqué ? »

D'autres collègues nous entourent, me demandent comment je vais et me disent qu'ils sont ravis de me revoir.

Après les avoir rassurés sur mon état, je demande où sont John et Mary.

« John est de service à la cantine et Mary est dans son bureau », répond Connie.

Cinq minutes plus tard, je me dirige vers le bureau de Mary. Elle semble aussi ravie de me voir que les autres, ce qui me rassure.

« Je voulais m'excuser de vous avoir tous laissés tomber. Et en premier lieu pour la journée d'intégration.

— Vous n'avez pas à vous excuser, dit-elle, élégante comme toujours, en tailleur bleu marine et chemisier rose. Votre mari nous a prévenus longtemps à l'avance donc ça n'a pas posé de problème. Je suis seulement désolée de ne pas avoir pu vous voir quand je suis passée ce soir-là avec les fleurs. Votre mari m'a dit que vous dormiez.

— Oui, j'aurais dû vous écrire pour vous remercier », dis-je d'un ton d'excuse, parce que je ne veux pas qu'elle sache que Matthew ne m'a jamais donné les fleurs.

« Ne dites pas de bêtises. » Elle me jette un regard circonspect. « Je dois dire que je ne m'attendais pas à vous trouver aussi en forme. Vous êtes sûre que vous n'êtes pas prête à revenir ? Vous nous manquez.

— J'aimerais tant, dis-je avec regret. Mais comme vous le savez, j'ai été malade. D'ailleurs, je crois que vous avez remarqué que je n'allais pas très bien le semestre précédent. »

Elle fait non de la tête. « Je n'ai rien remarqué du tout, j'en ai peur. Si j'avais su que vous étiez autant sous pression, j'aurais essayé de vous aider. Je regrette vraiment que vous ne m'en ayez pas parlé.

— Mais n'avez-vous pas dit à mon mari que vous aviez remarqué que je n'étais pas au mieux de ma forme ?

— La seule chose que j'ai dite à votre mari, quand il m'a téléphoné pour nous annoncer que vous ne feriez pas la rentrée, c'est que vous étiez l'enseignante la mieux organisée et la plus efficace de toute l'école.

— Mon mari vous a-t-il dit pourquoi je ne pouvais pas reprendre le travail ? »

Elle me regarde avec franchise. « Il a dit que vous aviez fait une dépression nerveuse.

— J'ai bien peur qu'il n'ait un peu exagéré.

— C'est ce que j'ai pensé, d'autant que votre certificat médical disait seulement que vous étiez stressée.

— Pensez-vous que je pourrais voir ce certificat ?

— Oui, bien sûr. » Elle se rend à son trieur et fouille dans les dossiers. « Voilà. »

J'examine un moment le certificat.

« Pourrais-je en avoir une copie, s'il vous plaît ? »

Elle ne me demande pas pourquoi, et je ne lui en dis pas plus. « Je vous la fais faire immédiatement. »

16 août 23:52

Bonne nouvelle
J'ai fait comme tu m'as dit et j'ai pris par la forêt pour aller à Chichester
Elle a craqué complètement
Appelé le médecin,
il dit qu'elle doit prendre ses pilules régulièrement

16 août 23:52

Enfin !

16 août 23:52
Il y a mieux
Elle dit qu'elle ne veut pas retourner travailler
Je crois que c'est la dernière ligne droite

16 août 23:53
Dieu merci
Il est temps de passer au dernier acte
Tu crois que je peux entrer dans la maison demain ?

16 août 23:53
Vais essayer de l'assommer avec les pilules
Mais fais attention

17 août 10:45
Suis dans la maison,
elle est complètement sonnée
Tu lui en as donné combien ?

17 août 10:49
2 dans jus d'orange
+ 2 prescription
Me demandais pourquoi elle ne répond pas au tél
Elle est où ?

17 août 10:49
Endormie devant la télé
J'ai commandé quelques trucs sur le téléachat

17 août 10:49
Pourquoi ?

17 août 10:50
Fais-lui croire qu'elle les a commandés
Tu dis qu'elle m'a déjà acheté des boucles d'oreille,
donc pourquoi pas ?

17 août 10:50
N'en fais pas trop

17 août 10:50
☺

20 août 14:36
Tu es à la maison ?

20 août 14:36
Oui j'ai rangé un peu
Elle va peut-être croire que c'est elle
Sinon, tu peux dire que c'est toi avant de partir travailler, et la faire culpabiliser

24 août 23:49
Appelé la directrice cet AM
et lui ai dit dépression nerveuse
Dit qu'elle ne reviendrait probablement pas à l'école

24 août 23:49
Qu'est-ce qu'elle a dit ?

24 août 23:49
Se sent mal de ne pas l'avoir vu venir
Veut un certificat médical

***

26 août 15:09

Ça va ?

26 août 15:10

J'aimerais mieux être à Sienne. Machine pas livrée, ils disent livraison mardi. J'ai repassé tes chemises

26 août 15:10

Merci ! T'emmène à Sienne dès que tout est fini
Au fait, merci pour le truc à patates

26 août 15:11

Contente qu'il te plaise. Tu recevras autre chose dans qq jours

***

28 août 17:21

Comment ça va?

28 août 17:37

Directrice veut venir avec des fleurs

28 août 17:38

Qu'est-ce que tu as dit?

28 août 17:38

J'ai dit oui mais lui dirai que C est trop malade pour la voir et vais jeter les fleurs
Au fait, j'ai le certificat du Dr, mais il dit seulement stress

28 août 17:38
Merde

28 août 17:38
Ne parle pas de dépression non plus
Vais faire une fausse lettre pour tests démence précoce

28 août 17:39
Elle est tellement naïve qu'elle va marcher
Je me suis commandée des perles,
ça ne te dérange pas ?

28 août 17:39
Tu les vaux bien

***

31 août 23:49
Ça a été ta journée ?

31 août 23:50
Comme d'hab
Elle n'a pas parlé de te voir demain pour déjeuner

31 août 23:50
Tant mieux,
c'est qu'elle a oublié
Dois être chez vous pour la livraison du lave-linge
Ferai semblant de vouloir savoir pourquoi elle n'est pas venue

***

01 sept 15:17
Comment ça s'est passé ?

01 sept 15:18
Machine livrée à 11h,
elle a dormi tout le temps
Après j'ai sonné pour savoir pourquoi elle avait oublié le déjeuner
J'ai cru qu'elle n'allait jamais ouvrir

01 sept 15:18
Elle était comment ?

01 sept 15:18
À peine compréhensible
Elle est tellement perturbée, m'a parlé du meurtre, qu'elle avait vu un couteau
Elle a l'air complètement dingue

01 sept 15:19
Bien
Je veux lui dire ce soir qu'elle est folle

01 sept 23:27
Tu lui as dit?

01 sept 23:28
Oui,
encore complètement out quand je suis rentré
En ai profité, lui ai demandé de faire une lessive
Elle n'a pas pu, lui ai montré la lettre du Dr pour les tests démence précoce

01 sept 23:29
Comment elle a réagi ?

01 sept 23:29
À ton avis ?

Je quitte Mary peu de temps après, lui promettant de donner de mes nouvelles. Au moment où je passe la porte d'entrée, on m'appelle. Je me retourne sur John qui accourt et me dit d'un ton de reproche : « Ne me dis pas que tu partais sans me dire bonjour.

— Je ne voulais pas te gêner pendant ton service de cantine. » Je mens, parce que je ne sais toujours pas dans quel camp il est.

Il me dévisage. « Comment vas-tu ?

— Bien.

— Tant mieux.

— Tu n'as pas l'air très convaincu…

— Je ne m'attendais pas à te voir ici si tôt, c'est tout.

— Pourquoi ça ? »

Il prend un air gêné. « Hé bien, après tout ce qui t'est arrivé…

— Que veux-tu dire ?

— Rachel m'a raconté, dit-il maladroitement.

— Elle t'a raconté quoi ?

— Que tu avais fait une surdose. »

Je hoche lentement la tête. « Quand t'a-t-elle dit ça ?

— Hier. Elle m'a téléphoné ici, à l'école, et m'a demandé si on pouvait se voir et boire un verre après ma journée de travail. J'ai failli refuser – j'ai eu peur qu'elle ne me fasse encore des avances – mais elle m'a dit qu'elle voulait me parler de toi. Donc j'ai accepté de la voir.

— Continue...

— On s'est vus à Castle Wells et elle m'a dit que tu as fait une surdose de médicaments la semaine dernière et qu'on a dû t'emmener d'urgence à l'hôpital. Je me suis senti très mal et j'ai regretté d'avoir écouté Matthew quand il m'a dit que je ne pouvais pas venir te voir. »

Je plisse le front.

« C'était quand, ça ?

— Après que Mary nous a dit que tu avais décidé de ne pas faire la rentrée. Je n'y croyais pas vraiment parce que quand on s'était croisés par hasard à Browbury, tu ne m'avais pas du tout dit que tu pourrais peut-être lâcher le boulot et je me suis dit que quelque chose n'allait pas. Ça ne collait pas. Mary a dit que tu souffrais de stress et je savais que le meurtre de Jane t'avait perturbée, mais j'ai pensé – bêtement, peut-être – que je pourrais te convaincre de changer d'avis. Mais Matthew a dit que tu étais trop faible pour recevoir du monde et quand Rachel m'a dit que tu avais fait une surdose, je n'ai pas compris comment tu avais pu plonger autant en si peu de temps. » Il hésite un instant. « Tu as fait une surdose, Cass ? »

Je secoue la tête vivement. « Pas délibérément. J'ai pris trop de médicaments sans savoir ce que je faisais. »

Il paraît soulagé. « Rachel m'a demandé d'en parler à Mary. Elle pense qu'elle devrait savoir que tu as fait une surdose.

— Et tu lui as dit ?

— Non, bien sûr que non. Ce n'est pas mon rôle. » Il hésite à nouveau. « Je sais que Rachel est une de tes amies proches, mais je ne suis pas sûr qu'elle soit une bonne amie *pour* toi.

J'ai trouvé que c'était déloyal de sa part de me dire que tu avais fait une surdose. Il faut que tu fasses attention, Cass.

— Oui, dis-je en hochant la tête. Si elle te rappelle sous peu, ne lui dis pas qu'on s'est vus, d'accord ?

— Promis. Prends soin de toi, Cass. On se reverra ?

— Mais bien sûr, dis-je en lui souriant. Je te dois un déjeuner, souviens-toi. »

Je quitte l'école, satisfaite de tout ce que j'ai accompli jusqu'ici. Je songe à aller voir le Dr Deakin mais je doute de pouvoir obtenir un rendez-vous si vite et de toute façon, il me suffit de savoir qu'à son avis je ne souffre que de stress. Il aurait pu changer d'avis en apprenant que j'ai fait une surdose récemment, mais j'ai au moins le téléphone de Rachel pour prouver que c'est l'œuvre de Matthew, et pas la mienne.

Pour l'instant, je ne peux pas me permettre de penser à ce qui se serait passé si on ne m'avait pas « rendu » le téléphone, ni de me demander pourquoi les deux personnes que j'aime le plus au monde m'ont trahie. J'ai peur d'être accablée de chagrin au point d'être incapable de faire ce que j'ai l'intention de faire, ce que j'ai résolu de faire depuis que j'ai reconnu la voix de Matthew à l'autre bout du fil au Spotted Cow. C'est-à-dire démêler leur tissu de tromperies. Je n'étais pas obligée d'aller voir Hannah ce matin, ni la femme de la société d'alarme, ni celle de Baby Boutique, ni Mary, parce que tout est là dans le téléphone. Mais quand je me suis levée, je n'arrivais toujours pas à croire ce qu'ils avaient fait, et parce qu'ils se sont tellement joué de moi ces derniers mois, j'ai commencé à me demander si ce n'était pas le fruit de mon imagination, ou si j'avais peut-être mal interprété ce que je lisais. Je n'ai pas osé relire les messages de peur de les effacer par accident, ou que Matthew ou Rachel surviennent inopinément et me découvrent avec le téléphone. Ma petite sortie m'a permis de confirmer que ce que je crois est bien réel.

Elle m'a aussi fait comprendre combien je leur ai facilité la tâche. Maintenant, il me paraît incroyable de n'avoir douté de rien, ni de l'alarme que j'avais prétendûment commandée, ni du landau, ni du lave-linge dont je ne savais plus me servir. J'ai mis tout ce qui est arrivé sur le compte de ma mémoire défaillante. Même d'avoir égaré ma voiture au parking.

12 août 23:37

Il faut monter d'un cran

12 août 23:39

Prkoi ?

12 août 23:39

Elle a ouvert une bouteille de champagne tout à l'heure

Dit qu'elle se sent bcp mieux, a reparlé d'avoir un bb

12 août 23:39

Pauvre conne

Vais l'appeler demain pr savoir ce qu'elle dit

***

13 août 09:42

Viens d'appeler, pas de réponse

Tu as déjà passé coup de fil muet ?

13 août 09:42
Pas encore, j'allais le faire
Espérons qu'elle va redevenir comme on veut

13 août 09:42
Tu veux que j'aille à la maison après ?

13 août 09:43
Oui mais sois prudente

13 août 09:43
Suis tjrs prudente

13 août 14:31
Il se passe qqch ?

13 août 14:32
Non, elle dort devant la TV

13 août 14:32
Bien, ça veut dire que mon coup de fil lui a fait peur

13 août 15:30
Je peux partir ? Je dois aller à Castle Wells

13 août 15:54
Dsl j'étais en réunion. Oui pars
Ne te fais voir par personne, tu es censée être à Sienne

13 août 15:54
J'ai une perruque blonde et un jogging, rappelle-toi

13 août 15:54
Je voudrais voir ça

13 août 15:54
Sûrement pas

13 août 16:48
Devine qui est à Castle Wells?
J'allais partir quand elle est entrée au grand parking
En train de la suivre, j'ai une idée
Elle a une autre clé de voiture?

13 août 16:49
Oui, à la maison, prkoi?

13 août 16:50
Elle a tjrs peur de perdre sa voiture. On pourrait lui perdre

13 août 16:51
Comment?

13 août 16:51
Si tu peux zapper le boulot, tu pourrais venir ici et déplacer sa voiture à un autre étage
Elle est au 4e

13 août 16:51
Génial! Je pars maintenant, j'espère y être à temps

13 août 16:51
Je te tiens au courant

13 août 17:47

J'y suis

Elle est où ?

13 août 17:47

Se balade en ville

13 août 17:47

Je bouge la voiture ?

13 août 17:48

Vas-y. Je ne crois pas qu'elle reste très longtemps

Mets-la au dernier étage

13 août 17:48

OK

13 août 18:04

Elle revient au parking, tu l'as bougée ?

Elle a croisé sa copine de l'école, Connie, je crois

13 août 18:04

Oui, suis dans la voiture au dernier étage

Surveille-la pour que je puisse bouger si elle monte ici

Dis-moi ce qui se passe

13 août 18:14

Trop drôle.

Elle la cherche partout

au 5e étage pour le moment

J'ai presque pitié d'elle

13 août 18:14
Tu crois qu'elle va monter ici ?

13 août 18:16
Non elle redescend

13 août 18:19
Qu'est-ce qui se passe ?

13 août 18:21
Au RdC, je crois qu'elle va au bureau leur dire qu'elle ne trouve pas sa voiture

13 août 18:21
Je la redescends au 4e ?

13 août 18:21
Oui !

13 août 18:24
Tu l'as fait ?
Elle remonte avec le gardien,
attend l'ascenseur

13 août 18:25
Oui mais pas exactement au même endroit,
deux places plus loin

13 août 18:25
Pas d'importance je crois
Tu ferais mieux d'y aller

13 août 18:26

Suis déjà parti

Vais l'appeler pr demander où elle est, en faisant semblant d'être à la maison

13 août 23:48

Coucou. Comment ça s'est passé ?

13 août 23:49

Disons qu'elle n'est pas près de rouvrir une bouteille de champagne

13 août 23:49

☺

Soudain affamée, parce que je n'ai pas mangé depuis hier midi, je m'arrête à une station-service pour m'acheter un sandwich et quelque chose à boire. Je mange rapidement, impatiente de rentrer à la maison. J'emprunte la voie express avec l'intention d'y rester jusqu'à l'arrivée mais cinq minutes plus tard, sans véritable raison, je me retrouve à tourner à gauche, par la route de la forêt, celle qui mène chez moi par Blackwater Lane. Mais je ne m'en inquiète pas plus que ça et laisse le destin me mener où il le veut. Après tout, il m'a permis de trouver le téléphone. Quelle était la probabilité que l'étudiant français le lui prenne quand elle est passée devant lui ? Quelle était la probabilité qu'une de ses amies ait une crise de conscience et me le tende ? Je ne pense pas être très croyante mais hier, quelqu'un, quelque part, devait veiller sur moi.

Blackwater Lane ne ressemble pas du tout à ce que c'était quand je l'ai empruntée la dernière fois. Les arbres qui bordent la route éclatent des couleurs de l'automne et l'absence d'autres voitures aux alentours est apaisante et non chargée de menace. Quand j'arrive à la petite aire de stationnement où était garée la voiture de Jane, je ralentis et je me range. Après avoir coupé le moteur, je baisse la vitre et reste assise un moment, laissant une légère brise emplir la voiture. Et je sens que Jane est avec moi. Même si le meurtrier n'a toujours pas été retrouvé, pour la première fois depuis qu'elle est morte, je me sens en paix.

J'avais l'intention de rentrer à la maison, de prendre le téléphone de Rachel sous l'orchidée et de le remettre à la police mais si je suis venue jusqu'ici, c'est qu'il y a une raison. Alors je ferme les yeux, je pense à Jane et à la manière dont Matthew et Rachel, sans remords, se sont servi de son meurtre pour avoir barre sur moi.

18 juil 15:15

Ça va ?

18 juil 15:16

Oui.

Comment tu peux me contacter à cette heure-ci ?

18 juil 15:16

Suis sorti. Lui ai dit que j'allais à la salle de sport

Dois continuer à faire semblant

Veux pas qu'elle se demande pourquoi je n'y vais plus

18 juil 15:16

J'aimerais mieux que tu sois en route pour me voir, comme avant

18 juil 15:16

Moi aussi. Tu me manques, tu sais ?

18 juil 15:16

Oui je crois que je sais ☺
Et on se verra même pas ce soir

18 juil 15:16

Pas plus mal, j'aurais envie de t'embrasser
Mais pourquoi pas ce soir ?

18 juil 15:17

Susie a annulé sa fête
La femme qui a été assassinée?
Elle travaillait dans notre boîte

18 juil 15:17

Sérieux ?

18 juil 15:17

Je viens d'appeler C pour lui dire, elle s'est effondrée
Il se trouve qu'elle a déj avec elle il y a peu

18 juil 15:18

Quoi ? Tu es sûre ? La femme assassinée ?

18 juil 15:18

Oui. Elle l'a rencontrée au pot de départ où je l'ai emmenée
il y a 1 mois
Et elles ont organisé un déj
Jane Walters

18 juil 15:19
Me souviens !
j'ai vu Cass au resto après le déj
Elle a dit qu'elle voyait une nouvelle amie : Jane

18 juil 15:19
C'était elle

18 juil 15:19
Houlà, elle va être encore plus perturbée maintenant
Elle est très nerveuse parce que l'assassin est en liberté

18 juil 15:20
Tant mieux on pourrait s'en servir

18 juil 23:33
Savais pas que tu t'étais disputée avec la victime
Cass m'a dit

18 juil 23:34
Elle m'avait piqué ma place de parking

18 juil 23:34
Alors elle a eu ce qu'elle méritait

18 juil 23:35
Merde tu as vraiment un cœur de pierre !

18 juil 23:35
Pas quand il s'agit de toi
Je t'ai déjà dit que tu étais la femme de ma vie ?

18 juil 23:35
☺

***

24 juil 23:40
Le meurtre l'a vraiment tourneboulée,
elle ne veut plus rester seule quand je suis parti
Lui ai dit de t'inviter

24 juil 23:40
Merci !

24 juil 23:40
Fallait avoir l'air sincère
Tu refuses bien sûr

24 juil 23:41
N'en reviens pas qu'elle ait si peur

24 juil 23:41
Tant mieux pour nous

***

28 juil 09:07
Coucou !

28 juil 09:07
Tu as l'air gai.
Quoi de neuf ?

28 juil 09:08
C m'a appelé pour me demander si je venais de lui tél
Elle avait l'air agité dc ai dit non pour rigoler

28 juil 09:08
C'est tout ?

28 juil 09:08
Il y a eu la même chose hier mais c'était pas moi
L'ai calmée, lui ai dit sûrement une centrale d'appels

28 juil 09:08
Comprends toujours pas

28 juil 09:09
Ai pensé le refaire demain. Et après-demain
Lui faire croire qu'elle est harcelée

28 juil 09:09
Génial !

28 juil 09:09
Savais que ça te plairait

***

05 août 23:44
Passé une bonne journée ?

05 août 23:57
Dsl j'étais sous la douche

05 août 23:57
Mmm ! Belle image

05 août 23:58
Journée pas mal – et toi ?

05 août 23:58
Rien d'excitant mais j'ai pensé
J'appelle silencieux demain, puisque serai à la maison ?

05 août 23:58
Si non, elle va deviner ke c'est toi

05 août 23:59
Ou elle pourrait croire elle/maison surveillée

05 août 23:59
Paranoïa = bon. vas-y !

Repenser à ces SMS me met tellement en colère que je jure de trouver un moyen de venger Jane. Je passe en revue les moindres détails de ce qui s'est produit depuis cette nuit funeste. Et tout à coup, je sais précisément quoi faire.

Je quitte la petite aire de stationnement et je rentre vite à la maison, en priant pour ne pas voir la voiture de Matthew ou de Rachel garée dans l'allée. Il n'y a l'air d'avoir personne mais j'inspecte soigneusement la maison en descendant de voiture. Puis j'entre. Au moment où je désactive l'alarme, le téléphone se met à sonner. Le numéro affiché me dit que c'est Matthew, donc je décroche.

« Allô ?

— Ah, enfin. » Sa nervosité est palpable. « Tu étais sortie ?

— Non, j'étais au jardin. Pourquoi ? Tu as essayé de m'appeler ?

— Oui, plusieurs fois.

— Désolée, j'avais décidé de nettoyer le fond du jardin, près de la haie. Je viens juste de rentrer prendre une tasse de thé.

— Tu ne comptes pas ressortir, si ?

— Je n'en avais pas l'intention. Pourquoi ?

— J'ai pensé prendre mon après-midi, pour passer un peu de temps avec toi. »

Mon cœur accélère. « Oui, ce serait bien, dis-je calmement.

— Alors je te retrouve dans une heure. »

Je raccroche, réfléchissant à toute vitesse, en me demandant pourquoi il a décidé de prendre un après-midi de congé. Peut-être que lui ou Rachel ont réussi à retrouver les étudiants français qui étaient au pub hier soir et qu'ils savent que j'ai le téléphone. Si les étudiants logent à l'université de Castle Wells, il ne doit pas être très difficile de savoir où ils sont aujourd'hui. J'ai eu de la chance jusqu'ici mais, malgré ce que j'ai dit à Rachel, je ne peux pas compter sur le fait qu'ils soient déjà en train de rentrer en France.

Je file au jardin en espérant que Matthew n'aura pas déplacé le couteau depuis que Rachel l'y a laissé. Les coussins des chaises longues ont déjà été rentrés pour l'hiver et sont en pile bien nette au fond de l'abri de jardin. Je les déplace et me retrouve nez à nez non avec un couteau, mais avec une machine à expresso. Il me faut cinq bonnes secondes pour comprendre que c'est celle qui était dans notre cuisine, celle où on pouvait glisser les capsules sans devoir pousser un levier. Je fouille un peu plus et, sous une vieille table de jardin couverte d'un drap, je trouve une boîte avec la photo d'un four à micro-ondes et, en l'ouvrant, découvre notre ancien four à l'intérieur, le modèle précédant celui qui trône à présent sur le comptoir de notre cuisine. J'ai envie de hurler de rage devant la facilité avec laquelle Matthew m'a dupée mais j'ai peur de ne jamais pouvoir m'arrêter, j'ai peur que toutes les émotions que je retiens en moi depuis qu'on m'a tendu le téléphone de Rachel hier après-midi me submergent, qu'elles me laissent incapable de poursuivre. Je reporte donc ma colère sur le micro-ondes, que je bourre de coups de pied, du droit d'abord, puis du gauche. Et quand ma colère a disparu et qu'il ne me reste plus qu'un immense chagrin, je le mets en réserve pour un autre jour et je reprends ma tâche.

Il me faut encore quelques minutes pour trouver le couteau, fourré dans un pot de fleurs au fond de l'abri, enveloppé dans un torchon que je reconnais comme appartenant à Rachel parce que j'en ai un identique, rapporté d'un voyage à New York. Ce n'est peut-être pas celui qui a servi au meurtre de Jane mais j'ai encore la nausée en le regardant. Sans le toucher, je le remballe et le remets où il était. *Ce soir, ce sera fini*, me dis-je. *Ce soir, tout sera fini.*

Je rentre dans la maison et reste là un moment, me demandant si je vais vraiment pouvoir y arriver. Et parce qu'il n'y a qu'un moyen de le savoir, je traverse l'entrée, décroche le téléphone et appelle la police.

« Pourriez-vous venir s'il vous plaît ? J'habite près de l'endroit où s'est produit le meurtre et je viens de trouver un grand couteau de cuisine dissimulé dans mon abri de jardin. »

La police arrive avant Matthew, ce que j'espérais. Cette fois ils sont deux : l'agent Lawson, que j'ai déjà rencontrée, et son collègue masculin, l'agent Thomas. Je fais en sorte de paraître choquée mais pas hystérique. Je leur dis où se trouve le couteau et l'agent Thomas va tout droit à l'abri de jardin.

« Vous ne pensez pas que c'est l'arme du crime que vous recherchez dans le cadre du meurtre de Jane Walters, si ? » demandé-je, inquiète, à l'agent Lawson, au cas où ça ne leur serait pas venu à l'idée. « On ne l'a pas retrouvée, n'est-ce pas ?

— Je ne peux rien vous dire, je regrette.

— C'est seulement que… je la connaissais un peu. »

Elle me regarde, surprise. « Vous connaissiez Jane Walters ?

— Seulement un peu. Nous avons discuté à une fête et déjeuné une fois ensemble. »

Elle sort son carnet. « Quand était-ce ?

— Laissez-moi réfléchir… ça devait être deux semaines avant sa mort, environ. »

Lawson plisse le front. « Nous avons demandé à son mari une liste de ses relations mais vous n'y figuriez pas.

— Comme je l'ai dit, c'était tout récent.

— Et comment vous a-t-elle paru, à ce déjeuner ?

— Bien. Tout à fait normale. »

Nous sommes interrompues par l'agent Thomas qui revient avec le couteau, qu'il tient avec précaution dans ses mains gantées, encore à demi enveloppé dans le torchon.

« C'est bien ce que vous avez trouvé ?

— Oui.

— Pouvez-vous nous dire comment vous l'avez trouvé ?

— Oui, bien sûr. » J'inspire profondément. « J'étais en train de jardiner et il me fallait des pots de fleurs pour y mettre quelques bulbes. Je savais que j'en trouverais dans l'abri parce que c'est là que Matthew – mon mari – les range. J'en ai choisi un grand et il y avait un torchon au fond. En le prenant, j'ai senti qu'il y avait quelque chose d'emballé dedans. J'ai commencé à le dérouler et quand j'ai vu les dents de la lame et que j'ai compris que c'était un couteau, j'ai eu si peur que je l'ai vite remballé – il m'a fait penser à celui qu'on a vu à la télévision dans l'histoire du meurtre de Jane Walters, vous comprenez. Donc je l'ai reposé et je vous ai appelés.

— Vous reconnaissez le torchon ? » demande Thomas.

Je hoche lentement la tête. « Une amie me l'a rapporté de New York.

— Mais vous n'aviez jamais vu ce couteau auparavant ? »

J'hésite. « Peut-être que si.

— Ailleurs qu'à la télévision », ajoute gentiment l'agent Lawson.

Je ne lui en veux pas de me croire un peu bête après les fiascos de l'alarme et de la tasse. Et pour l'instant, je préfère qu'elle me croie idiote parce que si je glisse quelques bribes d'informations pouvant… incriminer Matthew, disons-le, ça ne paraîtra pas malveillant.

« Oui, ailleurs qu'à la télévision, reprends-je. C'était il y a un mois environ, un dimanche. Je suis allée dans la cuisine pour charger le lave-vaisselle avant d'aller me coucher et il y était, posé à plat.

— Ce couteau-là ? demande le policier.

— Peut-être. Je ne l'ai vu que brièvement parce que le temps que j'appelle Matthew pour qu'il vienne voir, il avait disparu.

— Disparu ?

— Oui, il n'y était plus. À la place, il y avait un petit couteau de cuisine, au même endroit. Mais j'étais sûre que celui que j'avais vu était beaucoup plus gros et j'ai eu vraiment très peur. J'ai voulu vous téléphoner mais Matthew a dit que c'était seulement mon imagination qui me jouait des tours.

— Pourriez-vous revenir sur ce que vous avez vu exactement ce soir-là, madame Anderson ? » demande Lawson, qui reprend son carnet.

Je hoche la tête. « Comme je l'ai dit, je suis allée à la cuisine pour charger le lave-vaisselle et, en me penchant pour mettre les assiettes, j'ai vu un énorme couteau posé à plat. C'est un couteau que je n'avais jamais vu avant – nous n'avons pas de couteau comme ça – et j'ai eu une telle trouille que je n'ai pensé qu'à fuir la cuisine aussi vite que possible, donc j'ai couru dans l'entrée en appelant Matthew...

— Où était votre mari à ce moment-là ? » coupe-t-elle.

Je croise les bras sur ma poitrine, pour faire semblant d'être nerveuse. Elle me lance un sourire d'encouragement et je respire profondément. « Il était allé au lit avant moi donc il était à l'étage. Il est descendu en courant et je lui ai dit qu'il y avait un gros couteau dans la cuisine. J'ai bien vu qu'il ne me croyait pas. Je lui ai demandé de vous appeler parce que j'avais vu une photo du couteau qui a servi au meurtre et qu'il lui ressemblait beaucoup, alors j'ai eu très peur que l'assassin soit quelque part dans le jardin, ou même dans la maison. Mais Matthew a dit qu'il voulait voir le couteau d'abord, alors il est allé à la cuisine et puis il m'a demandé de venir voir. Et quand j'ai regardé, le gros couteau avait disparu et il y avait un petit couteau de cuisine posé à la même place.

— Votre mari est-il entré dans la cuisine ou est-il resté à la porte ?

— Je ne me souviens plus très bien. Je crois qu'il est resté à la porte mais à ce stade, j'étais un peu hystérique, j'en ai peur.

— Qu'a fait votre mari ensuite ?

— Il a fouillé ostensiblement toute la cuisine pour trouver le couteau mais je savais que c'était seulement pour me faire plaisir. Et comme il ne l'a pas trouvé, il a dit que j'avais dû me tromper.

— Et vous avez cru vous être trompée ? »

Je nie vigoureusement de la tête. « Non.

— Alors d'après vous que s'est-il passé ?

— J'ai pensé que le gros couteau s'était bel et bien trouvé là mais que quelqu'un était entré par la porte du jardin pendant que j'en parlais à Matthew et l'avait échangé contre un petit couteau de cuisine. Je sais que ça paraît idiot mais c'est ce que j'ai cru, et c'est ce que je crois toujours. »

Lawson hoche la tête. « Pouvez-vous nous dire où vous et votre mari étiez le soir du dix-sept juillet ?

— Oui, c'était le dernier jour du semestre – je suis professeur à Castle Wells et je suis allée dans un bar à vin avec quelques collègues de l'école où j'enseigne. Il y a eu un orage cette nuit-là.

— Et votre mari ?

— Il était ici, à la maison.

— Seul ?

— Oui.

— À quelle heure êtes-vous rentrée ?

— Il devait être autour de vingt-trois heures quarante-cinq.

— Et votre mari était ici ?

— Il dormait dans la chambre d'amis. Il m'avait téléphoné au moment où je quittais Castle Wells pour me dire qu'il avait une migraine et qu'il allait se coucher dans la chambre d'amis pour que je ne le dérange pas en rentrant.

— A-t-il dit autre chose ?

— Seulement que je ne devais pas rentrer par Blackwater Lane. Il a dit qu'un orage se préparait et que je devais rester sur la voie rapide. »

Elle échange un regard avec Thomas. « Donc quand vous êtes rentrée, votre mari dormait dans la chambre d'amis...

— Oui. Je ne suis pas allée voir parce que la porte était fermée et que je ne voulais pas le déranger mais il y était forcément. » Je prends une mine perplexe. « Je veux dire, où aurait-il pu être sinon ? »

Thomas prend le relais. « Comment était votre mari le lendemain, madame Anderson ?

— Comme d'habitude. Je suis allée faire des courses et quand je suis rentrée, il venait de faire un feu dehors.

— Un feu ?

— Oui, il avait brûlé quelque chose. Il m'a dit que c'était des branches, ce que j'ai trouvé un peu bizarre parce qu'avec l'orage et tout, elles auraient dû être trop mouillées pour brûler. Mais il a dit qu'elles étaient sous une bâche. D'habitude, il ne brûle pas de branches dehors, on les garde pour la cheminée. Mais il a dit que ce n'était pas du bon bois.

— Pas du bon bois ?

— Oui, qu'il fumait trop, ou quelque chose comme ça. » Je marque un temps d'arrêt. « Je me suis dit que c'était peut-être pour ça qu'il y avait une drôle d'odeur.

— Dans quel sens ?

— Je ne sais pas, ça n'avait pas une odeur de feu de bois normal, vous voyez, de bois brûlé. Mais c'était peut-être à cause de la pluie.

— A-t-il parlé du meurtre de Jane Walters ?

— Tout le temps, dis-je en resserrant les bras sur ma poitrine. Ça m'a vraiment bouleversée, d'autant plus que j'ai un peu connu Jane. » Thomas fronce les sourcils et Lawson a un mouvement de tête presque imperceptible, pour l'avertir de ne pas m'interrompre. « Ça avait l'air de l'obséder. J'ai dû lui demander plus d'une fois d'éteindre la télévision.

— Votre mari connaissait-il Jane Walters ? » demande Lawson en me dévisageant, avant de se tourner vers Thomas. « Mme Anderson a déjeuné avec Jane Walters deux semaines avant sa mort, explique-t-elle.

— Non, il en avait seulement entendu parler, de ce que je lui en avais raconté. Le jour où Jane et moi avons déjeuné ensemble, il est venu me chercher mais ils ne se sont pas rencontrés. Jane l'a vu par la fenêtre, cependant. Je me rappelle qu'elle a eu l'air surprise, ajouté-je en souriant à ce souvenir.

— Que voulez-vous dire ?

— Simplement qu'elle avait l'air étonnée. Beaucoup de gens réagissent comme ça parce qu'il... hé bien, il est vraiment bel homme.

— Donc votre mari ne connaissait pas Jane Walters ? » L'agent Thomas semble désappointé.

« Non, mais mon amie, Rachel Baretto, oui. C'est par elle que j'ai rencontré Jane. Rachel m'a emmenée à un pot de départ de quelqu'un qui travaillait chez Finchlakers et Jane y était. » Je me tais un instant. « Rachel s'est sentie très mal à l'aise quand elle a entendu parler du meurtre parce qu'elle s'est querellée avec Jane le jour de sa mort.

— Une querelle ? » Thomas relève la tête. « Vous a-t-elle dit à propos de quoi ?

— Elle m'a parlé d'une place de parking.

— Une place de parking ?

— Oui.

— Si elle travaillait avec Jane Walters, elle a dû être interrogée », coupe Lawson.

Je hoche la tête. « C'est le cas. Je m'en souviens parce qu'elle m'a dit que ça la gênait de ne pas vous avoir parlé de cette dispute. Elle avait peur que vous ne la croyiez coupable.

— Coupable ?

— Oui.

— De quoi ?

— J'imagine qu'elle voulait dire du meurtre. Alors je lui ai répondu que personne ne tuerait quelqu'un pour une place de parking. » Je lui lance un regard nerveux. « À moins que la dispute ne soit pas pour une place de parking. »

Lawson sort son portable et y tape quelque chose. « Pourquoi dites-vous cela ? »

Je détourne le regard vers la fenêtre de la cuisine et le jardin au-delà, baigné par un soleil de fin d'été. « Hé bien, si c'était pour une place de parking, pourquoi ne vous en a-t-elle pas parlé ? » Puis je hoche négativement la tête. « Je suis désolée, je n'aurais pas dû dire ça, seulement, je suis plutôt en colère contre Rachel en ce moment.

— Pourquoi cela ?

— Parce qu'elle a une liaison. » Je baisse les yeux sur mes mains. « Avec mon mari. »

Il y a un bref silence. « Depuis combien de temps cela dure-t-il ? demande Lawson.

— Je ne sais pas. Je ne l'ai découvert que récemment. Il y a quelques semaines, Rachel est arrivée à l'improviste et j'ai vu Matthew l'embrasser dans l'entrée, dis-je, toute heureuse de pouvoir me servir d'une partie de leurs SMS contre eux – même si pour ça je dois mentir à la police.

Les deux policiers échangent à nouveau un regard entendu.

— Avez-vous dit à votre mari que vous les aviez surpris ? demande Thomas. Vous l'avez mis devant le fait accompli ?

— Non, il aurait balayé la chose et prétendu que mon imagination me jouait encore des tours, comme pour le couteau que j'ai vu à la cuisine. » J'hésite un instant. « Parfois, je me demande si… » Je m'arrête, en me demandant jusqu'où je peux aller pour rendre à Matthew ce qu'il m'a fait.

Lawson m'encourage : « Oui… ? »

L'image plaisante de menottes se refermant autour des poignets de Matthew se forme dans mon esprit. « Parfois, je me demande si Jane pouvait être au courant de leur liaison, dis-je. Parfois, je me demande si, quand elle l'a vu par la fenêtre du restaurant, elle a paru surprise parce qu'elle l'avait reconnu. Je ne sais pas. Peut-être que Jane avait vu Matthew et Rachel ensemble. » Pour être sûre qu'ils pensent à ce que je veux qu'ils pensent, je l'énonce moi-même : « Quand j'ai trouvé le couteau dans l'abri, à l'instant, je n'ai pas su quoi penser. Au début, j'ai cru que le meurtrier l'avait laissé là et j'allais appeler Matthew pour lui demander quoi faire. Et puis je me suis souvenue qu'il ne m'avait pas crue quand je lui ai parlé du couteau dans la cuisine alors j'ai préféré vous appeler. » Je laisse les larmes me monter aux yeux. « Mais maintenant, je ne suis pas sûre d'avoir fait ce qu'il fallait parce que je sais ce que vous croyez, je sais que vous pensez que Matthew est l'assassin, qu'il a tué Jane parce qu'elle était au courant pour lui et Rachel et qu'elle s'apprêtait à me le dire, mais ça ne peut pas être lui. Ça ne peut pas être lui ! »

Exactement au bon moment, Matthew arrive à la maison.

« Que se passe-t-il ? » dit-il en entrant dans la cuisine, puis en jetant un coup d'œil dans ma direction. « Tu as encore déclenché l'alarme ? » Il se tourne vers l'agent Lawson. « Je suis désolé que vous ayez eu à venir une fois de plus. Il est très probable que ma femme soit atteinte de démence précoce. »

J'ouvre la bouche pour protester et dire qu'on ne m'a trouvé que des symptômes de stress mais la referme aussitôt. À ce stade, ça n'a pas vraiment d'importance.

« Nous ne sommes pas venus à cause de l'alarme », répond Lawson.

Matthew pose son sac à terre, la mine soucieuse. « Alors si ce n'est pas l'alarme, puis-je vous demander de quoi il s'agit ?

— Avez-vous déjà vu ceci ? » Thomas lui montre le torchon, avec le couteau bien visible.

Tout le monde perçoit la minuscule hésitation. « Non, pourquoi, qu'est-ce que c'est ?

— C'est un couteau, monsieur Anderson.

— Mon Dieu ! » Matthew semble abasourdi. « Où l'avez-vous trouvé ?

— Dans votre abri de jardin.

— Dans l'abri de jardin ? » Il parvient à paraître incrédule. « Comment est-il arrivé là ?

— C'est ce que nous cherchons à savoir. Nous pourrions peut-être tous nous asseoir ?

— Bien sûr. Si vous voulez bien me suivre. »

Je suis tout le monde au salon. Matthew et moi nous asseyons sur le sofa, les deux policiers tirent des chaises. Je ne sais pas s'ils le font délibérément mais ils placent leurs chaises face à Matthew, de part et d'autre, me laissant en dehors de leur triangle étouffant.

« Puis-je vous demander qui a trouvé ce couteau ? demande Matthew.

— C'est votre femme, répond Lawson.

— Il me fallait des pots de fleurs pour y mettre des bulbes, expliqué-je. Il était dans un des gros pots, enveloppé dans un torchon.

— Reconnaissez-vous ce torchon ? » Thomas le montre à Matthew.

« Non, je ne l'ai jamais vu. »

Je ris nerveusement. « Ça prouve que tu n'essuies pas souvent la vaisselle, dis-je pour faire semblant de rompre la tension. On en a un exactement comme celui-là. Rachel nous l'a rapporté de New York.

— Et ce couteau, monsieur Anderson, reprend Thomas. L'avez-vous déjà vu ?

— Non. » Matthew nie vigoureusement de la tête.

— Je venais de dire qu'il ressemblait exactement à celui que j'ai vu posé à plat ce dimanche soir-là, dis-je avec candeur.

— On a déjà discuté de tout ça, dit Matthew avec lassitude. C'était un de nos couteaux de cuisine, tu te souviens ?

— Non, c'est faux, c'était un couteau bien plus gros.

— Puis-je vous demander où vous étiez le vendredi dix-sept juillet au soir, monsieur Anderson ? demande Thomas.

— Je ne suis pas sûr de pouvoir remonter aussi loin », dit Matthew avec un petit rire. Personne ne rit avec lui.

« C'est le soir où je suis sortie avec les collègues de l'école, dis-je, serviable. Le soir de l'orage. »

Matthew hoche la tête. « Ah, oui. J'étais ici, à la maison.

— Vous êtes-vous absenté de la maison à un moment ?

— Non. J'avais la migraine et je suis allé me coucher.

— Où avez-vous dormi ?

— Dans la chambre d'amis.

— Pourquoi là, et pas dans votre lit ?

— Parce que je ne voulais pas que Cass me dérange en rentrant. Écoutez, qu'est-ce qui se passe ? Pourquoi m'interrogez-vous comme ça ? »

L'agent Lawson le dévisage quelques instants. « Nous essayons d'établir quelques faits, c'est tout.

— Quels faits ?

— On a trouvé dans votre abri de jardin ce qui est peut-être l'arme d'un crime, monsieur Anderson. »

Matthew reste bouche bée. « Vous ne suggérez pas sérieusement que j'ai quelque chose à voir avec le meurtre de cette jeune femme ? »

Thomas le dévisage, pensif. « De quelle jeune femme voulez-vous parler, monsieur Anderson ?

— Vous voyez très bien de qui je parle ! » Le vernis commence à se craqueler et je l'observe sans émotion, me demandant comment j'ai bien pu en être amoureuse.

« Comme je le disais, nous essayons d'établir des faits, monsieur Anderson. Vous connaissez bien Rachel Baretto ? »

Il est surpris d'entendre mentionner Rachel. Il lève vivement les yeux. « Pas très bien, non. C'est l'amie de ma femme.

— Donc vous n'avez pas de liaison avec elle.

— Quoi ? Non ! Je ne peux pas la supporter !

— Mais je t'ai vu l'embrasser, dis-je doucement.

— Ne sois pas ridicule ! »

J'insiste : « Le jour où elle est venue sans prévenir, le jour où j'ai oublié comment marchait la machine à café, je t'ai vu l'embrasser dans l'entrée.

— Ça recommence, gémit Matthew. Tu ne peux pas continuer à inventer des histoires, Cass ! » Mais le doute s'est frayé un chemin dans son regard.

« Je crois que nous ferions mieux de poursuivre cette conversation au commissariat, coupe Thomas. Seriez-vous d'accord, monsieur Anderson ?

— Non, pas du tout !

— Alors je crains de devoir vous avertir officiellement que toute déclaration peut être retenue contre vous.

— Contre moi ? »

Je me tourne vers eux, l'air angoissé. « Vous ne croyez pas vraiment qu'il a tué Jane Walters, si ?

— Quoi ?!? dit Matthew comme s'il était au bord de la syncope.

— C'est ma faute, dis-je en me tordant les mains. Ils me posaient des questions et maintenant j'ai peur que tout ce que j'ai pu leur dire soit retenu contre toi ! » Matthew me fixe, horrifié, tandis que l'agent Thomas lui notifie les droits d'une personne mise en examen. Quand il a terminé, je commence à sangloter comme si j'avais le cœur brisé, non seulement par Matthew mais aussi par Rachel, que j'aimais comme une sœur.

Ils emmènent Matthew et après avoir refermé la porte derrière eux, je sèche mes larmes parce que je n'en ai pas encore terminé. Maintenant, c'est le tour de Rachel.

Je compose son numéro. J'étais partie pour seulement lui téléphoner mais pendant que j'attends qu'elle décroche, je décide de lui demander de passer parce que ça va être bien plus drôle de lui dire en face ce que j'ai à lui dire, bien plus satisfaisant de voir vraiment sa réaction au lieu de simplement l'entendre.

« Rachel, tu peux venir ? demandé-je, en larmes. J'ai vraiment besoin de parler.

— J'allais quitter le bureau. Donc je peux être chez toi dans quarante minutes environ, selon la circulation. » Pour la première fois, je parviens à détecter une trace d'ennui dans sa voix et je sais qu'elle croit que je vais une fois de plus lui parler du meurtrier qui me harcèle.

« Merci, dis-je en adoptant un ton de soulagement. Fais vite.

— Je vais faire de mon mieux. »

Elle raccroche et je l'imagine envoyer un SMS à Matthew, parce qu'elle a dû se racheter un téléphone depuis. Mais il est en garde à vue et elle ne va pas pouvoir le joindre.

Elle arrive une heure plus tard, soit parce qu'il y avait de la circulation, soit parce qu'elle a cherché à me laisser mariner un peu plus longtemps.

« Qu'est-ce qui se passe, Cass ? demande-t-elle dès que j'ouvre la porte. C'est Matthew ? » Elle paraît inquiète, ce qui indique que j'ai raison, que depuis que je l'ai appelée, elle a essayé de le joindre.

« Comment le sais-tu ? demandé-je, prenant l'air surpris.

— Hé bien tu as dit que tu avais besoin de parler, donc j'ai supposé qu'il s'était passé quelque chose, dit-elle, troublée. Et j'ai pensé que ça avait peut-être à voir avec Matthew.

— Oui, c'est bien ça.

— Il a eu un accident, quelque chose ? » Elle est incapable de masquer sa panique.

« Non, non, ça n'a rien à voir. On peut s'asseoir ? »

Elle me suit dans la cuisine et s'assied face à moi. « Dis-moi ce qui est arrivé, Cass.

— Matthew a été arrêté. La police est venue et l'a emmené pour l'interroger. » Je la regarde, désespérée. « Qu'est-ce que je vais faire, Rachel ? »

Elle me dévisage. « Arrêté ?

— Oui.

— Mais pourquoi ? »

Je me tords les mains. « C'est ma faute. Ils ont noté tout ce que je disais et maintenant j'ai peur qu'ils s'en servent contre lui. »

Elle me fixe attentivement. « Qu'est-ce que tu veux dire ? »

J'inspire profondément. « Cet après-midi, pendant que je faisais un peu de jardin, j'ai trouvé un couteau dans l'abri.

— Un couteau ?

— Oui, dis-je, satisfaite de la voir pâlir. J'ai eu tellement peur, Rachel, c'était horrible. On aurait dit exactement celui de la photo – tu sais, celui qui a servi à tuer Jane. Je ne sais pas si je te l'ai dit, tu sais que ma mémoire est défaillante, mais un soir, pendant que tu étais à Sienne, j'ai vu un énorme couteau posé à plat dans la cuisine. Mais le temps que j'appelle Matthew pour qu'il vienne voir, le couteau avait disparu. Alors quand j'ai trouvé un couteau dans l'abri de jardin, j'ai cru que le meurtrier l'avait caché là, et j'ai appelé la police…

— Pourquoi tu n'as pas appelé Matthew ? coupe-t-elle.

— Parce qu'il ne m'a pas cru la dernière fois et j'ai eu peur qu'il ne me croie pas non plus cette fois-ci. Et puis il était déjà en route pour rentrer.

— Alors qu'est-ce qui s'est passé ? Pourquoi ont-ils arrêté Matthew ?

— Hé bien les policiers sont arrivés et ont commencé à me poser toutes sortes de questions, où est-ce que Matthew était le soir du meurtre… »

Elle paraît effrayée tout à coup. « Tu ne dis pas sérieusement qu'ils croient qu'il est coupable d'avoir tué Jane ?

— Je sais, c'est dingue, non ? Le truc, c'est qu'il n'a pas vraiment d'alibi pour ce soir-là. J'étais sortie à Castle Wells – pour le dîner de fin de semestre – et il était ici tout seul. Donc il aurait pu quitter la maison. En tout cas, c'est ce que la police avait l'air de chercher à vérifier.

— Mais il était là quand tu es rentrée, non ?

— Oui, mais je ne l'ai pas vu. Il avait la migraine et il s'est couché dans la chambre d'amis pour que je ne le dérange pas en rentrant. Mais écoute Rachel, je dois te demander quelque chose. Tu sais, le torchon que tu m'as rapporté de New York, celui avec la statue de la Liberté dessus. Tu as dit que tu t'en étais acheté un aussi. » Rachel hoche la tête. « À qui d'autre en as-tu offert un ?

— Personne. »

J'insiste. « Mais si, forcément. C'est très important, parce que ça prouvera l'innocence de Matthew.

— Qu'est-ce que tu veux dire ? »

Une inspiration profonde. « Quand j'ai trouvé le couteau cet après-midi, il était enveloppé dans un torchon avec la statue de la Liberté et quand la police m'a demandé si je le reconnaissais, j'ai bien dû dire oui, que c'était le nôtre. Je me suis sentie très mal parce que ça rendait Matthew encore un peu plus coupable. Mais quand la police est partie, j'ai trouvé mon torchon dans le placard, ce qui veut dire que celui qui a tué Jane a le même torchon. Alors réfléchis, Rachel, parce que ça prouvera que Matthew est innocent. »

Je vois son cerveau fonctionner à plein régime, à la recherche d'une échappatoire. « Je ne me souviens pas, marmonne-t-elle.

— Tu t'en es acheté un pour toi, non ? Tu es sûre que tu ne l'as offert à personne ?

— Je ne me souviens pas », répète-t-elle.

Je soupire. « Ça faciliterait la vie de la police si tu pouvais te rappeler mais ne t'inquiète pas, ils finiront par trouver. Ils vont chercher des empreintes et des traces d'ADN sur le couteau – ils ont dit qu'il y en aurait forcément. Donc Matthew sera innocenté parce qu'ils ne trouveront pas les siennes. Mais ça peut prendre deux ou trois jours et apparemment, ils peuvent le garder vingt-quatre heures, ou même plus longtemps s'ils le soupçonnent d'être impliqué dans le meurtre de Jane. » Je laisse les larmes me monter aux yeux. « Je ne pourrai pas supporter qu'il soit dans une cellule, traité comme un criminel. »

Rachel sort la clé de sa voiture de sa poche. « Je ferais mieux d'y aller. »

Je la regarde droit dans les yeux. « Tu ne veux pas rester boire une tasse de thé ?

— Non, je ne peux pas. »

Je la raccompagne à la porte.

« Au fait, tu as retrouvé le téléphone de ton amie ? Tu sais, celui que tu as perdu au Spotted Cow ?

— Non, répond Rachel, troublée.

— Bah, on ne sait jamais, on le retrouvera peut-être. Quelqu'un l'a peut-être déjà rapporté à la police.

— Écoute, il faut vraiment que j'y aille. Salut, Cass. »

Elle file à sa voiture et se met au volant. J'attends que le moteur démarre avant d'aller frapper au carreau. Elle abaisse sa vitre.

« J'ai oublié de te dire… Les policiers m'ont demandé si je connaissais Jane et j'ai dit que je l'avais rencontrée à ce pot de départ où tu m'as emmenée. Donc ils m'ont demandé si tu la connaissais et j'ai dit que non, mais que vous vous étiez querellées pour une place de parking le jour de sa mort, mais c'est tout. Mais ils n'ont pas paru croire que c'était pour une place de parking. Alors essaye de te rappeler pour le torchon, tu veux ? Quand je les ai appelés pour leur dire que j'avais retrouvé mon torchon dans le placard, et que ce n'était donc pas celui qui avait servi à emballer le couteau, j'ai dit que le seul autre torchon comme celui-là que je connaissais était le tien. » Je fais une pause pour ménager mon effet. « Tu sais comment ils sont, ils utilisent la moindre petite chose contre vous, quand ils le peuvent. »

Ça me fait du bien de voir son regard s'affoler, à la recherche d'une issue de secours. Elle embraye brutalement et franchit le portail en trombe.

« Au revoir, Rachel ! » dis-je doucement tandis que sa voiture disparaît au bout de la rue.

Une fois revenue à l'intérieur, j'appelle le commissariat pour leur dire que le torchon dans lequel le couteau est emballé n'est pas le mien parce que je viens de le trouver dans mon placard. Je leur rappelle que c'est Rachel qui me l'a offert et qu'elle s'est acheté le même. Je demande des nouvelles de Matthew, et fais mine de paniquer quand ils m'apprennent qu'ils vont le garder cette nuit. Après avoir raccroché, je vais au frigidaire, j'ouvre la bouteille de champagne qu'on y garde toujours pour les invités de dernière minute, et je m'en sers une coupe.

Puis une autre.

Jeudi 1er octobre

Le lendemain, quand je vois que nous sommes le premier octobre, j'ai l'impression que c'est un bon présage, que c'est un bon jour pour tout recommencer. Je commence par écouter les informations et quand j'entends qu'un homme et une femme sont entendus dans le cadre de l'enquête sur le meurtre de Jane Walters, je ne peux m'empêcher de ressentir une satisfaction sans joie en pensant que Rachel a également été arrêtée.

Je n'aurais jamais cru être quelqu'un de vindicatif, mais j'espère qu'elle passera quelques heures terribles à subir les questions de la police sur ses liens avec Matthew, sur la querelle qu'elle a eue avec Jane et sur le torchon qui entourait le couteau. Elle doit redouter qu'on trouve ses empreintes sur le couteau. Bien sûr, une fois que j'aurai remis son téléphone secret à la police, elle et Matthew seront libérés parce que les policiers vont comprendre que ni elle ni Matthew n'ont tué Jane, que le couteau est seulement celui que Rachel a acheté à Londres pour me faire peur et non l'arme qui a servi au meurtre. Et puis quoi ? Ils vivront ensemble, heureux à jamais ? Je ne trouve pas ça bien, et ça n'est surtout pas juste.

J'ai une journée chargée qui m'attend mais je prends le temps de commencer par un petit-déjeuner sans hâte, en savourant la sensation de ne pas être sous la menace d'un coup de fil silencieux. Je voudrais obtenir que Matthew ou Rachel n'aient pas le droit de m'approcher une fois relâchés. Je cherche sur Internet et découvre que je peux requérir des mesures d'éloignement. Sachant qu'il va me falloir une aide juridique de toute façon, j'appelle mon avocat et prends rendez-vous avec lui pour la fin de matinée. Puis je téléphone à un serrurier pour qu'il vienne changer toutes les serrures de la maison.

Pendant qu'il opère, je mets les affaires de Matthew dans des sacs-poubelle, en essayant de ne pas trop réfléchir à ce que je fais, à ce que ça veut dire. Mais ça reste émotionnellement épuisant. À midi, je me rends à Castle Wells, le petit téléphone noir de Rachel dans mon sac, et passe une heure et demie chez mon avocat, qui me dit quelque chose que je n'avais pas réalisé : grâce à ces SMS, Matthew pourra être accusé de tentative d'empoisonnement pour ma « surdose ». Quand je repars, je vais jusque chez Rachel et je laisse les sacs-poubelle contenant les affaires de Matthew devant sa porte. Puis je me rends au commissariat et je demande à parler à l'agent Lawson. Elle n'est pas disponible, mais l'agent Thomas l'est. Je lui tends le portable de Rachel et lui dis, comme à mon avocat, que je l'ai trouvé dans ma voiture ce matin.

Physiquement et mentalement épuisée, je rentre chez moi. Je suis surprise d'avoir aussi faim et j'ouvre une boîte de soupe de tomate, que je mange avec des toasts. Puis j'erre sans but dans la maison, perdue, en me demandant comment je vais pouvoir continuer alors que je viens de perdre mon mari et ma meilleure amie. Je suis si abattue, si déprimée que la tentation de tomber à genoux et de me mettre à pleurer sans fin est irrépressible. Mais je n'y cède pas.

J'allume la télévision pour le journal de dix-huit heures. Rien ne dit que Matthew et Rachel ont été relâchés mais quand le téléphone sonne immédiatement après, je réalise que rien n'a changé, que cette peur qui me paralysait est toujours présente. En allant dans l'entrée, je me répète que ça ne peut pas être un coup de fil silencieux, mais quand je décroche le combiné et que je vois que c'est un numéro masqué, l'incrédulité m'engourdit.

J'ai les doigts qui tremblent en prenant l'appel.

« Cass ? C'est Alex.

— Alex ? » Le soulagement m'envahit. « Vous m'avez fait peur. Vous saviez que votre numéro était masqué ?

— Ah bon ? Je suis désolé. J'ignorais. Écoutez, j'espère que vous ne m'en voudrez pas de vous téléphoner. Votre numéro était sur la carte que vous m'avez envoyée après la mort de Jane. Mais je viens de recevoir un coup de fil de la police. L'assassin de Jane est en garde à vue. C'est fini, Cass, enfin, c'est terminé ! » Il a la voix chargée d'émotion.

J'essaie de trouver les mots justes mais la nouvelle m'a secouée. « C'est merveilleux Alex, je suis vraiment contente pour vous.

— Oui, c'est incroyable. Quand j'ai appris hier que deux personnes étaient entendues dans l'enquête, je n'ai pas osé en espérer plus.

— Alors c'est l'un des deux ? dis-je, sachant que c'est impossible.

— Je ne sais pas, la police ne m'a rien dit. Ils envoient quelqu'un me parler. Je ne devrais probablement le dire à personne, mais je voulais que vous le sachiez. Après ce que vous m'avez dit lundi, j'ai pensé que ça vous tranquilliserait.

— Merci Alex, c'est une très bonne nouvelle, vraiment. Vous me tiendrez au courant pour la suite ?

— Oui, bien sûr. Bon, au revoir Cass. J'espère que vous dormirez mieux ce soir.

— Vous aussi. »

Je raccroche, estomaquée par ce qu'il vient de m'annoncer. Si la police détient l'assassin de Jane, Matthew et Rachel ont dû être relâchés. Alors qui a avoué ? Le meurtrier a-t-il eu un accès de remords en entendant que deux personnes avaient été arrêtées ? Peut-être quelqu'un le cachait-il – sa mère, sa petite amie – et a décidé de le dénoncer. C'est l'explication la plus logique.

Je suis si tendue que je ne reste pas en place. Où sont Matthew et Rachel ? Rentrés chez Rachel ? Ont-ils trouvé les sacs-poubelle avec les vêtements de Matthew ? Ou bien sont-ils en route pour ici, pour venir chercher le reste de ses affaires ? Son ordinateur portable, sa serviette, sa brosse à dents, son rasoir… tout le reste est encore ici. Toute heureuse de trouver quelque chose à faire, je parcours toute la maison pour les rassembler, et je mets tout dans un carton. Je veux être prête si jamais ils se montrent, parce que je ne veux pas être obligée de les laisser entrer.

La nuit tombe mais je ne monte pas me coucher. J'aurais aimé qu'Alex me rappelle pour me dire qui a tué Jane. Il doit le savoir, maintenant. Je devrais me sentir plus en sûreté avec le meurtrier sous les verrous, mais trop de doutes m'obscurcissent l'esprit. L'atmosphère est chargée d'un malaise qui fait se resserrer les murs ; ils se referment sur moi et m'empêchent de respirer.

Vendredi 2 octobre

Je me réveille sur le sofa, la lumière toujours allumée parce que je n'ai pas voulu rester dans le noir. Je prends une brève douche, anxieuse de ce que la journée me réserve. La sonnette de la porte d'entrée me fait sursauter. Je pense tout d'abord que c'est Matthew et j'ouvre la porte sans ôter la chaîne de sécurité toute neuve que j'ai fait poser. Quand je vois que c'est l'agent Lawson, j'ai l'impression de retrouver une vieille amie.

« Puis-je entrer ? » demande-t-elle.

Nous allons dans la cuisine et je lui offre une tasse de thé. Je présume qu'elle est venue m'avertir que Matthew et Rachel ont été relâchés, ou me demander comment je suis entrée en possession du téléphone secret de Rachel. Ou encore pour confirmer ce qu'Alex m'a annoncé hier soir, qu'ils tiennent le meurtrier de Jane.

« Je suis venue vous tenir au courant, dit-elle pendant que je sors les tasses du placard. Et pour vous remercier. Sans votre aide, nous n'aurions jamais résolu le meurtre de Jane aussi rapidement. »

Trop occupée à prendre un air surpris, le sens de ses paroles m'échappe. « Vous savez qui a tué Jane ? dis-je en me tournant pour lui faire face.

— Oui, nous avons des aveux.

— C'est fantastique !

— Et c'est grâce à vous. Nous vous sommes très reconnaissants. »

Je la dévisage, en pleine confusion. « Je ne comprends pas.

— C'est exactement ce que vous pensiez. »

Ce que je pensais ? Médusée, je vais jusqu'à la table et m'écroule sur une chaise. *C'est Matthew qui a tué Jane ?* Je sens la peur affluer.

« Non, c'est impossible », dis-je, retrouvant l'usage de la parole. « J'ai déposé un portable au commissariat hier. Je l'ai trouvé dans ma voiture en allant voir mon avocat et quand je l'ai ouvert, j'ai compris que c'était un téléphone qui servait à Rachel pour communiquer avec Matthew. Si vous lisez les SMS qu'ils ont échangés…

— Je l'ai fait, coupe Lawson. Je les ai tous lus un par un. »

Je la regarde mettre des sachets de thé dans les tasses que j'ai abandonnées. Si elle les a lus, elle doit savoir que Matthew est innocent. Mais elle a dit que c'était *exactement ce que je pensais*. Mon estomac chavire à l'idée de devoir lui avouer la vérité : que j'ai mouillé Matthew dans le meurtre de Jane pour me venger de ce qu'il m'avait fait. Je vais devoir retirer tout ce que j'ai dit et on m'accusera probablement d'entrave au cours de la justice. Et pourtant, qu'y a-t-il à retirer ? Je n'ai en réalité pas menti. Je n'ai pas vu Matthew en rentrant ce soir-là, donc il est vraiment possible qu'il n'ait pas été dans sa chambre. Mais qu'il soit parti tuer Jane ? Il ne la connaissait même pas. Pourquoi avouerait-il le meurtre s'il n'est pas coupable ? Puis je me rappelle la tête de Jane quand elle l'a vu par la fenêtre du restaurant. J'avais raison, elle avait l'air de le reconnaître. Matthew connaissait Jane.

« Je ne peux pas le croire, dis-je d'une voix faible. Je ne peux pas croire que Matthew a tué Jane. »

L'agent Lawson fronce les sourcils. « Matthew ? Non, Matthew n'est pas le meurtrier. »

Mon esprit tangue. « Ça n'est pas Matthew ? Alors qui ?

— Mademoiselle Baretto. Rachel a tout avoué. »

Le souffle me manque et la pièce chavire devant mes yeux. Je sens le sang quitter mon visage, puis les mains de l'agent Lawson me soutenir la nuque et m'aider à m'allonger doucement sur la table.

« Ça va aller, dit-elle d'une voix calme. Respirez à fond un moment et ça va aller. »

Le choc me fait frissonner jusqu'au tréfonds. « Rachel ? dis-je d'une voix rauque. C'est Rachel qui a tué Jane ?

— Oui. »

Je sens la panique monter. Malgré tout ce dont je la sais capable, je n'y crois pas. Je sais que j'ai donné à la police des éléments qui l'impliquaient, comme Matthew, mais je voulais seulement lui faire peur.

« Non, pas Rachel, ça n'est pas possible. Elle ne pourrait pas, elle n'est pas comme ça, elle ne tuerait personne ! Vous vous trompez, vous devez… » J'ai beau haïr Rachel pour ce qu'elle m'a fait, j'ai si peur que je ne peux pas continuer.

« Je crains qu'elle n'ait avoué », dit Lawson en poussant une tasse devant moi. Docilement, je bois une gorgée de thé, chaude et sucrée, et je tremble tellement que ma tasse déborde et que je me brûle. « Quand nous l'avons interrogée là-dessus hier soir, elle a craqué. Ça a été incroyable ; pour une raison ou une autre, elle a cru que nous la soupçonnions. Vous aviez raison en disant que sa querelle avec Jane

Walters ne concernait pas une place de parking. Et bien sûr, nous trouverons leur ADN sur le couteau – le sien et celui de Jane… »

J'ai l'impression d'être enfermée dans un cauchemar. « Quoi… le couteau que j'ai trouvé dans l'abri… était vraiment l'arme du meurtre ?

— Elle l'a nettoyé, bien sûr, mais il restait des traces de sang dans les rainures du manche. Nous l'avons envoyé à l'analyse mais nous sommes convaincus que c'est celui de Jane.

— Mais… » J'ai du mal à suivre. « Elle a dit qu'elle l'avait acheté à Londres.

— C'est probablement vrai, mais avant le meurtre, pas après. Elle ne pouvait pas vraiment dire à Matthew qu'elle avait déjà un couteau, donc elle a prétendu l'avoir acheté pour vous effrayer. Le laisser dans votre abri de jardin ensuite était un moyen de le dissimuler.

— Je ne comprends pas. » Choquée, je claque des dents et je serre la tasse entre mes mains, à la recherche d'un peu de chaleur. « Enfin, pourquoi ? Pourquoi ferait-elle ça ? Elle ne connaissait pas vraiment Jane.

— Elle la connaissait mieux que vous ne le pensez. » Lawson s'assied à côté de moi. « Rachel vous a-t-elle déjà parlé de sa vie privée, vous a-t-elle présenté ses compagnons ?

— Non, pas vraiment. J'en ai rencontré un ou deux, depuis le temps, mais elle n'est jamais restée longtemps en couple. Elle disait toujours que le mariage n'était pas pour elle.

— Essayer de tout reconstituer a été un petit marathon, dit Lawson. Il y a des choses que nous savions après avoir interrogé les collègues de Jane chez Finchlakers et nous avons pu obtenir le reste de Rachel, une fois qu'elle a avoué. L'histoire est plutôt sordide, je le crains. » Elle me regarde pour savoir si je veux qu'elle continue. Je hoche la tête ; comment pourrais-je jamais accepter la situation si je n'en connais pas les raisons ? « Alors voilà. Il y a deux ans environ, Rachel a eu une liaison avec quelqu'un qui travaillait chez Finchlakers. Il était marié et avait trois jeunes enfants. Il a fini par quitter sa femme pour Rachel et, une fois parti de chez lui, elle s'en est désintéressée. Il est donc retourné auprès de sa femme, et Rachel a alors relancé leur liaison. Il a quitté sa femme une seconde fois – une catastrophe pour la famille. » Lawson fait une pause, puis reprend. « Leur liaison s'est à nouveau rompue mais cette fois, l'épouse n'a pas voulu reprendre le mari. Ça a été très dur pour la femme, qui travaillait aussi chez Finchlaker*s*, parce qu'elle le croisait tous les jours. Elle s'est enfoncée dans la dépression.

— Mais quel est le rapport avec Jane ? » J'essaie de reconstituer le puzzle dans ma tête.

« C'était la meilleure amie de Jane, donc elle s'est retrouvée mêlée à tout ça. Évidemment, elle s'est mise à haïr sérieusement Rachel pour avoir détruit la famille de son amie, non pas une mais deux fois.

— On peut le comprendre.

— Absolument. Mais comme elles travaillaient dans deux services différents, elles ne se croisaient pas souvent. Mais son opinion sur Rachel a encore baissé d'un cran lorsqu'elle l'a surprise en train d'avoir des relations sexuelles au bureau, un soir tard. Le lendemain, elle est allée voir Rachel en lui disant, en gros, d'aller faire ça à l'hôtel à l'avenir, faute de quoi elle la dénoncerait.

— Ne me dites pas que c'est pour ça que Rachel l'a tuée, dis-je avec un rire creux. Parce qu'elle s'inquiétait d'être dénoncée ?

— Non. Les choses ne se sont compliquées pour Rachel que quand Jane a compris que l'homme qu'elle avait surpris dans le bureau avec elle était Matthew. Désolée, ajoute-t-elle en voyant ma figure. Si vous voulez que je m'arrête, dites-le moi. »

Je fais non de la tête. « C'est bon, il faut que je sache, de toute façon.

— Si vous en êtes sûre. Vous vous rappelez nous avoir dit que vous pensiez que Jane avait reconnu Matthew par la fenêtre du restaurant ? Vous aviez raison. Elle l'avait reconnu. »

Que quelque chose que j'ai inventé de toute pièce se révèle vrai, voilà qui relève du domaine de l'inexplicable. C'est si absurde que j'ai envie de rire.

« Il est facile d'imaginer ce que Jane a ressenti en comprenant que l'homme avec qui elle avait vu Rachel avoir des relations sexuelles était le mari de sa nouvelle amie, reprend Lawson. Scandalisée pour vous, elle a envoyé un courriel à Rachel, qui était à New York à ce moment-là. Elle a rappelé à Rachel qu'elle avait déjà brisé un mariage, et dit qu'elle n'allait pas lui laisser vous faire la même chose, d'autant plus qu'elle se sentait déjà très proche de vous. Rachel lui a répondu de se mêler de ses affaires mais quand elle est allée travailler en rentrant de New York, Jane l'a coincée dans le parking. Elle a menacé de vous révéler leur liaison si elle ne rompait pas immédiatement avec Matthew. Rachel a donc promis de rompre avec Matthew le soir même. Mais Jane ne lui faisait pas confiance et quand elle est retournée au restaurant après l'enterrement de vie de jeune fille de son amie pour y téléphoner, elle a appelé non seulement son mari mais aussi Rachel – dans le parking, le matin, elle avait exigé d'elle sa carte de visite, avec son numéro de portable griffonné au dos. Nous avons trouvé beaucoup de cartes de visite dans le sac de Jane, la plupart étaient celles de collègues de Finchlakers, donc celle de Rachel ne se distinguait pas particulièrement. Quoi qu'il en soit, Jane a demandé à Rachel si elle avait rompu avec Matthew et quand elle a reconnu que non, en disant qu'il lui fallait plus de temps, Jane lui a dit que puisqu'elle passait par Nook's Corner en rentrant chez elle, elle allait s'arrêter chez vous et tout vous raconter.

— Quoi, tard le soir, à vingt-trois heures ? J'en doute.

— Vous avez raison, elle ne l'a probablement dit que pour faire peur à Rachel. En tout cas, Rachel a paniqué. Elle a dit à Jane qu'avant de tout vous raconter, il fallait qu'elle sache certaines choses – en faisant allusion à votre santé mentale fragile, et en disant que Jane ne pouvait pas tout vous raconter brutalement. Elle a suggéré qu'elles se retrouvent sur la petite aire de stationnement, que Jane écoute ce qu'elle avait à dire et que si ensuite elle persistait à vouloir tout vous dire, elles aillent vous voir ensemble. Jane a accepté d'écouter ce qu'elle avait à lui dire, donc Rachel s'est garée dans une allée qui donnait dans Blackwater Lane et a couru à pied jusqu'à l'aire de stationnement. Et, bon, nous savons comment ça s'est terminé. Jane n'a pas avalé les explications de Rachel sur vos problèmes mentaux, et elles se sont disputées. Rachel maintient qu'elle n'avait pas l'intention de tuer Jane, qu'elle n'avait pris le couteau que pour lui faire peur. »

Les choses se mettent lentement en place. Quand je me suis arrêtée sur l'aire de stationnement le soir de l'orage, Jane n'avait pas besoin d'aide parce qu'elle attendait l'arrivée de Rachel. Elle ne m'avait pas reconnue dans ma voiture – sinon elle serait descendue, elle aurait traversé en courant sous la pluie pour s'asseoir à côté de moi et m'expliquer que, par une étrange coïncidence, elle était en route pour me voir. Et là, dans ma voiture, elle m'aurait annoncé que Rachel et Matthew avaient une liaison. Est-ce que j'aurais filé à la maison pour mettre Matthew devant le fait accompli et croisé la voiture de Rachel en chemin ? Ou Rachel serait-elle arrivée pendant que j'essayais de digérer la terrible nouvelle et nous aurait-elle tuées toutes les deux ? Je ne le saurai jamais.

Hébétée, je murmure : « Je ne peux pas y croire. Je ne peux toujours pas croire que Rachel ferait une chose pareille. Même si Jane m'avait tout dit, et alors ? Leur liaison serait devenue publique et Rachel aurait obtenu ce qu'elle voulait, c'est-à-dire Matthew. »

Lawson fait non de la tête. « Comme vous l'avez vu avec les SMS, il ne s'agissait pas que de Matthew, c'était aussi une question d'argent. Votre argent. Elle pensait vraiment que votre père aurait dû lui laisser quelque chose dans son testament – elle n'a pas arrêté de dire que vos parents l'appelaient leur deuxième fille – et elle s'est sentie flouée parce que tout vous est revenu.

— J'ignorais tout de cet argent jusqu'à la mort de ma mère.

— Oui, Rachel nous l'a dit. Et tant que vous restiez célibataire, elle croyait pouvoir en obtenir une part. Mais quand vous vous êtes mariée, et qu'elle a vu qu'elle n'était plus votre préoccupation première, son ressentiment à votre endroit n'a fait que croître, et elle a décidé que le seul moyen de mettre la main sur ce qu'elle croyait être son dû était de passer par Matthew. Je crains qu'elle n'ait commencé à avoir une liaison avec lui que par calcul et une fois Matthew amoureux d'elle, ils ont commencé à préparer un plan pour vous faire déclarer psychologiquement instable, afin que Matthew ait la main sur votre argent. Le jour où Jane est allée la voir, ils allaient entamer le processus. Une coïncidence malheureuse, si vous préférez. Si Jane vous avait tout dit sur Rachel et Matthew, leur plan soigneusement élaboré tombait à l'eau. »

Des larmes coulent sur mes joues. « Je lui ai acheté une maison en France. Elle en était tombée amoureuse et je la lui ai achetée. J'allais lui offrir pour son quarantième anniversaire, ça devait être une surprise. Je n'en ai pas parlé à Matthew parce que je pensais qu'il n'aurait pas approuvé. Il n'appréciait pas Rachel – en tout cas c'est ce que je croyais alors. Si seulement elle avait attendu… son anniversaire tombe à la fin du mois. »

Je me sens affreusement mal. J'aurais dû comprendre à quel point être écartée du testament de mon père avait affecté Rachel. Comment avais-je pu être aussi insensible ? Certes, je lui avais acheté la petite maison, mais seulement parce que j'étais là quand elle en était tombée amoureuse. Aurais-je pensé à lui laisser une partie de l'héritage si je n'avais pas vu la maison ? Peut-être. J'espère que oui.

Et pourquoi ne pas lui avoir offert la maison tout de suite, juste après l'avoir achetée, au lieu de la garder pour son anniversaire pour que je puisse en faire un gros cadeau ? Depuis dix-huit mois, la maison est restée vide, inoccupée. Si je la lui avais donnée, elle aurait été si heureuse. J'aurais peut-être encore Matthew, et Jane serait encore en vie. J'aurais au moins dû parler à Matthew de la maison. Si je l'avais fait, et qu'ils avaient déjà entamé leur liaison, il lui en aurait parlé. Et elle aurait patiemment attendu son quarantième anniversaire ; une fois en possession de la maison, Matthew aurait demandé le divorce et, très vraisemblablement, aurait essayé d'obtenir une compensation financière. J'aurais perdu Matthew, mais Jane serait encore en vie.

Je ne sais pas ce qui m'a fait tomber par hasard sur la vérité quant au meurtre de Jane. C'est peut-être mon subconscient ; peut-être l'air de surprise qui s'est peint sur la figure de Jane quand elle a vu Matthew par la fenêtre du restaurant s'est-il imprimé dans mon cerveau comme l'expression qu'elle le reconnaissait instantanément. Peut-être son invitation à venir prendre un café m'avait-elle semblé plus qu'une simple proposition de se revoir. Peut-être, quelque part au plus profond de moi, avais-je su que Matthew et Rachel avaient une liaison, peut-être, quelque part au plus profond de moi, avais-je su que Jane allait me le dévoiler. Peut-être était-ce un hasard, pur et simple. Ou peut-être, quand je suis retournée à l'aire de stationnement hier et que j'ai senti la présence de Jane, est-ce elle qui m'a conduit à la vérité.

***

Il se passe près d'une heure avant que l'agent Lawson se lève pour partir.

« Matthew le sait-il ? » demandé-je en la raccompagnant à la porte. « Sait-il que c'est Rachel ?

— Non, pas encore. Mais il le saura bientôt. » Sur le seuil, elle fait demi-tour. « Ça va aller ?

— Oui, merci. Ça va aller. »

En refermant la porte derrière elle, je sais que non, pas encore. Mais un jour, j'irai bien. À la différence de Jane, j'ai toute la vie devant moi.

Remerciements

Ma gratitude éternelle va à mon merveilleux agent, Camilla Wray, qui a rendu tant de choses possibles, et au reste de l'équipe de Darley Anderson, avec qui j'ai eu tant de plaisir à travailler. Pour leur expertise également : je n'en serais pas là sans eux.

Un immense merci à ma fantastique éditrice, Sally Williamson, pour ses conseils et son soutien précieux, et pour être toujours présente à l'autre bout du fil. Merci à toute l'équipe de HQ pour son enthousiasme et son professionnalisme – vous êtes les meilleurs ! Aux États-Unis, à Jennifer Weis, Lisa Senz, Jessica Preeg et à tous ceux de St Martin's Press pour leur foi en moi toujours renouvelée. Et en France, à toute l'équipe de Hugo & Cie, et notamment à mon éditeur Bertrand Pirel.

Enfin, et surtout, je remercie tout particulièrement et comme toujours ma famille – mes filles, mon mari, mes parents, mes frères et ma sœur – pour m'avoir toujours poussée à écrire. Et mes charmants amis, en Angleterre et en France, que ma nouvelle carrière excite autant que moi !

Imprimé en France par CPI
en décembre 2017

N° d'impression : 2033490